乙女ゲームの悪役なんてどこかで聞いた話ですが3

登場人物紹介
ジーク
メリス侯爵家の長男。次期侯爵で、アランの成人祝いの夜会を仕切る。
アラン
メリス侯爵家の次男で、シャナン王子の学友。リシェールに何かとつっかかってくる。
シャナン
メイユーズ王国の王子。魔法をかけられてリシェールに関する記憶を失っている。
ヴィサーク
リシェールの契約精霊。
リシェール
乙女ゲーム世界にヒロインのライバルとして転生した少女。だけどひょんなことから悪役ルートの回避に成功して……？

ゲイル
騎士団員。
ミハイルの側近。
優しい性格で心配性。
ミハイル
騎士団員。戦術の天才。
悲しい過去が
あるようだが……
カノープス
メイユーズ王国の
近衛隊長。仕事熱心で
真面目なエルフ。
レヴィ
シャナン王子の学友。
変わり者で
食えない性格。
ルシアン
シャナン王子の学友。
大人しく、
いつも一人でいる。
ベサミ
シャナン王子の世話役。
人と精霊のハーフ。

1周目　ルシアン・アーク・マクレーン

私には名前が三つある。以前の名前はリシェール・メリス。現在の名前は、リル・ステイシー。そして今、表向き使っているのは、ルイ・ステイシーという偽名——男の子の名である。私は男の子の格好で、ここメイユーズ国の王太子の学友をやっているのだ。

ここに至るには、長い道のりがあった。

日本で普通にＯＬをしていた私は、交通事故で前世を終えて、転生した。その転生先が、『恋するパレット～空に描く魔導《まどう》の王国～』、略して『恋パレ』という乙女ゲームの世界。ちなみに乙女ゲームとは、女性向け恋愛シミュレーションゲームのことだ。

自分が転生したことに気づいたのは、五歳の時。流行病《はやりやまい》で母を亡くし、そのショックで私は我を忘れた。そして秘めていた膨大な魔力を暴走させて、西の精霊王であるヴィサークを呼び出し、彼を私の契約精霊にしてしまったのだ。その最中に、自分が恋パレの主人公のライバル、リシェール・メリスだと気がついた。

私は生まれてからずっと母親と下民街《げみんがい》で暮らしていたが、父親はこの国の有力貴族であるメリス侯爵。私がヴィサークを呼び出すほどの魔力を持つことが明らかになると、利用価値を見出され、メリス侯爵家に引き取られた。その流れは、ゲームの設定そのまま。

ゲーム通りにストーリーが進行すれば、最悪の場合、命を落とすこととなる悪役キャラとして、私は生きることに。

将来を危惧《きぐ》した私は、どうにかしてリシェールの悲惨な運命から逃《のが》れようとしていた。

そんなある日、乙女ゲームの攻略対象キャラクターで、この国の王太子シャナン殿下に私は命を救われた。そしてなぜか悪役回避に成功した私は決心した。

いつか、彼にお仕えし、この恩を返そうと。五歳の私は、メリス侯爵の正妻——義母に国境付近の森に捨てられながらも、様々な人の助けを借りて王都に舞い戻ってきた。その時に手を貸してくれた騎士団員ゲイルは、私を養子にしてくれた。そのあと、従者として騎士団で働いたり、いろいろな事件に巻きこまれたりして今に至る。事情があって、従者はやめてしまったのだが、王の勅命《ちょくめい》で王子の学友になった。

八歳になった今の私は、王子にとってはただの学友にすぎない。しかも殿下は、私を助けてくれた時に倒れたのがきっかけで魔法をかけられ、私に関わる記憶を失っている。

それでも私は、自らの決意を果たすために今日も勉学に精を出しているのだ。

＊ ✣ ＊

季節は黒月《こくげつ》——十月の終わり。昨日わかった試験の結果で、私は十四人の学友のうち成績上位四名に与えられる名誉、『王子の四肢』の一人になった。そのあと、ふと思い立って草原でゲームの内容を整理していたのだけど――学友の一人について、とても気になる情報を思い出した。私は彼が心配になり、この世界でゲームシナリオが現実になっているかを調査することにした。

そして今日、王太子宮にある学習室――王子とその学友が集《つど》う部屋にほど近い回廊で、私は目的の人物を見つけた。

彼は人気《ひとけ》のない裏庭に置かれたベンチに、ぼんやりと座っている。今まで特に彼とは接点のなかった私だが、彼に直接確かめたいことがあって探していたのだ。

「失礼。隣、いいかい？」

私が尋ねると、彼は一拍置いてうなずいた。

できるだけさり気なく、彼の隣に座る。

彼は、ルシアン・アーク・マクレーン。彼も恋パレの攻略対象の一人であり、私と同じ王子の学友だ。

涼しげな新緑色の目と、赤茶色で艶《つや》のある髪。彼は学力においては、学習室でぶっちぎりの一位だ。ただ、剣やマナーは平均以下で総合点が下がるため、『王子の四肢』の第二席に位置している。

同時にマクレーン伯爵家の継嗣《けいし》でもあった。

隣に座ったはいいけれど、私はなんと切り出せばいいのか悩み、おずおずと言う。

「くつろいでいたところ、突然すまないな」

「いや、問題ない」

彼は言葉少なだが、私の存在を不快に感じているわけではないらしい。

とはいえ、彼は無表情のままだ。私は、彼が感情を露《あら》わにしているところを見たことがない。

その性格も雰囲気も、私の記憶にあるゲームのルシアンとは違っている。ゲームの中の彼は、胡《う》散臭《さんくさ》く笑う策略家タイプだったはずなのだ。今の彼と同じなのは髪と目の色ぐらい。おかげで、最初は彼が攻略対象だと気づかなかった。

そして私は、彼にどうしても聞かなくてはならないことがある。

「君は、あの家から逃げる気はないのか？」

言いながら、ルシアンの腕を掴んだ。彼は驚いて、私の手を振り払おうとする。私は無理やり服の袖をまくりあげた。

そこには無数の打撲痕《だぼくこん》と、何かを押しつけられたような火傷《やけど》の痕《あと》がある。

私はこみ上げてきた怒りと吐き気を、どうにか抑えた。

そして、私は確信を持った。この世界が、私がプレイしていた商業版のゲームではなく、そのプロトタイプ版――初期の恋パレであると。初期のゲームは残酷《ざんこく》なエンディングが多く、過激な内容を含むものだったらしい。私はプレイしていないから聞いた話なのだけど、初期のゲームのルシアンには、幼少の頃から、母親に暴力を振るわれているという設定があったそうだ。

「こんな、ひどい……」

気づけば私は、光の魔法粒子《まほうりゅうし》――魔力の粒《つぶ》を手に集め、彼の腕をさすっていた。柔らかい肌に刻まれた傷が、徐々《じょじょ》に薄くなる。魔導《ペンタクル》を使わなくても、光の粒子には治癒《ちゆ》の力があるのだ。しかしこんなのは、一時しのぎにすぎない。

「逃げるのならば、力を貸す」

『へっ、人間ってやつは、そこらの獣《けもの》よりよっぽど野蛮《やばん》だな』

私のそばに浮かんでいた、契約精霊のヴィサーク――ヴィサ君が吐き捨てるように言う。

本来は巨大なホワイトタイガーみたいな姿のヴィサ君。でも普段は、この猫ほどの小さな姿をしている。小さなヴィサ君の声や姿がわかるのは、魔力がとても強い人のみだ。ルシアンには見えていないだろう。

私は彼に返事をしなかったが、その言葉に心の中で同意した。

「君は……一体？」

不思議そうな顔のルシアンが、何か眩《まぶ》しいものでも見るかのように目を細める。

彼の表情には、いつもの凍《い》てついた表情の裏に隠された、年相応の幼さがにじんでいた。


とりあえず焦ってはいけないと、私は少し言葉を交わしただけでルシアンと別れた。彼の問題は、一朝一夕《いっちょういっせき》には解決できない。一度帰って対策を練る必要がある。

そう考えながらベンチのすぐ後ろにある建物の角を曲がったところで、予想外の人物に出会った。

そこにいたのは、私の血縁上の兄であるアラン・メリス。

彼は優秀で、王子の四肢の第一席『右腕』だ。プライドの高い彼は、平民出身で学習室に通うルイ《わたし》の存在を嫌っていた。彼は、私が血のつながった異母妹リシェールであることを知らない。

厄介な人に会ったと思いつつ、大丈夫だと自分に言い聞かせる。ベンチの周りには、ヴィサ君に防音の結界を張ってもらっていた。アランにはルシアンとの話を聞かれていないはずだ。

私は小さく目礼をして、足早に彼の前を通りすぎようとした。

「下民《げみん》が、惨《みじ》めに仲間集めか？」

ところが、そう囁《ささや》かれて足が止まる。頭上ではヴィサ君が不機嫌そうに唸《うな》った。

「ルシアンを懐柔《かいじゅう》しても、お前の利益にはならんぞ」

「……なんのことをおっしゃっているのか」

私の低い声に、隠しようもない険がまじる。

ルシアンの傷を見て、私は彼と自分を重ねた。メリス家で私がどんな仕打ちを受けても、無関心だった兄上。義母が何をしようとも、二人の兄上は会いにすらきてくれなかった。

「無駄だぞ。あれになにかを動かせるほどの権力はない」

アランは吐き捨てるように言った。平民はおろか同じ貴族であるルシアンのことすら、『あれ』と言ってはばからない。彼はそういう少年だ。

プツリと、頭の中で何かが切れた。

「『あれ』なんて言うな！」

突然叫んだ私の剣幕に、アランは驚いたらしい。目を見開いて私を見る。

「貴族の何が、そんなにえらい？　いい家に生まれたからといって、なぜ人を見下すことができる？　同じ人間だろう！」

言い終えてから、しまったと思った。学習室を仕切る彼に楯突《たてつ》けば、ただでは済まない。

しかし意外なことに、アランは黙りこんだ。普段なら嫌味を返してきてもおかしくないのに。

「……失礼」

我に返った私は、急いでその場を離れようとした。

しかし彼に手首を掴まれ、足が止まる。

「ッ……マクレーンは危険だ！」

アランにかけられた言葉の意味も考えず、私は彼の手を振り払うと、夢中で走り去った。

＊ ❖ ＊

「貴族を取り締まる法律がない？」

素《す》っ頓狂《とんきょう》な私の声を、ミハイルは迷惑そうに聞いていた。

騎士団員の彼も攻略対象キャラの一人。国境近くの村で、彼が私の魔力の強さに気づいて保護してくれて以来のつき合いである。

ここは騎士団の寮《りょう》にある彼の部屋だ。今日の講義が終わった今、ルシアン問題への対応を考えるべく、私はミハイルに貴族社会のことを聞きにきている。

ミハイルは執務用の椅子に、私は一人掛けのソファに体を預けていた。

「ああ。この国の騎士団や治安維持隊の取り締まり対象に、貴族は入っていない。貴族とは人民の手本となる者。つまり、はなから間違いなど犯《おか》さないと言うわけだ」

言葉とは裏腹に、皮肉げにミハイルは言った。

「じゃあ、貴族はどんな非道な振《ふ》る舞《ま》いをしてもお咎《とが》めなしなの？」

私の非難に、ミハイルは苦々しげに答える。

「基本的には。……しかし、貴族は何よりも矜持《プライド》を大切にする生き物。だから自らの恥になるようなことはしないし、博愛の精神で寄付や奉仕活動なども率先して行う。まあ、金だけばら撒《ま》いて、あとは知らんふりの輩《やから》が多いのが実情だが。つまり、それほど悪さはしない——表向きはな」

ミハイルは悪ぶった物言いで続ける。

「しかし裏では、どんな悪事に手を染めてても不思議じゃない。貴族社会ってのは、本当に魑魅《ちみ》魍魎《もうりょう》の世界だ」

伯爵家の末子であるミハイルの顔には、明確な蔑《さげす》みの色が見て取れた。

「裏で貴族が何をしていようと、本当に誰も非難することはできないの？」

「貴族を罰することができる法律はないが、さすがにまったくの野放図《のほうず》でもない。貴族の儀礼を定めた『貴族憲章』によると、『大に恥ずべき行為は改めよ』とある。この『大に恥ずべき行為』への解釈は、学者によって様々で……」

「あー、今はそういうの、いいから」

「そういうのってお前な。俺は仮にもお前の教師だぞ」

ミハイルは私の個人的な教師であり、学習室の講師でもある。

最初は嫌々だったくせに、自ら教師を名乗ってくれるとは。なんて感慨はさておいて——

「例えば、貴族が自分の子供に暴力を振るっているとして、それをやめさせられる？」

「おい、まさかまた余計な問題に首を突っこむつもりか？」

「いいから！　教え子の質問には的確に答えて。それが教師の役目でしょ？」

私がそう言うと、ミハイルは鼻を鳴らした。

「二年前を忘れたのか？　お前は本当に俺達に迷惑と心配をかけるのが得意だな」

痛いところを突かれて黙りこむ。

二年前、この国で王弟の反乱騒ぎがあった。その時私は、養父母であるゲイルとミーシャ、それにミハイルにかなり迷惑をかけたのだ。それは充分わかっている。

でも、親に暴力を振るわれている子供を放ってはおけない。

親に否定される苦しみや孤独は、痛いほどわかる。私の実父であるメリス侯爵は、私に一切興味を持たなかった。義母は私を狭い部屋に閉じこめ、疎《うと》んでいた。

私には実母に愛してもらった思い出があったが、ルシアンには誰もいない。あの表情を失《な》くした子供を見捨てることなど、できるはずがない。

「……今度は迷惑をかけないよ。最悪、ゲイルと親子の縁を切ってでも、私はあの子を助ける」

「馬鹿がッ！」

『オイッ！』

ミハイルは椅子から立ち、私の両肩を掴むと、ソファの背に押しつけてきた。驚きで体が固まる。

ヴィサ君はソファの背にのり、今にもミハイルに飛びかからんばかりに、体を低くしていた。彼の唸《うな》り声が頭に響く。

目の前にあるミハイルの金の瞳が揺れている。乱暴な行動とは裏腹に、彼は悲しげに顔を歪《ゆが》めていた。

「お前……俺達が、迷惑をかけられるのがいやだから、お前を縛っているとでも思っているのか！　どうしていつも、自分だけでどうにかしようとする？　どんなに大人びていても、お前はまだ八歳の子供なんだぞ！」

ミハイルの目には切実な光があった。

私の胸に、じわじわと罪悪感が湧いてくる。

「ミハ……イル？」

私が掠《かす》れた声で呼ぶと、ミハイルは我に返ったように体を起こした。そしてすぐに気まずそうに目を逸《そ》らす。

「……どこか痛めたところは？」

「ううん。大丈夫。あのね、ミハイル……ごめん」

するりと、謝罪の言葉が出た。ミハイルがひどく、傷ついた顔をしていたから。

「いいや……とにかく、何かするなら必ず俺達に相談しろ。お前はもう、一人じゃないんだから」

ミハイルは、綺麗な赤い髪をガシガシとかいた。

ゲームの中の彼は、ひたすらに俺様で変わり者。主人公より十歳上で、いつも余裕たっぷりなキャラだ。だから私は彼のことを、心のどこかで自分より圧倒的な大人だと思っていた。

けれどそれは、あくまでゲームが開始される今から八年後の彼であって、今のミハイルはそうじゃない。二年も彼の近くにいたのに、彼の本質に今日はじめて触れた気がした。

部屋には、火の魔法粒子《まほうりゅうし》が舞い散っている。火属性であるミハイルが、感情を高ぶらせて発したものだ。押さえつけられていた肩が、熱い。

私達はお互いに黙りこんだ。

「……法律はないが、貴族には厳しい掟《おきて》がある」

次に口を開いたのは、ミハイルだった。

「掟？」

「ああ。下位の貴族はこれを恐れて、大きな悪事を行わない。この掟こそが貴族の規律を保っていると言っても過言じゃない」

「なに、それ。その話を最初にしてくれれば」

「お前が途中で余計な茶々《ちゃちゃ》を入れたんだろうが。けど、それを行使するのは簡単じゃないぞ。その掟とは、『己《おのれ》より上位の者には決して逆《さか》らってはならない』だ。上位の者に『天に恥ずべき行為を行《おこな》っている』と指摘されたら、貴族はそれを必ず改める必要がある。さらには厳罰が下され、家名にも傷がつく。今後に差し障《さわ》りかねないから、下位の貴族は悪事を控えるんだ。ただ、貴族が他家の事情に口を出すなんて、よっぽどだぞ。頼んでホイホイとやってもらえることじゃない」

つまり、格上の貴族あるいは王族から注意されれば、従わないわけにはいかないのか。私は腕を組んで考えこんだ。

マクレーン家は伯爵家。その上となると、侯爵家か王家しかない。

私の実家の位は侯爵だが、すでに縁は切れている。それどころか、私を放逐《ほうちく》した義母に生きているとがバレれば、命を狙われるかもしれない。どう考えても、頼れない。ミハイルのノッド家は伯爵、ゲイルのステイシー家は子爵だ。今のところ頼れる相手は思い浮かばなかった。

「そう……」

とてつもない無力感に沈む。この世界で私の前に立ちはだかるのは、いつも身分の壁だ。

「とにかく、俺もできる限り調べてみるから、今は大人しくしていろ。派手に行動してメリス家に目をつけられたくはないだろう？」

真剣な目で言い聞かせるミハイルに、私は力なくうなずいたのだった。

＊ ✣ ＊

学習室入りしてから今まで、私は自分のことに必死すぎたみたいだ。全然気づいていなかったが、無口で異様に頭がいいルシアンは、学習室の中で浮いていた。

そんな様子を見ていられず、私は積極的にルシアンに話しかけるようになった。彼はいつも無表情だけど、不思議と私の誘いを断ったりはしなかった。

今日は東屋《あずまや》で私のお手製弁当を二人でつつく。

ルシアンは小食なのに、私は張り切って作りすぎてしまった。ガリガリに痩《や》せたルシアンに少しでも食べてほしくて、弁当箱へぎゅうぎゅうに詰めてある。

ふと見ると、ルシアンは唐揚げを凝視《ぎょうし》していた。物珍しいのだろう。小学生男子に人気のある弁当のおかずを思いつく限りを詰めこんでみたが、そういえば私の料理は、こちらの世界ではまったく知られていないものばかりなのだ。

「大丈夫。おいしいよ」

そう言いながら、私は唐揚げを一つ口に放りこんだ。ジワッと溢れた肉汁に味が染みていて、おいしい。前日から準備した甲斐《かい》があった。

ちなみに、この世界には鶏《にわとり》がいないので、味が似ているオロロン鳥を使用。酒も醤油《しょうゆ》もなくて下味をつけるのに苦労したが、いい味になっている。

おずおずと、ルシアンも唐揚げにフォークを伸ばした。その姿はどこかぎこちない。

学科は敵なしのルシアンだが、テーブルマナーや剣技などの成績は平均以下。そのせいで総合点ではアランに負けてしまう。同じ学友で攻略対象でもあるレヴィに聞いたところ、ルシアンは社交の場にもほとんど出てこないらしい。これは貴族の子息ではありえないことだ。

彼の母親が何を思って彼にそういう教育を施《ほどこ》しているのか、私にはわからない。

「ここでは見ている人もいないし、自由に食べていいかな？　マナーは私には窮屈《きゅうくつ》で」

ルシアンに気兼ねしないでほしくてそう言うと、彼は少しだけ驚いた顔をする。

私がマナーを無視してお弁当を食べはじめたら、ルシアンも他の料理に手を伸ばしはじめた。

ルシアンはほとんど話さないので、二人でいると自然と私ばかりが喋《しゃべ》ることになる。しかし前世では飼い犬の青星《あおぼし》とよく一緒にいた私は、喋《しゃべ》らない相手は大得意。話すのは、私のなんてことのない失敗談ばかりだけど。

ひたすら食べるルシアンは、水分を取り忘れ、たまに料理をのどに詰まらせたりする。そこで彼に適度に飲み物をすすめていると、まるで自分が母親になったような錯覚に陥《おちい》った。

私と食事をしている時、ルシアンはいつも落ち着かない風情《ふぜい》だ。おそらく、他人との食事に慣れていないのだろう。その理由を思うと、つらかった。

ルシアンのことを考えていたら、私は食事の手が止まってしまっていたらしい。いつのまにか彼も手を止めて、私を見ていた。

「ああ、ぼうっとしてしまった。失礼」

誤魔化《ごまか》すために私が笑うと、ルシアンの口元がわずかに上がる。

はじめて見るルシアンの笑顔だ。

「わ、笑った……」

感動する私に彼が不思議そうな顔をしたので、私は慌てて首を横に振る。

「いや、なんでもない！　さあて、私の帰りの荷物を減らすのに協力してくれよ。ルシアン」

そう言った私に、ルシアンはもう一度ささやかな笑みを見せてくれた。

それから数日後。

私はルシアンと一緒に東屋《あずまや》でお弁当を食べていた。

まったく余計なのだが、今日はなんとレヴィも一緒だ。

彼は王子の四肢第三席で、騎士団長の遠縁にあたるマーシャル子爵家の継嗣《けいし》である。

彼は生粋《きっすい》の貴族なのにかなり変わっていて、下民街《げみんがい》の孤児をまとめる銀星王《ぎんせいおう》という役割を担っている。私は学習室にもぐりこむため、彼にいろいろと協力してもらった。

しかし、あくまでビジネス上のつき合いだ。プライベートでは極力近づかないようにしている。なぜなら彼は、勝手に私のファーストキスを奪っていった最低男だから。

「これは、一体どうやって作るんだ？」

過去の出来事を思い出して遠い目をしていたら、ルシアンが尋ねてくる。

私は驚いた。何事にも興味なさげなルシアンが、はじめて自発的に発言したのだ。嬉しさのあまり飛び上がりそうになった。

彼のフォークの先には、きつね色のオロロン鳥の唐揚げが刺さっている。ここ数日で、それはルシアンの好物になったようだ。

「それはぜひ、私も知りたいところだな」

話に入ってくるレヴィを無視し、私はうきうきしながらルシアンに答える。

「オロロン鳥のモモ肉を一口大に切って、下味と粉をつけて揚げるんだ」

簡単に説明したが、ルシアンにはイメージしづらいようだ。彼は不思議そうにフォークの先の唐揚げを見つめている。

「そうだ！　今度一緒に作ってみる？」

本当に軽い気持ちで、私はそう言った。

ルシアンが何かに興味を持ったのが嬉しく、浮かれていたのだ。

「それはいいな！　楽しそうだ」

「君は誘ってない」

レヴィの言葉にツッコミを入れていると、突然東屋《あずまや》に人が近づく気配がした。

「何を作ると？」

現れたのは、驚いたことにシャナン王太子殿下その人だった。彼の後ろには、腰ぎんちゃくのようにアラン兄上とその他の学友がくっついている。

私とルシアン、レヴィは慌てて膝をつく。

今日は学習室から遠い東屋で食事していた。誰も来ないだろうと、ヴィサ君に防音の魔法をかけてもらうのを怠《おこた》ったのが悔《く》やまれる。

「報告があった。欲をかいた平民が貴族子息に取り入り、王宮内を混乱させようとしていると」

『欲をかいた平民』という言葉が、胸に突き刺さった。

三人の中で、平民なのは私しかいない。他の人に何を言われても平気だが、忠義を捧《ささ》げたい唯一《ゆいいつ》の人に疑われるのは、やはりつらかった。

「殿下、それは誤解にございます」

フォローしてくれたのは、レヴィだ。

「この者、ルイ・ステイシーはその名の示す通り、ステイシー子爵家に連なる者。そして我らはただこの場で交誼《こうぎ》を深めていただけにございます。彼の学習室入りは国王陛下の勅命《ちょくめい》によるもの。さすれば、その尊きご意向に従い、彼に新しきを学ぶのが我らの正しき道と存じております」

普段のふざけた調子はどこへやら。煙《けむ》に巻くような演説に、殿下以外の学友達は唖然《あぜん》としている。

「陛下、レヴィの言う通りです。私達は陛下のご意向に従ったまで」

ルシアンも静かに意見する。私だけが、言葉もなく俯《うつむ》いていた。もし今顔を上げて、王子の目に冷たい光が宿っていたら、打ちのめされるに違いないからだ。

場には沈黙が落ちた。王子の取り巻き達は、静かに殿下の反応をうかがっている。

「顔を上げよ」

かけられた王子の声は冷たい。

私はゆっくりと顔を上げ、王子の口元を見つめた。彼の目を見る勇気は、なかった。

「……では、お前達は何を学んでいたと？」

殿下の言葉は冷たかった。彼は本当に、あの明るく優しかった王子なのだろうか？

「ルイの知る異国の料理について、学んでおりました」

レヴィがお弁当を王子の前に差し出す。

あーー……。絢爛豪華《けんらんごうか》な食事に慣れているお方に、私の作った弁当をお見せするなんて。知っていたら、もっと工夫したのに！　昨日の夕食の残りは入れなかったのに！

私はとてつもなく後悔する。

しばらくお弁当をじっと見つめていた殿下は、残っていた唐揚げをモグッと食べた。

「────ッ！」

その場にいた者は息を呑み、驚愕《きょうがく》で顔を歪《ゆが》ませる。ルシアンだけは相変わらずの無表情だったが。

「へ、殿下！　そんな得体の知れない……毒見も済んでいないものを！」

「お戻しください！　どんな厄災があるか」

取り巻き達が慌てふためく。

失礼な。直前まで私達が食べていたというのに。そう心の中でツッコミを入れつつも、私の混乱は彼ら以上だった。

わ、私の唐揚げモドキが殿下のお口に。ちゃんと火、通ってたよね？　お腹を壊したりしないよね？

「──うむ」

ゆっくり咀嚼《そしゃく》し終わると、殿下は言った。

「確かに、お前達の言い分はもっともだ。では、ルイには皆で学ぶとしよう」

何を言い出すんだ、この王子様は。

＊　❖　＊

「では、今から『片栗粉』を作ります」

ここは、私にとってはお馴染《なじ》み、騎士団の寮《りょう》にある食堂の厨房《ちゅうぼう》。料理人や使用人、そして学友御一行様が見守る中、私は麻袋からじゃがいもそっくりのポッテという野菜を取り出した。

ギャラリーの中の数人が、驚いたように身動《みじろ》ぎする。

この世界のポッテは、その芽が毒を持つことから、昔は『悪魔の植物』と呼ばれて恐れられていた。現在は安全性が証明されているが、あまりポピュラーな食材ではないのだ。

ああ、もったいない！　これを蒸《ふ》かして塩コショウをかけバターをのせるだけで、どれだけおいしいか！

あ、この世界にバターはないんですけどね。

騒ぎになってはいけないからと、学習室の面々は『ルイの友人』という紹介でここにいる。

しかし仮にも城内で働いていて、王太子の顔を知らない者はいない。

料理長は最初、顔を引きつらせ、目だけで私に事情を尋ねていた。その様子には鬼気迫《ききせま》るものがある。学友の監督として同行した王子の付き人ベサミは、『また面倒なことを』と苛立《いらだ》ちを隠そうともしない。そのどちら共に、私は気まずい笑みを向けるより他なかった。

「これはポッテという植物で、寒さに強く荒れた土地でも育ちます。またその収穫量は、パンに用いるシュピカの三倍にもなります。この作物の原産地である北方の国では、ポッテによって飢饉《ききん》による餓死《がし》者が大幅に減ったという記録もあります。様々な食材との相性がよく、栄養も豊富です」

暗記してきた内容を素知らぬ顔で話すが、内心は冷や汗ものだ。ちなみにシュピカは、この世界にある小麦そっくりの穀物。私はその粉を小麦粉のかわりにしている。

先ほど身動ぎした使用人や学習室の面々は、驚いた顔をしていた。

ルシアンは相変わらずの無表情で、王子とベサミはまるで私を値踏みするような顔だ。下民街《げみんがい》で食べたことでもあるのか、レヴィは涼しい顔をしている。

私は無理やり笑顔を作った。失敗は絶対に許されないのだから。

王子と将来国で重要な役職を占めるであろう学友達。彼らに料理を教えることになった時、私は大変だと戸惑う反面、チャンスだとも思った。今まで言いたくても言えずにいたことを、彼らに伝える絶好の機会だ。

今までずっと疑問だった。どうして学習室のカリキュラムには、国民の暮らしや問題点を考える授業がないのかと。

学習室での授業は、歴史や帝王学、それに剣技やマナーに重点が置かれている。それが悪いわけではない。ただ少しでも、私は知ってほしかった。この国に、私達と同じ年で飢《う》えて死ぬ子供がいることを。貴族の世界からは決して見えない闇が、確実にあるのだと。

自己満足かもしれない。しかし少しでも、彼らが国民の暮らしに興味を持つきっかけになったらいい。

「ポッテが我が国で『悪魔の植物』と呼ばれているのは、この芽を食べた人が食中毒を起こした例があるからです。しかしそれらの部位を取り除きさえすれば、まったく問題ありません」

前世の家の唐揚げ粉は、小麦粉と片栗粉を七対三の割合でブレンドしていた。シュピカの粉だけでも唐揚げは作れる。手間を考えれば、シュピカだけで作るべきだろう。

でも私は、このポッテという植物を王子達に知ってほしかった。

かつて人々を、飢饉《ききん》から救ったこの植物を。

私がペティナイフでちょびっと出ていた根っこをくりぬくと、ギャラリーの中から手が上がった。

興味津々《きょうみしんしん》な顔のレヴィだ。

「そのポッテというやつは、実から直接根や芽が出るのか？」

「いえ。ポッテは実ではなく、地中の茎《くき》が膨らんだ部分です」

学習室の数人が眉をひそめた。

貴族の間には、植物の根は平民の食べ物だという認識がある。

しかし彼らが知らないだけで、地中にできる食べ物は意外に多いのだ。

「デザートによくかかっているペリシもメレギの根から採《と》れますし、ピッツも地中で殻《から》のある実をつけます。地中にある部分を掘り出した食材は、実は結構多いのですよ」

ピッツはこの世界のピーナッツ、つまり落花生《らっかせい》だ。

コンデンスミルクに似たペリシやピッツは貴族も口にするが、これらが地中から採取されることを彼らはほぼ知らない。

驚く少年達の後ろで、料理人達が力強くうなずいていた。

今日を迎えるために、私は王都にいる植物学者に面談を申しこんだ。王子に間違ったことを教えられないと、必死だったのだ。そのつけ焼き刃は、今のところちゃんと機能してくれている。

「それでは、ポッテの皮を剥《む》きます」

そう言って料理長に目くばせすると、料理長と数人の料理人達が、待ってましたとばかりにポッテの皮を剥《む》きはじめる。いくら料理教室とはいえ、王子や貴族の子息達に皮剥きはさせられない。そんなことを考えていたら、張り切った料理人達が必要以上にポッテを剥きまくっていた。あっという間《ま》に、たらいには白いポッテが山積みになる。

じゃあ、ついでにポッテフライを作ろうかな。どうせ油を使うんだし。

「そ、それでは次は、このポッテをすりおろします」

私の説明通り、またしても料理長と料理人の一団は厨房《ちゅうぼう》用の大きなおろし金で、次々とポッテをすりおろしていく。今度はすりおろしたポッテの山ができていった。

学習室の面々は、興味深げに、あるいは少し怖気《おじけ》づいたように、その光景を眺《なが》めている。

「そしてここからが重要なのですが、このすりおろしたポッテを布に包み、水で洗います」

私はすりおろしポッテを適量布に包み、それを水を溜めておいた器《うつわ》の中で揉《も》み洗いしはじめた。

料理人達も、同じ作業に取りかかる。

さすがに皆さん騎士団の食堂勤務なだけあって、動きに無駄がなく仕事が丁寧だ。

学友達が飽《あ》きていないかなと気にしていたら、予想外の声が上がった。

「ふむ。では我々も体験するか」

王子の呟《つぶや》きに、その場にいた者達は硬直した。もちろん私もその一人だ。

王子……今、なんと？

尋ねる前に、王子は腕まくりしつつこちらへ近づいてくる。

「王子！」

慌てたベサミが声を荒らげた。

学習室の面々は目を白黒させながらも、王子には逆《さか》らえずに動き出す。

こうして学友達は華美な上着を脱ぎ、質のいいシャツを腕まくりしてポッテの揉み洗いをはじめた。

ベサミが恨《うら》みがましく私を睨《にら》んでいる。

わ、わわわ。これって私の責任かなぁ？

呆《ほう》けていたら、私の手から布に包まれたポッテが取り上げられた。慌てて見上げると、相手はルシアンだった。彼は何も言わず、私のかわりにポッテの揉み洗いをはじめる。

唖然《あぜん》とする私を見て、彼は少しだけ笑った。

「ポッテ、懐かしい……」

「え？」

貴族であるルシアンがポッテを懐かしがるなんて、どういうことだろうか？

そう考えていたら、ルシアンの柔らかい表情は一瞬で消え、すぐにいつもの無表情になってしまう。結局その呟きの意味は、聞けなかった。

作業が終わる頃には、王子とレヴィだけが元気で、ルシアンは無表情。残り全員が疲れた顔をしていた。学友達は慣れない作業に対する疲れ、料理人達は完全なる気疲れだ。あとで存分に労《いたわ》っておこう。

「洗い終わったポッテをよく絞ったら、そのポッテは布にくるんだまま捨ててください」

「えぇ!?」

私の指示に、そこかしこから驚きの声が上がった。

こんなにがんばったのにという恨み言や、低い呻《うめ》きもちらほら。私はそれに苦笑する。

「今回使うのは、こちらの水の方です。皆さんのおかげで、ポッテの栄養はすべてこちらに溶け出しています」

茶色く濁《にご》った水を見て、みんなは疑わしげな表情になった。先に説明しておくべきだったかもしれない。

「しばらく待つと、この器《うつわ》の底にポッテのベタベタした部分が沈殿《ちんでん》してきます。それまでお待ちください」

「待つとはどれほどだ？」

見事なシャツを見るも無残に汚した王子は、楽しそうに私を見ていた。

この間『欲をかいた平民』と呼ばれたことからは、考えられないような親しみを感じる。

「半メニラほどでしょうか」

一メニラはおおよそ三十分で、半メニラは十五分だ。

「なるほど。では、ベサミ」

「……はい」

命じられたベサミは、不承不承《ふしょうぶしょう》の体《てい》で調理台にペンでカリカリとペンタクルを刻み、手をかざした。

すると茶色く濁った水が、あっという間《ま》に透明に変化する。

「半メニラほど時間を進めました」

こんなことに力を使って不服です、とベサミの顔が雄弁に語っていた。あとが怖い。

「そ、それではですね！　この水の上澄《うわず》みだけをそっと捨ててください」

私は慌てて手前にあった器を手に取り、その水をそっと流した。器には、薄茶色のねばねばとしたでんぷん質だけが残る。一同からは驚きの声が上がった。

「ペリシに似ているな。色はまだ汚いが」

料理長に指摘され、私はうなずいた。

「はい。完全に白くするために、さらにこの工程を二回繰り返します」

繰り返しの工程は、そもそも魔導石を用いた道具を使って時間短縮しようと思っていたんだけど……。ベサミの力を使った方が早いから、またも王子が無言で命じる。

うう、ベサミが私を睨《にら》んでる、睨んでるよ！

三回目の置き時間を二メニラ——一時間にしてもらい、でき上がったのは真っ白でどろどろとしたものだった。

学友達は興味深そうに、あるいは気味悪げにそれを見つめている。

「これを料理にまぜると、とろみがつきます。今からこれを乾燥させて、さらに保存しやすくしたいと思います」

今度は六メニラ——三時間ほど時間を進めてもらう。

器《うつわ》の中のどろどろはたちまち乾燥して、白く固形化する。やがて表面にひびが浮かんだ。固まったでんぷん質は、ひび割れた大地のようだ。それをスプーンでざくざくと崩すとできあがる白くなめらかな粉は、前世の片栗粉そのもの。私はそのでき上がりに満足した。小学生の時に理科の授業で学んだ片栗粉の作り方が、まさかこんな形で役立つ日がこようとは。人生、何が起こるかわからない。

「では、この粉とシュピカを挽《ひ》いた粉をまぜて、オロロン鳥の〝唐揚げ〟を作ります」

私の目的はポッテを知ってもらうことだったので、ここから先は迅速《じんそく》に進める。

昨日のうちに料理長達に切り分けてもらい、調味料に漬けこんでおいたオロロン鳥のモモ肉に、粉をまぶしてティガー油で揚げる。この作業は子供がやると危ないので、全部料理人達にお任せだ。

別の鍋ではあまったポッテを切って揚げ、ポッテフライを作ってもらう。

大量の唐揚げと、そして塩を振ったシンプルなポッテフライが、寮《りょう》内の一室にあるテーブルに並ぶ。

唐揚げとポッテフライを食べた学友達は、驚きの声を上げた。最後まで積極的ではなかったアランですら、食が進んでいるようだ。みんなを見守る私の顔は、自然とにやけてしまう。

そうだよ、唐揚げはもちろん、ポッテもおいしいんだよ！　だから食わず嫌いしてたら、もったいない。

最後に、唐揚げのレシピと残った片栗粉を全員に配る。少年達は興味なさげに受け取っていたが、それからしばらくして、社交界ではポッテのフライと唐揚げが大流行することとなったのだった。

2周目　メイユーズの蜘蛛《くも》

唐揚げを作った次の日から、ルシアンは学習室に来ていない。もう、三日目だ。

ベサミや講師達にも連絡がないらしくて、少し妙だ。

初期の乙女ゲームの中では、母親から執拗《しつよう》な虐待《ぎゃくたい》を受けたせいで人間嫌いだったルシアン。

彼の腕に刻まれた傷痕《きずあと》が、脳裏に焼きついて離れない。

唐揚げを食べていた時には、何もおかしな様子なんてなかったのに。

私の不安はむくむくと大きくなっていた。

その時、近くの庭木がガサリという音を立てたので、私は体を強張《こわば》らせた。

「またか」

「ああ、そうかもな」

私がひそんでいた植えこみの横を、聞き覚えのある声が通りすぎていく。

アランの取り巻きの二人だ。

「陛下はいつまでマクレーン家を野放しにされるおつもりなんだ。いくらなんでも、常軌《じょうき》を逸《いっ》している」

聞き覚えのある家名に、私は息を呑む。ルシアンの家だ。

「馬鹿！　誰が聞いているか……」

「こんな寂《さび》れた庭、他の学友は存在も知らないさ」

「それにしたって不用心だぞ。沈黙は貴族の不文律だ。不用意な発言で断絶した家は、十指じゃ足りないっていうのに」

「相変わらず慎重派だな。まあ、いいさ。あの忌々《いまいま》しい平民と次のルシアンを出し抜くことができれば、王子の四肢のうち二つは空席になる。望みはあるさ」

（次のルシアン？）

少年の言葉に、私は引っかかりを覚えた。

「あの平民が来てから、アラン様も調子を崩されている。早急に席次を取り返さなくては。まったく平民には厨房《ちゅうぼう》の下働きでもさせておけばいいんだ。陛下もお戯《たわむ》れがすぎる」

そう言いながら、彼らは庭園を抜けていった。

〝次のルシアン〟とは一体どういう意味だろうか？

何かの鍵になるような気がして、私は口の中で何度もその言葉を繰り返した。


「アラン様」

人のいない回廊。私は相手がようやく一人になったところを見計らい、声をかけた。

振り返ったアランは、その年に似合わない鋭《するど》さで私を睨《にら》みつける。

「なんの用だ」

彼に頼るのは癪《しゃく》だったが、背に腹はかえられない。私は決心した。

「ルシアンについて、お聞きしたいことがあります」

その名前を聞いただけで、アランの秀麗《しゅうれい》な眉は吊り上がり、その表情は険《けわ》しくなる。

そしてしばしの沈黙のあとに彼が投げた言葉は、予想外のものだった。

「……あいつのことは、もう忘れろ」

私は驚き、一瞬立ち竦《すく》んでしまう。その隙に、アランが立ち去ろうと足を早めた。

『待てよ！』

それを遮《さえぎ》ったのはヴィサ君が放つ突風だ。アランが驚いたように立ち止まる。

私は必死に彼のシャツの袖口を掴んだ。

「何をする」

「忘れろとはどういうことですか？　あなたは何か知ってらっしゃるんですか⁉」

大声で縋《すが》った私に、アランが不快そうな目を向けた。そして、彼はため息を一つつく。

「……ここでは誰に聞かれるかわからない。こっちへ」

もしかしたら、罠《わな》かもしれない。でも学習室内に親しい友人のいない私にとって、情報を得るには彼を頼るしかなかった。運悪くレヴィは家の用事で遠方に出かけていて、十日は戻らないらしい。

それを待っていては遅いのだ。

以前、ルシアンと話していた私に、何かを忠告しようとしていたアラン。

私の行動が気に入らないだけだと思っていたが、もし、そうではないのだとしたら？

アランに先導されてやってきたのは、広い客間だった。王宮には、このような客間がいくつもある。しかしそれぞれに特殊《とくしゅ》な鍵がついていて、勝手に立ち入ることはできないはずだ。

「ここは私が下賜《かし》されている部屋だ。入れ」

そこは豪奢《ごうしゃ》な内装の割に家具の少ない、なんとなく寂しい部屋だった。

勉強机と、作りつけの本棚。芸術品のようなペンとインク瓶を見ながら、私は思い出す。ゲームの中のアランが、高すぎる気位と矜持《きょうじ》を守るためにひたすら努力を重ねていたことを。

この人がただの兄だったなら、そして私がただの貴族の娘であったなら、素直に彼を尊敬できたはずなのに。

アランは学習机の椅子に腰かけ、私には布張りの高価そうな椅子をすすめた。そして私が座ると同時に、口を開く。

「まずは、深入りしないと誓え」

「深入りとは？」

「マクレーンの家は危険だ。不用意に近づいてはならない」

「一体なぜです？」

「誓うのか？」

「それは話をお聞きしてから決めます」

平然と言い放った私に、アランは頭痛を堪《こら》えるように頭に手をやった。

「……マクレーン家は、ルシアンの母親であるルーシー殿が、女伯爵として家督を継いでいらっしゃる。それはルシアンの父親であるイアン・マクレーン伯爵が、八年前に馬車の事故で亡くなられたからだ」

続けてアランが語ったのは、社交界では公然の秘密になっているという伯爵家の醜聞《スキャンダル》だった。

没落寸前のマクレーン家の子息に恋をしたルシアンの母親は、実家の侯爵家の力を使って無理やりにその青年と婚姻を結んだ。しかし、それに反発した青年は家に寄りつかなくなり、結局浮気相手と一緒に馬車で谷底に落ちたとか。

私は愛のない両親の間に生まれたルシアンに同情した。しかし、貴族の家ではよくある話だ。それがなぜマクレーン家に限って、特別視されているのだろうか？

私の疑問を読み取ったのか、アランは面倒そうな顔でこれからが本題だが、と前置きした。

「おそらく学習室とそれに関わる人間しか知らない話だ。そして、誰もが口をつぐんでいる」

「一体何を？」

「先代の伯爵はルシアンと同じ赤みがかった茶髪と、新緑のような黄緑色の目をしていた」

「はあ……」

私はアランが何を言いたいのかわからず、間抜《まぬ》けな相槌《あいづち》を打つ。

次の瞬間、話は予想もしない方向へ進んだ。

「しかし、ルシアンの顔は先代とは似ても似つかない。そして、現伯爵である実の母上とも」

アランの言ったことが、一瞬理解できなかった。

「〝ルシアン〟は、定期的に違う人物に入れかわるのだ。いつも無表情で信じられないほどに優秀だが、数年あるいは数ヶ月に一度姿を隠す。その後現れるルシアンの目と髪の色、魔法属性は変わらない。しかし顔つきや体格の違う、まったくの別人だ。――誰も関わり合いを恐れて、決して指摘しないが」

どこか疲れたように、アランが言う。私は言葉を失《な》くした。

伯爵子息を名乗る別人が、学習室にやってくることなど、果たしてありえるのだろうか？

学習室は王子の学《まな》び舎《や》。そして、高位にある貴族の子息達が友好な人間関係を育《はぐく》む場所だ。

そんな場所に正体不明の人物を送りこむことなんて、できるはずもない。そのまま信じるには、アランの話はあまりにも突飛《とっぴ》すぎた。

「だって、それじゃあ……」

私が接した、唐揚げをおいしそうに食べていた彼は、一体誰だったというのか。

混乱していると、いつのまにそばまで来ていたのか、アランが私の肩に手を置いた。

「王家の者がマクレーン家を不問に付《ふ》している理由はわからない。しかし、何かが起こっていることは確かだろう。命が惜《お》しければ近づくな。貴族にとって、平民を消し去るなどたやすいのだから。そんなこと、お前が一番よくわかっているだろう？　ルイ。いや……リシェール・メリス」

ぐるぐると頭を回転させていた私は、彼の呼びかけで思考を止めた。相手を見上げれば、透き通った榛色《はしばみいろ》の目が私をじっと見下ろしている。

呼ばれた真の名前に、息を呑んだ。アランのまなざしは真剣で、とても逃《のが》れられそうにない。

「ご存じでいらっしゃったのですね……」

目を逸《そ》らした私の肩を掴む手に、力がこもった。

「なぜ戻った⁉　もし母上に見つかれば、今度こそ何をされるかわからないのだぞ！」

まるで私を心配するような物言いに、イラッとした。

私はそれを覚悟の上で、王都に戻ったのだ。王太子殿下のために。

「母上に、告げ口なさいますか？　あるいは王子に？　ベサミに？　私が女だと告げなくても、兄上ならば私ごときたやすく放逐《ほうちく》できるでしょうね」

必死に机に齧《かじ》りつく私を、アランはどう見ていたのか。

さぞ、馬鹿げていると思ったことだろう。側女の子供のくせに、と。

冷静さを心がけていたけれど、心がどんどん乱れる。ヴィサ君が心配そうにクーンと鳴いた。

こんなことをしている場合ではないのに、かつて私を見捨てた相手と思えば、冷静ではいられない。

「私を、追い出せばいいでしょう。あなたの無慈悲《むじひ》な母親と同じように。そんなぬるい同情はいらない！　いくら蹴り落とされても這《は》い上がって、私は何度でもあなたの目の前に戻ってくる。所詮は下民風情《げみんふぜい》と侮《あなど》っていればいい。親も兄弟も、もう私には関係ない！」

勢いのまま胸の奥に充満する毒を吐き出せば、アランの顔が歪《ゆが》んだ。

「馬鹿な！」

頬を襲う衝撃《しょうげき》。アランに頬を叩かれたのだ。

私の体は吹き飛ぶ。椅子から落ちて、床に叩きつけられた。

既視感を覚える。アランの髪の色も目の色も、私にひどく接した義母のそれによく似ていた。

『こんのガキが！』

『やめて！』

牙《きば》を剥《む》いたヴィサ君を、通じ合っている心の声で制止する。これは私の戦いだ。誰にも譲《ゆず》らない。

アランはまるで自らの行動を恐れるように、手のひらを凝視《ぎょうし》していた。

「あ……」

正気に戻った彼が、私に近づこうとする。

「……近づかないでください」

感情を押し殺した私の声に、びくりと彼の動きが止まった。

「気に入らない下民風情に自ら手を下したと知れれば、都合が悪いのはどちらですか？」

落ち着け。私は彼を恨《うら》んだりしない。恨むぐらいなら、あますところなく利用してやる。

「何を……」

「今、あなたがなさった仕打ち、黙っておいて差し上げることもできます。あなたがその口に鍵をかけて、私に協力してくださるというのなら」

腐《くさ》っても、私の存在は国王陛下直々の肝入《きもい》りだ。

それを力ずくで排そうとしたとなれば、アランでもお咎《とが》めなしではいられないだろう。

動揺しているのか、彼は信じられないという目で私を見ていた。

普段冷静で判断力に自信がある人間ほど、呆然自失《ぼうぜんじしつ》となれば途端にガードが緩《ゆる》む。

この好機を逃《のが》すわけにはいかない。

「力を貸していただきますよ。アラン・メリス様」

私はにっこりと笑った。彼を兄上と呼ぶことは、きっと金輪際《こんりんざい》ない。

＊
❖
＊

それは今から三年前。僕、アラン・メリスが九歳の春のことだ。ジーク兄上の部屋にいた時、激しいノックの音が響いたかと思うと、母の侍女であるメリダが転がりこんできたのである。

「坊ちゃん！」

メリダは昔、兄上の乳母《うば》をしていた年かさの使用人だ。しかし、だからといって、このように遠慮のない振《ふ》る舞《ま》いをすることは珍しい。

「一体どうしたんだ、メリダ？」

兄上が問いかけると、メリダは我に返ったようにお辞儀をしたあと、足早に兄に詰め寄った。

「ナ、ナターシャ様がっ、リシェールお嬢様を放逐《ほうちく》なさると！」

ナターシャとは、母上の名だ。

普段は冷静なメリダの必死の訴えに、僕も兄も驚いた。部屋の空気が凍る。

「まさか……リシェールはまだ五歳になったばかりだぞ？」

「それも体力がなくて、臥《ふ》せってばかりじゃないか！」

落ち着いた対応をした兄上に反して、張り上げた僕の声に、メリダは痛ましそうな顔をした。

「実は……王太子殿下がリシェール様の部屋で負傷されたとのことで、その責任を取らせると。リシェール様は家系図及び貴族名簿から抹消《まっしょう》。テアニーチェに捨ててくるようにとのご命令で……」

テアニーチェはメイユーズと東の国境を接している小国だ。

無能な王が三代続いたせいで財政が逼迫《ひっぱく》し、この冬は多数の餓死《がし》者を出したらしい。

そんな国に五歳の子供を放り出せなんて異常だ。

「なぜ王太子殿下が!?　いや、今はそれどころではない。リシェールはどうしている？」

「はい、ナターシャ様がその……ご無体をされて、気を失っておいでです。今は貯蔵室に。準備ができ次第、東部への移動用ペンタクルのある聖教会に向かえと」

「そんな……」

僕は言葉を失った。

母がリシェール——僕の腹違いの妹を疎《うと》んでいるのは知っていた。しかし貴婦人であることに強烈な自負心を持っている母が、まさか妹に手を上げるとは想像もしていなかったのだ。

「一刻の猶予《ゆうよ》もないか」

「どうか！　ジーク様、どうかリシェール様を……」

メリダが深々と頭を下げた。その肩が震えている。

そういえば、彼女にはちょうど五歳になる孫がいたのだった。

「アラン、行くぞ」

「はい！」

僕らは慌てて半地下にある貯蔵室へ向かう。

貯蔵室は一年中暗く、そして肌寒い場所だ。

そこで僕は、松明《たいまつ》に照らし出された光景に、はっとする。

ぼろ布だけを纏《まと》った棒のように細い手足の少女が、倒れこんでいた。

「リシェール！」

悲痛な声で名を呼び、兄が駆け寄る。僕もすぐさま続いた。兄に抱え上げられた彼女は、目を閉じて息苦しげに眉を寄せている。久しぶりに見た妹は、頬がこけ、青い顔をしていた。

しばらく会わない間に、こんな姿になってしまうなんて。

兄も僕も、彼女のあまりの惨状《さんじょう》に言葉を失ってしまった。

いくら側室の子とはいえ、これが誇り高きメリス侯爵家の令嬢の姿だというのか？

「ナターシャ様のご命令で……」

メリダの声が震えている。彼女にも、充分に衝撃《しょうげき》的な光景だろう。

「こんな……」

弱々しい声が自分ののどから漏《も》れる。

「なぜ母上はこのようなことを……」

胸にこみ上げてきたのは、母への恐怖と嫌悪だった。

最初、僕ら兄弟は妹ができると聞いて、純粋に嬉しかったのだ。それがどんな少女であろうと、僕らが騎士となり、彼女を守るのだと淡《あわ》い夢を見ていた。幼い頃に読んだ、絵本のように。

しかし母には、妹に関わるなときつく言われた。一度見舞いに行った際には、あとでリシェールが厳しく叱責《しっせき》されたと聞いて、僕らは彼女と関わることをやめた。

下手《へた》に手を出せば、母上が何をするかわからないから。

その判断が、こんな形で跳ね返ってくるなんて、僕も兄も想像すらしていなかった。

「すまない、リシェール……」

兄上は服が汚れるのもかまわず、今にも折れそうな体を抱きしめる。

僕はその背中を見ながら、自分の無力さに打ちひしがれた。

「アラン」

「はい、兄上」

「今から見たり聞いたりしたことは、すべて他言無用《たごんむよう》だぞ」

「はい」

兄上の頬に涙が伝《つた》うのを、僕はじっと見つめていた。

「メリダ、金を用意しろ。あとは使用人の子供の服でリシェールが着れそうなものを持ってこい」

「はい、ただいま！」

メリダの足音が遠ざかっていく。

僕らは松明の揺れる寒い部屋で、浅い息を繰り返すリシェールを見つめていた。

「アラン。私は、リシェールはもうメリス家から出た方がいいと思う。たとえ今日、私達で助けることができても、母上は今後もリシェールに厳しく接するだろう。そんな飼い殺しの人生よりは、たとえ平民としてでも、リシェールには平穏に暮らしてもらいたい」

「兄上……」

こんなに弱々しい声で話す兄上を、僕ははじめて見た。

「私に力がないばかりに……すまないリシェール。待っていてくれ、絶対に迎えにいく」

そう言って、兄上は彼女のこけた頬を撫《な》でた。僕も、兄上と同じ誓いを胸に、髪を撫でる。

かわいいかわいい、僕らの妹。許してくれ、力のない兄を。

お前の苦しみに気づいてやれなかった、愚《おろ》かな僕達を。

リルを連れ出した使用人が金を持って逃げた、という話を聞いたのは、ずいぶんあとになってからだ。

兄上は手を尽くして探したみたいだが、結局リシェールの行方は杳《よう》として知れなかった。

そして時は流れ、私達は再会を果たした。王子の学友が集《つど》う、学習室で。

――私が〝ルイ〟を見た時の衝撃《しょうげき》が、お前にわかるか？

リシェール、お前は気づかれないと思ったのかもしれないけれど、お前の顔は兄上の幼い頃に瓜《うり》二《ふた》つ。古い侯爵家の肖像画を見たことのある者なら、誰でも気づくだろう。

髪は貴族にはまず表れない色だから、周囲の者達は平民出身だと誤魔化《ごまか》されている。しかし見る者が――例えば母上がお前を見れば、たちまち正体に気づくだろう。

私はまず、お前を追い出そうと思った。

お前が王都に戻っていたことが母上にバレたら、その身に何が起こるかわからないからだ。

しかし、お前はしぶとかった。私が何をしても、何を言ってもどこ吹く風だった。

そしてついには学習室での席次も、『王子の四肢』の末席に食いこんだのに、喜びもしない。

ただ淡々と勉学に打ちこむお前に、私は困惑した。

お前は私達を恨《うら》んでいるのか？　今から復讐《ふくしゅう》しようと企んでいるのか？　お前は一体、何が目的で戻ってきた？　この魑魅魍魎《ちみもうりょう》の都に。

兄と同じブルーグレイの瞳を見るたびに、私の胸には言葉にならない想いが去来した。

＊　❖　＊

アランを迎えにきたメリス侯爵家の馬車で、私と彼はマクレーン家に向かった。

訓練された侯爵家の侍従は、腫《は》れ上がった私の顔にも表情を変えなかった。さすがだ。

ヴィサ君は心配したが、アランへの圧力のため私はあえて頬の手当をしなかった。

家に帰ったら、ゲイルとミーシャにひどく怒られるだろう。ただでさえ生傷《なまきず》の絶《た》えない娘だと嘆《なげ》かれているのだ。

「……どうするつもりだ？」

力ないアランの問いかけに、私はわざとあきれた顔をした。

「まだ反論がおありで？　なんなら今からでもお帰りいただいて結構ですよ？　もともと、馬車だけお借りできればよかったのですから」

「……お前を一人で行かせられるか」

ぼそぼそと、より小声な返答に、私は眉を寄せた。

そこまで警戒せずとも、メリス家の家紋入りの馬車を不名誉な行為に使ったりはしないのに。

重苦しい沈黙をのせた馬車は、それほど時をかけずに動きを止めた。

貴族の邸宅は、その地位が高ければ高いほど王城に近い場所にある。マクレーン家は貴族街の外縁近くと言ったところか。伯爵の割に扱いは低いようだ。

その屋敷は、古めかしくて人気《ひとけ》がなく、暗い屋敷だった。庭も整備されているとは言いがたい。おどろおどろしく、まるで恐怖の館である。

「ひどいな」

アランの呟《つぶや》きに、私も内心で同意した。

仮にも伯爵家が、屋敷の整備を怠《おこた》るなんて。マクレーン家の財政がよっぽど逼迫《ひっぱく》しているか、それとも当主が余程の変わり者かのどちらかだ。

馬車を操っていたメリス家の侍従が、屈強《くっきょう》そうな門番に駆け寄る。

戻ってきた侍従が馬車の扉を開けた。

「『お見舞いいただいて恐縮ですが、ルシアンは郊外の離邸にて臥《ふ》せっております』と仰《おお》せです……」

侍従の報告を受け取ったアランは、一体どうするんだという目で私を見た。

もともと、先触れもなく相手の家を訪れるなど、貴族間ではありえないマナー違反。

いくらメリス家が格上とはいえ、この場合は訪問を断られても文句は言えない。

しかし、ここまで来て今さら引き返すなんて無理だ。

私は開いていた馬車の扉から飛び出し、鉄柵に近づいた。「おい」とアランに呼び止められたが、気にせずしゃがみこみ、植木の陰で手早くペンタクルを描く。『マップ』と心の中で呟《つぶや》くと、脳裏に近辺の地図が広がった。

この魔導を使えば、近くにいる攻略対象者の居場所を知ることができる。恋パレの設定を整理した時に思い出したものだ。

地図を見るに、ルシアンは間違いなく屋敷にいるようだった。

「嘘は面倒な訪問を避けるための建前か、それとも……」

「何をぶつぶつ言っている」

後ろから声をかけられ、私はびくりとして、ペンタクルを慌てて草で隠す。この魔導はペンタクルを消さない限り、私の脳内にマップを出し続ける。同時に私の魔力も継続的に消費するわけだが。

それにしても、まさかアランが馬車から降りてくるとは思わなかった。

「ここまでありがとうございました。あとは私だけで参ります」

アランは、私一人で来れば早々に追い返されるだろうと思って、頼んだ道連れだ。

正面突破が不可能ならば、一人の方が身軽だし、やりやすい。

「何を言っている。こんなところまで来て馬車もなく、どうやって帰るつもりだ？」

この屋敷から私の暮らしているステイシー家までは徒歩圏内。毎日徒歩で登城している私には、不要な心配だ。

「ご心配なさらなくても、今日のことは誰にも口外いたしません」

「そういうことを言ってるんじゃない！」

アランが声を張り上げる。

どうにも面倒な相手を連れてきてしまったらしい。私は弱って、あたりを見回した。

すると、私の視界をあるものが横切っていく。しめた！

私は慌ててアランに背を向け、その影を追った。


「何も、こんなところまでついてこなくても……」

「何か言ったか？」

「別に」

アランに独り言を聞き咎《とが》められ、私は冷たく受け流した。

彼は不機嫌そうに慣れない平民用の服を纏《まと》い、その少し長い袖口を気にしている。

そんな顔をするぐらいなら、帰ってくれとマジで言いたい。

あの時私が見つけたのは、伯爵家の裏口に走る、メッセンジャーらしき平民の子供二人組だ。

貴族街でも平民の姿を見ることは多い。その中でも、大事な約束やメッセージを伝えるメッセンジャーは、非常にポピュラーな存在だ。

もちろん、主人の手紙を届けるのは、その屋敷に仕える小姓《こしょう》など使用人の役目である。しかし使用人同士や使用人と出入り業者とのやり取りは、割合服装のまともな平民の子供がすることが多かった。

私は兄弟だというその二人組に、洋服を取りかえてくれないかと頼んだ。学友の制服は目立つからと、着替えておいてよかった。授業で制服が汚れることもあるから、学友は王太子宮に私服を常備しているのである。さすがに、制服を交換するわけにはいかない。

彼らは、明らかに貴族のものである私とアランの服装に目を丸くした。しかし私達がこの家の子供で、メッセンジャーとして裏口から入り使用人を驚かせたいのだと言えば、彼らは素直に信じて服とメッセージを任せてくれた。

着替えを済ませた私達は、人気《ひとけ》のない伯爵家の裏門から中の様子をうかがう。

ちなみに、ここに至るまでに何度も私はアランに帰るよう進言した。けれど彼は頑《がん》としてそれを聞き入れない。

まさかアランが平民と服を交換するとは思っていなかった。平民の格好をしていても背筋をぴんと伸ばした上流階級丸出しの彼を、私は正直持て余《あま》していた。

とりあえず、少し毛羽立《けばだ》ったハンチング帽に彼の艶《つや》やかな群青の髪を押しこんでみる。しかし、その高貴さを隠しきることはできない。

私を監視するためなら、侍従に任せればよくない？

私は口の中で、もごもごと不満を転がした。それを口から出すことは決してできなかったけど。

『何考えてんだ？　こいつ』

宙に浮いて私についてくるヴィサ君も、あきれた様子でアランを見下ろしている。

とにかく私は気を取り直し、前門よりも無防備な裏口から伯爵家へと侵入した。

手には、少年達から預かった、御用達の商家からの手紙を握っている。

私だけに限って言えば、変装は完璧だ。服が大きめで髪が不揃いなだけに、メッセージを届けにきた平民の子供達よりも貧相なぐらいだった。

突き当たった扉のない厨房《ちゅうぼう》の入り口から、中を覗く。

動物の解体など汚れ物の多く出る厨房は、こうして扉を作らず半土間《はんどま》に似た造りになっていることが多い。もちろん、日本ではないので三和土《たたき》ではなくタイルが敷き詰められているのだが。熱がこもらないように、天井もかなり高く作られている。

晩餐《ばんさん》の仕込みを行っているはずの時間なのに、厨房には誰もいない。

私はきょろきょろと周囲を見回した。

マクレーン家は、伯爵家にしては奇妙なぐらい人気《ひとけ》がなく不気味だ。

「誰かいないのか！」

アランが苛立《いらだ》たしげに叫ぶ。

ちょっと――潜入してるんだから、静かにして！

私は慌てて彼の口を押さえる。焦って周囲を見回すが、返事はなかった。

ほうと安堵《あんど》のため息をつく。

「……勝手なことはしないでください。できるだけ物音を立てないで。このまま中に入ります」

もし誰かに見つかっても、メッセージを届けにきたのに厨房に誰もいなかったと言えば、大目に見てもらえるだろう。

私はこの幸運に感謝し、納得できない風のアランを横目に伯爵家に侵入した。

マジで、どこまでついてくるんだ？　このお兄様は。

アランははっきりと言葉にしないものの、何やらぶつくさと呟《つぶや》いていた。

妨害するぐらいなら本当に帰ってほしい。彼の馬車を足にして家名を利用しようとした罰が当たったのか、と私は肩を落とした。

伯爵家はひっそりと静まり返っている。

感覚を研《と》ぎ澄《す》ましながら、私は半眼で発動させっぱなしにしている脳内のマップを確認していた。

伯爵家のマップは攻略前のダンジョンのようにわからないところだらけだが、私とルシアンの現在位置がわかるのがせめてもの救いである。

私は弱々しいその光を目指した。

しかし不思議なのは、マクレーン家に入ってからその光が二重になっていることだ。

どういうことだろうと首をひねりつつ、私は昼間なのに薄暗い廊下を進む。

「おい」

「なんですか？」

「……まだ先へ行くのか？」

「ルシアンの無事な姿を見るまで、私は帰りません。帰りたければ、お好きにどうぞ」

沈黙が落ちる。

アランの態度は、マクレーン家の奥に進めば進むほど奇妙になっていった。

私とやけに距離を詰めて歩くし、さっきから何度も遠まわしに帰ろうと打診してくる。

一人で帰ればいいのに、いくら素っ気なく対応しようと、彼は私のそばから離れなかった。

なんなんだ一体。

『こいつ、ビビってるんじゃねーか？　さっきから震えてるぜ』

そう指摘され、私は思わずヴィサ君を見上げて立ち止まった。

後ろからは、押し殺された悲鳴。ちなみにもちろん、アランには小さなヴィサ君が見えていない。

「な、何を見ている？」

弱々しいアランの声に、私は目を丸くした。

もしかして、帰らないんじゃなくて、一人で帰れないの？

「別に、なんでもありません」

ああ、そういえば……ゲームの説明書についていたキャラクター紹介で、アランの項目に『幽霊嫌い』の文字があったような。

ため息を堪《こら》えつつ、私は伯爵家というダンジョンを先に進んだ。

＊　✣　＊

俺――『ルシアン・アーク・マクレーン』の一番古い記憶は、冷たい地面に座りこんでいたところからはじまる。

腹を空《す》かし、痩《や》せこけた俺は、汚れた石壁にもたれて、ずっと空を見ていた。

そこはすえた臭い、日常的な暴力や嘲笑《ちょうしょう》で満ちていた。

世界には美しく幸せな場所などないと、思っていたあの頃。

街角に転がる親のない子供達の中で、俺だけがある男に拾い上げられた。その理由は、この赤茶の髪と、新緑に似た目の色の組み合わせにあると知ったのは、大分あとになってからだ。

男は俺に食事と風呂を与えて、こう言った。

メイユーズという国に行けば、お前でも幸せになれる場所がある、と。

俺は馬車に揺られ、狭隘《きょうあい》な山道を歩いて国境を越え、この国に入った。

荷物で隠されるように屋敷に連れてこられて出会ったのが、黒いレースで顔を隠した〝母様〟だった。

彼女は、見たこともない緑色の髪をしていた。そして執事に命じて俺を連れてきた男に代金を支払うと彼を追い出し、俺を冷たい目で見下ろした。

ああ、この子こそ、私の愛する息子になれるかしら、と呟《つぶや》いて。

最初に連れていかれた地下室には、不思議な匂いが充満していた。

冷たい石の床には不思議な文様が描かれ、壁にも似たような文様が描かれたタペストリーが下がっている。部屋の奥には一人の男が立っていた。

黒いローブを纏《まと》い、フードで顔を隠したその男は、俺を冷たい石の台座にうつ伏せに寝かせた。

そして哀《あわ》れだなと言って、少し笑う。

男は、こぶし大の緑色の石を持ち、ぼそぼそと聞いたこともない言葉を口にした。

するとその石は光を放ち、脈打った。まるで、生きているかのように。

男はおもむろに、石を俺の背中に押し当てた。

そこからの記憶は曖昧《あいまい》だ。ただ、ひどく背中が熱かった気がする。

目が覚めた時、背中には男の持っていた石が埋まっていた。

そして俺は、マクレーン伯爵家子息の、ルシアン・アーク・マクレーンになっていた。

豪華な食事と、しわ一つない上等な服を与えられる。柔らかいベッドと、冬に凍えることのない温かい部屋も。

貴族になるための勉強はつらく、少しでも間違えれば体中を打ち据《す》えられたが、それでも以前の生活よりは全然ましだった。

俺――いや、僕がその奇妙な生活の中で感情を殺せば殺すほど、母様は喜んだ。一方、少しでも感情を見せれば、容赦《ようしゃ》なく罵声《ばせい》と鞭《むち》が飛んできた。

僕がうまくやれると、母様は嬉しそうに微笑《ほほえ》む。それでこそマクレーン家の息子よ、と抱きしめてくれた。温かい腕だった。誰かに抱きしめられることなど、生まれてはじめてだ。

母様の望む息子にさえなれば、ここでずっと暮らしていける。

いくら鞭が痛かろうと、勉強がつらかろうと、あの生活に戻るのだけはもういやだった。

そうして一年の月日が流れ、彼は学習室にやってきた。平民上がりの少年だ。

建前上、平民だということになってはいたが、その少年は本当は下民街《げみんがい》の生まれであると、学友達は口々に噂《うわさ》していた。根拠のない、悪意のこもった噂だった。

この国は下民街の存在を公《おおやけ》には認めていない。確かにそこにあるのに、そこで生きる人々がいるのに、あってないものとして扱う。かつて路地裏に転がっていた僕を、行き交う人々がそうしていたように。

すぐに脱落するだろうという多くの学友の予想を裏切り、少年は学習室で強《したた》かに生き残った。異国の文化や歴史に通じ、特に国際情勢に対する博識さには、講師達も舌を巻いていた。

それがおもしろくなくて、くだらない嫌がらせをする輩《やから》もいたらしいが、彼は小さな体で、見事に受け流した。異国の菓子を振《ふ》る舞《ま》うという奇策にはさすがに驚かされたが、その菓子は舌の肥《こ》えた貴族の子供達をも夢中にさせるほど美味だった。

彼は学業でもめきめき頭角を現し、半年ほどで王子の四肢の第四席にまで上《のぼ》りつめた。

その頃だったか。彼——ルイが、僕に話しかけてくるようになったのは。

ルイは不思議な少年だ。僕の体にある傷を痛ましそうに見つめ、しかし何も言わなかった。

そのかわり次の日から、一緒に食事をしようと手製の料理を持ってきたりする。

彼の料理は、見たこともないものばかりだ。それらはとてもおいしかったので、僕は彼の誘いを断ることができなかった。

誰も来ない静かな東屋《あずまや》で、何も喋《しゃべ》らないおもしろみのない僕に、彼は熱心に話し続けた。他愛《たあい》もない話だ。遠い異国の話や、農村での暮らし、自分の好きな本に、マナー講師の変な癖。

彼は、僕に相槌《あいづち》を求めなかった。

無言で食べ続ける僕に、彼は日常をおもしろおかしく語り続けた。

中でも僕が一番興味を引かれたのは、ルイの養母であるというミーシャ・ステイシー夫人の話だ。

ルイの語る彼女は、慈悲《じひ》深くて優しく、体が弱いのにルイのために無理ばかりしようとする。

この髪を切ったのも彼女なのだと、ルイは照れくさそうに不揃いな髪を撫《な》でた。

その時、僕の中で膨れ上がった気持ちは、なんだったのだろう。

羨望《せんぼう》。嫉妬《しっと》。諦め。切なさ。痛み。

僕も、彼のように母様から愛されたかった。たとえ実の子ではなくとも。

明るくて、優しいルイ。自由でいながら、ミーシャに存分に愛されている。

——何かが変わると思ったわけじゃない。むしろ、そんなことをすれば打ち据《す》えられると、たやすく予想がついた。

でも、悲しく笑う母様に、僕はどうしてもその料理——一番気に入った〝唐揚げ〟を食べさせてあげたくなったのだ。

「これは、一体どうやって作るんだ？」

ルイは僕の言葉に目を見開き、そしてとても嬉しそうに笑った。

＊ ❖ ＊

暗い地下室は、昼なのにひんやりとしていて、ジジッという松明《たいまつ》の燃える音がいやに響く。

「まったく、伯爵様にも困ったものだ」

黒いローブを纏《まと》った男――闇の精霊使いであるクェーサーは、言葉とは裏腹に少し愉快そうに呟《つぶや》いた。

彼の目の前にある石の台座には、二人の少年が寝かされている。

二人とも似た年頃で、色味は少し違うものの同じ色彩の髪と目を持っていた。

彼らは深い眠りの中にいる。そして革のベルトを使い、台座にうつ伏せで固定されていた。

左側に眠る少年の背中には、かつてクェーサーが植えつけた緑色の石が、今もぼんやりと輝きながら脈打っている。

「よく育ったな」

クェーサーは満足そうにその石を撫でた。

石は植えつけた当時よりも一回りほど大きくなっているようだ。

一見魔石――土から掘り出される魔導石の原料――にも見えるそれは、アンテルドと呼ばれ、国家間での移動が禁止されている、危険魔導生物《レッドブック》に指定された代物《しろもの》だ。

アンテルドは石ではなく、れっきとした生命体である。

はじめ、この生命体と出会った時、人類は狂喜した。

なぜならアンテルドは、魔導脈《まどうみゃく》と非常によく似た器官を人体に作り出すからだ。魔導脈とは、強い魔力を持つ人間に備わる、魔力を生み出す器官である。アンテルドを体内に取りこんだ人々は、魔導脈に似た器官の働きで、次々と強い魔力を持った。そのため数百年前、アンテルドは大陸に爆発的に広がったのだ。

しかし、それから数年してアンテルドの危険性が発覚する。

アンテルドを自ら寄生させた若者達が皆、感情と個性を失い、緩《ゆる》やかに生きる屍《しかばね》となっていったせいだ。そうして生まれた虚《うつ》ろな肉体は、生きながらにアンテルドを育《はぐく》んでいた。

アンテルドは生命力が高く若い個体に寄生し、その生命力を喰《く》らうものだったのだ。さらに個体情報を収集し、寄生した者を自分に都合のいいように作りかえる。

それが発覚して以来、アンテルドの使用及び所有は大陸全土で禁止された。アンテルドは発見次第捕獲、もしくは駆除するよう、取り決められている。

だが、そういった品を専門で扱う商人も少なからず存在しており、アンテルドは今でも根絶《こんぜつ》されずに大陸の闇で高額で取引されているのだった。

従順な息子を求めるマクレーン女伯爵は、それを買っては、亡き夫と同じ外見的特徴を持つ男児に埋めこんだ。そして気に入れば育て、気に入らなければ壊すを繰り返している。

「もっと、もっと大きく育てよ」

まるで愛玩動物《ペット》に語りかけるような呟《つぶや》きが、闇に落ちた。

クェーサーが陰で糸を引くアドラスティア商会の扱うアンテルドは、通常のものと少し違う。それは、人から人へと移植できるという点だ。

育ったアンテルドの大きさに比例して、宿主である人間は強い魔力を得る。つまり、アンテルドが育てば育つほど、強力な魔導を扱うことができるのだ。

クェーサーは今、ルシアンの体に埋めこまれたアンテルドを、次の宿主へ移植しようとしている。深く寄生したアンテルドを引き剥《は》がす行為は、殺人と同じだ。

体に深く侵食した魔導脈ごと引き剥がされれば、ルシアンの体は散《ち》り散《ぢ》りになって死に絶《た》えるだろう。――これまで、クェーサーがほふってきた者達と同じように。

その瞬間を想像して、クェーサーは歓喜の息をこぼした。

そして、ぼそぼそと不思議な呪文《じゅもん》を唱えはじめる。もうこの大陸からはなくなった国の言葉と術だ。

するとあらかじめ床に描かれていた巨大なペンタクルが、ぼんやりと光りはじめた。それに呼応するように、アンテルドもその光を増す。

死んだように眠っていたルシアンの息が荒くなり、すぐに呻《うめ》きに変わった。

きつく引き絞られた革のベルトの下で、華奢《きゃしゃ》な体が必死にもがく。

クェーサーが詠唱する声は少しずつ大きくなり、ルシアンの苦しみは増していった。アンテルドの脈動はどんどん速くなり、その強い光は、ルシアンの隣に横たわる少年――生贄《いけにえ》を探《さぐ》り当てると、彼の背中を侵食しはじめる。

二人の少年が呻《うめ》き、裸足《はだし》の甲はびたんびたんと石の台座を打つ。

神々しいとも毒々しいとも言える緑の光が地下室に溢れ、アンテルドが起こした風で松明《たいまつ》の火が消えた。

クェーサーは歌うみたいに太古の呪文《じゅもん》を奏《かな》でる。

そしてクェーサーが最後の一小節を口にしようとした、その時だ。

突然、振動が地下室を襲い、大きな破壊音が響く。

「なッ！」

ガラガラと割れた板や小石がクェーサーの上に崩れてくる。

見上げれば、地下室の天井――一階の床が、綺麗に剥《は》がれていた。

頭上に見えるのは、闇に慣れた目を突き刺す日の光と、そして……

「なんて無茶をするんだ、お前は！」

「だって……もう、ヴィサ君、やりすぎだってば」

「リルが地下へ行く道が見つからないって言ったんじゃんよ」

「だからって床を吹き飛ばすなんて、何考えているの……」

由々《ゆゆ》しき事態に比べてあまりに緊張感のないやり取りに、クェーサーは呆気にとられてしまった。

大きく開けられた穴の先では、見覚えのある少女と一人の少年、そして一匹の巨大な精霊がこち

らを見下ろしていた。

＊　❖　＊

モクモクとした土煙が去ると、そこに広がっていたのは異様な光景だった。

私はヴィサ君への非難をやめ、暗がりに目を凝《こ》らした。

闇の粒子が取り巻く黒いローブの男と、石の台座にうつ伏せで固定されている二人の少年が見える。そしてその背中に輝くのは、緑の宝石。

アランもすぐに状況に気がついたのか、口を閉じて息を呑んだ。

この男を取り巻く魔力を、私は知っている。かつて国に混乱を招いた闇の精霊使いのものだ。

「クェーサー……？」

「ははっ！　相変わらず、意外な登場をしてくれる。おかげで丹精こめた術式が台無しだ」

彼の言葉を聞き、その異様な部屋へと視線を走らせた。

床に描かれた見覚えのないペンタクルは、ヴィサ君の魔法の衝撃《しょうげき》か、ところどころが欠けてしまっている。

そして部屋の中に、探していた少年を見つけた。

「ルシアンッ」

背格好の似た二人の少年のうち、左側が彼だった。気を失っているのか、彼らは身動き一つしない。

私はクェーサーを睨《にら》んだ。

「今度は何をするつもり！」

「君には関係のないことだよ――今のところは」

クェーサーはどこか楽しげで余裕のある態度だった。術式が台無しと言う割に、残念そうでもない。

それをおかしいと思った瞬間、揺れるドレスの裾が視界の端に映った。

振り返ると、そこには老齢の執事に付き添われた貴婦人がいる。

贅《ぜい》の凝らされた美しいドレスを着ているが、彼女の顔には、貴婦人らしくない険のある表情が貼りついていた。化粧では隠しきれない落ち窪《くぼ》んだ目と、深い眉間《みけん》のしわ。その鬼気《きき》迫《せま》る雰囲気は、私の義母によく似ている。

「これはどういうことなの、クェーサー？　この子供達は？　〝私のルシアン〟は無事なの？」

華奢《きゃしゃ》な扇子《せんす》をパシリと突きつけ、彼女は優雅な言葉遣《ことばづか》いのままクェーサーを睨みつけた。

「屋敷の警備までは契約の範疇《はんちゅう》外ですので、責任を負いかねます。むしろ、術の途中で邪魔が入られて私も困っているのです」

「この平民の子供が邪魔したと？」

明らかに貴族のものとは違う質素な服装をした私達を、彼女はじろりと見た。状況的に、彼女がマクレーン女伯爵――ルシアンの母親で間違いないだろう。

母親なんて名ばかりで、ルシアンを苦しめた張本人だ。私は彼女を睨《にら》み返した。

しかしここで不用意なことを言えば、ステイシーの家に迷惑がかかってしまう。私は非難の言葉を呑みこんだ。

それにほんの少しだけ、アランのことも気にかかった。高位貴族の子息が平民の服を着て他家に忍びこんだとなれば、不名誉は免《まぬか》れないだろう。それが王子の学友の筆頭ならば、尚更だ。

私が逡巡《しゅんじゅん》している間に、庇《かば》うように私の前に出る影があった。アランだ。

「伯爵閣下、これは一体どういうことですか？　親とはいえ殿下の学友に、あなたは何をなさっているのですか？」

彼の険のある声に、一瞬私は動揺してしまう。

「アラン、ここで身分を明かしたら……」

私が彼の服の裾を引き小声でした忠告を、アランは振り切った。

「私は〝王子の四肢〟主席、メリス家次男アラン・メリス。突然のご無礼を謝罪いたします。しかし、我が学友であり〝王子の四肢〟の第二席であるルシアン・アーク・マクレーンへの仕打ち、いかに親子であっても、看過できるものではありません。これは王子への反乱、ひいてはメイユーズ王家への叛意《はんい》ともとられかねない暴挙ですよ」

アランの声は冷静だが鋭《するど》かった。

ルシアンへの仕打ちを王家への叛意とするのは、私から見ても乱暴だ。しかし自分より格上のメリス侯爵家の名前に、伯爵は明らかに動揺していた。

「……世迷事《よまいごと》を。それをどうやって証明するのかしら？　あなたはただの平民の子供ではないの、この家から出なければ！　クェーサー、この子達を捕まえて！」

「あとで割増料金をいただきますよ、っと」

クェーサーは軽やかに地下室から一階の廊下に飛び上がると、ローブについた埃《ほこり》を払った。

「早くこのガキを始末して！　私の目の前から早く！」

伯爵の甲高《かんだか》い声が耳をつんざく。私はごくりと息を呑んだ。

『ヴィサ君、あの二人を乗せて王城へ飛んで。シリウスのところへ！』

相手に悟《さと》られないように、精神でつながるヴィサ君に心の中で呼びかける。

シリウスとは、この国の魔導省の長官であるエルフだ。クェーサー絡みの事件に対応できそうな者を、私は彼以外知らない。

『なんでだよ！　俺がここでいなくなったらリルが危ないだろ』

『私達はどうにかするから！　それより、この騒ぎでも目を覚まさないあの二人の方が、一刻を争う。お願いだから。王城に飛んでシリウスにこのことを伝えて！』

『そんな……』

『命令よ！　行きなさい』

叱咤《しった》すれば、彼はいやいやながら二人の少年を背に乗せて、外へ飛び出た。

『すぐに戻るから、絶対に無事でいろよ！』

ヴィサ君は置き土産《みやげ》のようにクェーサーに巨大な鎌鼬《かまいたち》を放っていった。

しかしクェーサーは自分の周囲にいた闇の精霊を身がわりにして、傷一つ負っていない。

「……リシェール、逃げろ。ここは私が食い止める」

小さな背中に私を隠したアランが、小声で呟《つぶや》く。

そして胸元から美しいガラスペン――魔導を発動させるための道具を取り出し、空中に簡素なペンタクルを描きだした。

「それは……」

私は驚きで言葉を失う。

騎士団の小姓《こしょう》であるアランと同年の子供は、魔導を発動させるどころか、このペンをまともに扱うことすらできなかった。学習室でも魔導の勉強は理論が主で、実技はほとんど教えられていない。

彼は本当に努力家のようだ。

完成したペンタクルが発動し、細い銀色の鉄線が左右上下の壁から飛び出して、私達とクェーサーの間に、張りつめた金属製の網を張った。

「ほう？」

クェーサーが愉快そうに眼を細めた。

確かに、物理的な攻撃ならこれで防げる。

でもクェーサーは闇の精霊使いなのだ。

その様子をうかがうように私が視線を向けると、彼のシルエットが一瞬ぶわっと膨らむ。そして黒い亡霊のようなものが空気中に霧散《むさん》した。

私は思わず口を押さえる。伯爵とアランには見えていないのか、彼らの様子に変化はない。

私はあたりを見回した。何かペンタクルを描ける物を探すが、何も見当たらない。

アランのペンを借りようかとも一瞬思うが、あれはおそらく金属性専用のペンだろう。私はそれほど金属性のペンタクルを知らない。

ついでに、魔導《マップ》を発動させっぱなしにしていることと、ヴィサ君が具現化した余波で、私の魔力は思った以上に消耗されているらしい。目が霞《かす》み、足に力が入らなくなっている。

こんな時に。私は苛立《いらだ》たしさで舌打ちした。

ああ、もう。ヴィサ君にえらそうなことを言っておいて、八方ふさがりだ。

こっちは子供二人で、向こうは戦闘力未知数の精霊使いと、異常な奥方とその召使い。

戦力的に私達の圧倒的不利は間違いない。

一か八かだ。私はこの世界でこんなことばかりしているな。

「クェーサー!」

「何かな? まさか僕に命乞いでも?」

「いいえ、私はご忠告申し上げたいのです。悠長《ゆうちょう》に子供を始末している場合ですか?」

私を庇《かば》っていたアランが、敵を挑発するなとでも言いたげに睨《にら》んできた。私はかまわず続ける。

「ほう、それはどういう意味だい?」

「あなたも見ていたでしょう? 今、私の精霊がルシアン達を連れて城へと飛びました。この国の魔導を司《つかさど》るシリウス・イーグのもとへ。私の精霊の属性は風。あなたの優秀な精霊達よりも素早いことは確かです」

ヴィサ君には追いつけないと、釘を刺しておく。

「ははは、相変わらずおもしろい子だね。僕に尻尾《しっぽ》を巻いて逃げろと？」

「さあ。ただ、あなたらしくないとは思います。ここで私達は殺すのは、ずいぶんと割に合わない仕事では？」

クェーサーが口元に苦笑を浮かべて首を傾げる。

とにかく、この会話を少しでも引き延ばさなくては。相手の戦闘意欲も削《そ》げれば、上々だ。

「この館《やかた》の惨状《さんじょう》を見ても何も思われませんか？　失礼ですが、マクレーン伯爵家はもう終わりです」

「何をっ」

伯爵が鬼の形相《ぎょうそう》で私を睨《にら》む。

しかし、アランの作った鉄線バリアがあれば、彼女を恐れる必要はない。あの豊かな緑の毛髪。それを取り巻く緑の粒子。彼女は木属性だ。そして金は木に勝つことができる。

「先ほどあなたに約した報酬も、果たして本当に支払われるのでしょうか？　誇り高い貴族が、使用人を減らしてまで、生活の困窮《こんきゅう》に耐えているのに？」

先ほどから、こんなにも騒ぎ立てているにもかかわらず、駆けつけた使用人は伯爵のそばにいる一人きりだ。手入れの行き届かない館の外観と、門番以外は厨房《ちゅうぼう》からここまで誰にも出会わなかった状況を考えれば、伯爵家の貧窮《ひんきゅう》は火を見るより明らかだった。

「世迷事《よまいごと》よ！　クェーサー、あなたには充分な対価を用意しているわ。私の実家は侯爵家なのよ？　そんな子供の言うことなどに耳を貸さないで」

「……あなたは、ご実家とはとうに縁が切れているはずですが。現侯爵家当主であるあなたの兄上が、社交界で公言なさっておいででしたよ」

アランが低い声で言った。

「うーん、困ったな。ここで君達二人を始末するのは大した手間ではないけれど、無償でメリス侯爵家の恨《うら》みを買うのは、確かに割に合わない」

「クェーサー！」

クェーサーの場にそぐわないのんきな口調に、伯爵が金切り声を上げる。

伯爵は貴族らしい淑《しと》やかな振《ふ》る舞《ま》いを捨て、クェーサーに詰め寄った。

「あなたが私に言ったのよ。失った息子をよみがえらせることができると。私は今まで、充分な対価を支払ってきたはずだわ。それなのに私を裏切るの!?」

それは血を吐くような叫びだった。

絵本に描かれた魔女のごとく、彼女は長い髪を振り乱し、眉間《みけん》にしわを寄せている。

そんな伯爵の白い頬に、クェーサーはそっと指を這《は》わせた。まるで愛《いと》しい者に接するみたいに。

「いいえ、伯爵閣下。それは間違いです」

「なら……ッ」

伯爵はその先の言葉を続けることができなかった。

クェーサーが家畜のオロロン鳥を掴むように、彼女の首を握りしめたからだ。

「私は別にあなたの味方ではないのです。だから、裏切るという表現は当てはまらない。我々はお金だけでつながれた、ただの雇用関係のはずですよ？」

クェーサーが伯爵を持ち上げる。つま先の浮いた彼女が足をばたつかせても、クェーサーの体はちらりとも揺るがなかった。

「私はこの国が嫌いだ。そして人々から搾取《さくしゅ》する支配階級が嫌いだ。本当はあなたの方こそ、いつ殺して差し上げてもかまわなかったのですよ？」

口づけするような近さで微笑《ほほえ》みながら、クェーサーは伯爵に囁《ささや》いた。

私は気づけば、アランの二の腕を掴んでいた。

恐ろしい男だとは思っていたが、目の前で彼が人を手にかけるところを見たのは、はじめてだ。

もう本当に、絶対的に、クェーサーは騎士団で私に優しくしてくれた彼とは違うのだ。

使用人が悲鳴を上げて逃げていく。伯爵の顔からは血の気が引き、彼女は呻《うめ》いた。

陰惨《いんさん》すぎる光景に息を呑む。それを察してか、アランが自分の背中に私を隠し、視界をふさいだ。

ゴキリと何かが折れる音がして、廊下には沈黙が落ちた。

耐えきれず、私はアランの背中から状況をうかがう。

クェーサーはつまらなそうに手を離し、伯爵の体を床へ投げ出した。

体は竦《すく》み、震えが止まらない。

クェーサーは私達に背中を向けていて、彼の表情を読み取ることはできなかった。そのまま、彼は言う。

「ルイ」

「……なんですか？」

「この女を見てもわかるだろう？　貴族とはすべからく腐《くさ》った生き物だ。それを駆逐《くちく》しなければ、真に美しい世界は訪れない」

「貴様ッ」

激昂《げっこう》しそうになるアランの肩を、強く掴んで押し留めた。もう彼が私達を殺す理由はないが、今の彼を挑発すれば、無事では済まない。

それに、クェーサーの行動には一貫して、富める者への激しい怒りを感じる。下民街《げみんがい》で生まれ育った私は、一概にその感情を否定することができないのだ。

「……貴族を殺しても、また別の誰かがそれに取ってかわるだけです。真に美しい世界に、人間の存在はありえない」

私は多くの歴史から、そう思う。この世界でも――そして過去に暮らした地球でも。

私の答えにクェーサーは押し殺した笑いをこぼすと、血塗られた手をひらひらとさせ、瞬《また》く間《ま》に闇の粒子の中に掻《か》き消えた。

緊張が途切れて、私は膝から崩れ落ちる。薄れゆく意識の中で、アランの呼ぶ声が遠くに聞こえた。

＊
✣
＊

「魔導を起動させたままペンタクルから離れるなんて、何を考えている」

その低い声には、普段聞き慣れない怒りの気配がある。

「……すみませんでした」

マクレーン家からクェーサーが去った数メニラ後、私は魔導省の医務室にあるベッドの上でしょぼんと肩を落としていた。

普段怒らない人に怒られるのは、正直とても怖い。

その相手が絶世の美貌《びぼう》の持ち主、シリウスであれば、なおさらだ。

彼はゲームの設定上リシェール――私の伯父《おじ》なのだけど、実際は血のつながりがない。それどころか彼はエルフで、人間ですらなかったりする。

「『位置把握』の魔導は広域を対象とした、非常に魔力消費の激しい術だ。決して気軽に使ってはいけない。たとえ消費の少ない術でも、起動中は絶対にペンタクルから離れるな。わかったな」

「はい……」

彼が『位置把握』の魔導と言ったのは、『マップ』のことだ。『マップ』は乙女ゲームのアイコンに使われていたペンタクルで、把握できるのは攻略対象の位置だけ。正確には『位置把握』とは違うのだが、シリウスは気がついていないらしい。

ふう。シリウスの平坦な口調が余計に怖い。

本当に本当に、もうしません――有事の際を除いて。

「……わかるだろう。リル？　私はお前が心配なんだ」

ベッドのそばにひざまずき、顔を寄せてくる絶世の美貌。

ひぃ！　勘弁してください、伯父様。

『いい加減に離れろシリウス！　リルがゆっくり休めないだろうが！』

子犬ちゃんサイズのヴィサ君が、がなり立てる。今回も彼は大活躍でした、ありがとう！

「ヴィサ君もごめんね。無茶な頼みばかりしちゃって」

『いいって、俺はリルの精霊なんだからな。むしろどんどん頼ってくれ！　でも今度からは、戦闘中に俺を遠くにやるような命令は、しないでくれよ。離れてちゃ、お前を守れないからな』

可愛い外見で、頼もしい精霊さんです。

そんなヴィサ君を、シリウスがいつにも増して冷たい目で見ていた。

その時、騒がしいベッド周りから少し離れた場所で、ゴホンと咳払《せきばら》いをする人物が。

「それで、いつになったら私は事情聴取ができるんですかね？　ルイの意識が回復したと聞いて、忙しい公務の間を縫《ぬ》ってわざわざやってきたのですが」

『忙しい』にアクセントを置くカノープス元副団長は、なんと近衛《このえ》隊長に昇格していた。なので、着ているのは以前とデザインの違う制服だ。華美な制服の装飾《そうしょく》をできるだけ省いて、身軽にしている努力の跡がうかがえる。

私は騎士団にいた頃、従者として彼に仕えていた。何を隠そう彼もエルフで、シリウスの甥《おい》に当たるという。カノープスは以前よりもシリウスに対して遠慮がなくなったようだ。

これは余程苛立《いらだ》っているのだろうと、私はこれ以上ないほど身を小さくした。

「近衛《このえ》隊長にもご迷惑をおかけしまして……」

謝罪を口にする私に、彼はため息を一つ。

「お前の無茶は今にはじまったことではない。だが、ここから先は我々大人の領分だ。これ以上の無茶はするな」

しっかり釘を刺されてしまいました！

そこからはカノープスによる事情聴取の時間になった。

嘘をつくとあとが怖そうだったので、今回の件について知っていることを洗いざらい話す。ついでに伯爵家で再会したクェーサーのことも。

クェーサーの名前を聞いた瞬間、カノープスは一瞬眉をひそめて厳しい顔をしたが、私の話を止めたりはしなかった。

クェーサーが伯爵を殺害して立ち去ったところまで話すと、カノープスはずれてもいない眼鏡を直して、再びため息をついた。

「とにかく、君が自分から騒動に首を突っこんだことだけは、よくわかった」

「うっ！　それはそのー、ルシアンが心配で、ですね」

「心配だったのなら、他に方法がいくらでもあっただろう？　安易に自分とアラン・メリスの身を危険にさらし、さらには私や叔父上、他にも大勢の人間に迷惑をかけた。それに、君が無茶な潜入さえ行わなければ、伯爵が死ぬことはなかったんじゃないのか？」

カノープスの鋭《するど》い眼光に、私はぐうの音《ね》も出ずに俯《うつむ》く。確かに彼の言うことは正論だ。

私が最初から何もかも彼に打ち明けていたら、伯爵が死ぬことも、アランを危険にさらすこともなかっただろう。

『ゴラァ！　言いすぎだろうが、エルフのガキが！　確かに伯爵は死んだけどよ、かわりにその子供が助かったのはリルのお手柄だろ。自分が役立たずだったからって、リルに当たんじゃねーよ、ひよっこ！』

「ヴィサ君！」

口の悪さここに極まれりなヴィサ君を叱れば、彼はふてたように空中で丸くなってしまった。

ああー、空気が悪い。

私が全部悪いのはわかっている。今回は本当に、自分の未熟さが招いた事件だったと思う。

正論で突かれたら、私だって痛い。自分がそれに納得していれば、なおさら。

「カノープス、それぐらいにしておけ。乱暴だが、そこのバカ精霊の言葉にも一理ある」

シリウスは静かに立ち上がると、私の頭を撫《な》でて背中を向けた。ヴィサ君は文句を垂れる。

『お前は俺に普通に賛同できないのか？』

「私はあの子供達の処置に戻る。カノープスが行きすぎないよう見張っておけ、ヴィサーク」

『言われなくても！』

シリウスの命令にヴィサ君は尻尾《しっぽ》を一振り。

基本仲が悪いのに、やけに息が合うのは、この二人の謎なところだ。

カノープスは何度目かのため息をつくと、また人差し指で眼鏡のブリッジを押し上げる。

「……今回の事件のあと、伯爵家には王都の治安維持隊ではなく私の部下が捜査に入った。魔導による罠《わな》や二次災害に対処するためだ。そこで……多数の子供の遺体が発見された」

いつもより少し低いカノープスの声が、異常な事態を私に告げた。

「お前が天井を破壊した地下室の続きの部屋に、それらは山積みになっていた。ひどい状態だった」

私は吐き気を覚えて、思わず口を押さえる。

「かすかに残っていた毛髪などから、彼らはかつて〝ルシアン〟を務めた少年達であるとわかった。白骨化していたものもある。本物のルシアンが死んだ頃の身がわりだろう」

「本物のルシアンが、死んだ？」

「ああ、お前が寝ている間に、前伯爵であるルシアンの父親の事故調書を調べたのだ。それには改《かい》竄《ざん》の跡が見て取れた。医師ギルドで調べたところ、当時の担当者が証言した。今から八年前、ルシアンの父親が亡くなった馬車の事故現場には、確かに幼い子供の遺体があった、と。それがルシアン・アーク・マクレーンならば、彼は父親とその愛人と一緒に馬車の事故で亡くなっていることになる。彼が四歳の時だ。伯爵はその後、息子のかわりを求めたらしい。とはいえ、強い魔力を持つ貴族の子供をこっそり〝ルシアン〟に仕立て上げるのは難しい。そこで目と髪が息子と同じ色の平民の子を買い、アンテルドを埋めこんで強い魔力を宿らせたのだろう」

背筋に悪寒が走った。

それでは、マクレーン伯爵はもう八年も前から、髪と目の色が同じだけの他人の子を育てていたというのか？　おそらく気に入らなければ殺して、とっかえひっかえにしながら。

愛していた夫と子供を同時に失った伯爵には、同情できる部分もある。だが、だからといってそんなことが許されるはずがない。

一体何人の子供が、彼女の妄執《もうしゅう》の犠牲になったのだろう。私は無意識に両手を握りしめていた。

祈っても、誰も救ってくれるような世界ではないと知りながら。

そのあと再びカノープスにこってりと絞られ、彼が退室する頃には私はすっかり疲れ切っていた。自業自得《じごうじとく》とはいえ、日頃は寡黙《かもく》な眼鏡美形に理路整然《りろせいぜん》と責め立てられるのはつらい。

やはり今後は、軽はずみな行動は控えようと思う。

『あいつ……実はあんなに喋《しゃべ》るのな』

一緒に聞いていたヴィサ君も、疲労困憊《ひろうこんぱい》気味だ。

「いや、うん。言ってもらえるうちに直さなきゃ。こんなことばっかりやってたら、見捨てられちゃうね」

ベッドに体を預け、明るい部屋の天井を見上げる。

『俺はリルを見捨てたりしないぞ？』

「うん。ありがとう、ヴィサ君」

柔らかな布団にくるまりながら、とにかく休息を取ろうと目をつぶった。

しかしそこにリンと透き通った音がして、扉の魔導装置が客の来訪を告げる。

次はゲイルとミハイルだろうか？

あの二人にも、誠心誠意《せいしんせいい》謝らなければ。いつも心配ばかりかけて、本当に申し訳ない。

体を起こして待っていると、ゆっくりと扉が開く。入ってきたのは、予想外の人物だった。

「アラン……」

う、今回一番迷惑をかけた人物がやってきてしまった。

彼にはどんなに責められても文句は言えない。

でも、彼との間にある特殊《とくしゅ》な事情のせいで、素直に謝ることもできない。私は黙りこくった。

ベッドから体を起こしている私を見て、アランは少し頬を緩《ゆる》ませた。

「……体はもういいのか？」

開口一番、予想外の言葉をかけられて、戸惑う。

「……はい」

アランは先ほどまでカノープスが座っていた椅子に腰かけると、落ち着かない様子で自分の膝を撫《な》でた。そしてしばしの沈黙が流れる。

私は彼へ謝罪することに対する心理的抵抗と戦っており、アランはアランで私に何か言うに言えないことがあるようだった。

『一体何しにきたんだ？　こいつ』

ヴィサ君は空中で退屈そうに大きな欠伸《あくび》をする。ちょこっと見える牙《きば》が可愛い。

「……リシェール」

ようやく覚悟を決めたらしいアランにかつての名前で呼ばれ、少し和《なご》んでいた私は息を呑む。

一体彼は何を言う気なのだろうか。

はじめ、さんざん迷惑をかけたから、罵倒《ばとう》されるとばかり思った。

でもアランの悲壮《ひそう》な表情を見ていたら、彼がそんなことを言いにきたのではないとわかる。

「マクレーン邸で、お前があの男に言った言葉を覚えているか？」

「え？」

予想外の質問に、思考が一瞬停止した。

「真に美しい世界に、人間の存在はありえない――……お前はそう言ったな？」

言った。貴族を駆逐《くちく》しなければ、真に美しい世界は訪れないと言ったクェーサーに対して。

「確かに、言いました」

しかし、それがなんだというのだろう？

アランがそんなことをわざわざ確かめにきた意味がわからない。

まさか、私に道徳を説《と》きにきたのだろうか？　聖職者でもあるまいし。

「お前にそう言わせたのは、私達だな」

思ってもいなかったことを言われ、私は固まる。

「……リシェール、すまなかった。助けてやれなくて。お前が母にひどい仕打ちを受けていることを、あの頃の私は知ろうともしなかった」

アランは過去を悔いるように、難しい顔をしていた。

「学習室にお前がやってきてからも、私はお前の存在を母上に知られる前にと言い訳して、ひどいことを言った。他の子息のくだらないからかいから、助けてやらなかった……」

そんなのは今さらだ。謝られても、私はどんな顔をすればいいのかわからない。

感謝すればいいのか？　それとも怒鳴り返せばいいのか？

私は何も言えないまま、垂れ流しにされるアランの言葉に耳を傾けた。

「たぶん私は、お前に八つ当たりしていたのだ。お前がいなくなったあの日から、兄上もすっかり人が変わってしまわれた……」

『兄上？』

もう一人の年かさの兄の存在を覚えていないらしく、ヴィサ君は首を捻《ひね》る。

「お前さえいなければと、思ったこともあった——ひどい話だ。お前は何もできない、ただの子供だったというのに」

まるで一気に五十歳も老けてしまったように、アランは疲れた声を出した。

私もよく覚えていないが、その一番上の兄が一体どうしたというのだろう？

アランの話の結末が見えず、私は困惑の中でただ話を聞いた。

「まだ八歳のお前に、この世界が美しくないと言われて気づいた。私達がお前にどれほどひどい仕打ちをしたのかを。私は何もしていないつもりで、その無関心こそがお前を傷つけていたのだな」

しかしアランは兄については詳しく語らず、悔恨《かいこん》の表情で私の顔を見つめた。

彼の言葉は、よくも悪くも私の心を抉《えぐ》る。

彼に謝ってほしかったのは否定しない。

でも実際にそれをされてみれば、ただ気まずいだけで私はうまい返事をすることもできなかった。

王子に恩返しがしたくて王都に戻った私に、アランはつらかった日々を何度でも思い出させる。

私は無意識に唇を噛《か》んでいた。

もう、謝らなくていい。私はリシェールではなくなったのだから。

そして今は、幸せに暮らしているのだから。

「……たとえ美しくなくても、私はこの世界が好きですよ」

許すことも怒ることもできない私の口からは、そんな言葉がすべり落ちていた。

アランが訝《いぶか》しげな表情で私を見る。

「今、私の周りには、私を愛してくれる人達がいます。心配してくれる人達がいます。それがとても幸せです」

「リシェール……」

「〝ルイ〟という名前も、その人がつけてくれました。私はもう過去に囚《とら》われるのをやめます。だから兄上も、リシェールのことは忘れてください。貴族と平民のハーフが、子供のうちに命を落とすのはよくあることです」

静まり返った部屋に、私の言葉がぽたぽたとこぼれる。

彼に弱みは見せまいと強がる私の、涙のかわりに。

「ただ、学友として——ルイ・ステイシーとして、仲よくしてください。私はそれだけで充分です」

私が頼むと、アランは気まずそうに黙りこんだ。その眉間《みけん》には深いしわが寄っている。

「……最後に、一度だけ抱きしめさせてくれるか？　リシェール。そしたらもう、二度とリシェールとは呼ばない」

悲しい目をしたアランに、私はこくりとうなずいた。

すると、優しく抱擁《ほうよう》される。私も彼の背中に腕を回した。

本当の兄妹《きょうだい》であった時には、私達はこうして触れ合ったりできなかった。——どうしても。

ゆっくりとアランが離れていく。抱擁はほんの少しの時間だった。

けれど確かに、私の胸には温かい何かが残されている。

「……ルイ」

目尻を赤くしたアランが、泣き笑いの表情で言った。

私も、きっと似たような表情をしているだろう。

「ありがとうございました、アラン」

この美しくはない世界で、それでも確かに心が震える瞬間が、私達には用意されていた。

＊
✣
＊

さて、今回はただの疲労で倒れただけなので、私は早々にステイシー家へ帰された。

ミーシャとゲイルには、またひどく怒られるだろうと覚悟していたのだが、意外なことにそうはならなかった。マクレーン家での出来事は、機密らしい。私は単に魔力の使いすぎで倒れ、王宮で休憩していたという扱いになっていたからだ。

心配で眉を寄せるミーシャに私は心の中で土下座しつつ、静養を理由に学習室を三日欠席した。

明日には学習室に復帰できるからと、ミハイルに借りた近代史の本を読んでいたら、その持ち主が見舞いにきてくれた。

お勤めは抜けてきたのだという。なぜわざわざと問うと、彼はじろりと私を見下ろした。

「お前、また無茶をしたらしいな？」

「え、なんのこと？」

冷や汗を流しつつしらばっくれてみるが、彼の何もかも見透かすような金色の目には勝てる気がしない。ミハイルは口の端に皮肉な笑みを浮かべた。

「魔導省の知り合いから聞いたぞ。なんでも三日前に、強大な力を持った風の精霊が長官の執務室に飛びこむのを、大勢が目撃したそうだ。白銀の巨大なタイガキャット。どこかの誰かさんの契約精霊に、似たようなのがいた気がするんだが？」

げ。私は反射的にちらりと宙に視線を向けた。

ミハイルには見えないが、そこではヴィサ君も私と同じ顔をしていた。

「その上、貴族街にあるマクレーン伯爵家には、連日近衛《このえ》隊や治安維持隊が入りこんでなにやらやっているらしい。本来は王族や王宮を守護する近衛隊が貴族の家に出入りするなんて、反逆罪の汚名を着せられた時ぐらいだぞ。貴族の間では、すでに様々な憶測が流れているしな」

貴族を取り締まる法律はないとミハイルに教わったが、それには例外がある。国と国王に仇《あだ》なす反逆を起こすと、罰せられる。反逆の罪を背負ったが最後、その家は断絶となり、一族郎党《いちぞくろうとう》が処刑の憂《う》き目《め》を見る。以前反逆を起こそうとした王弟ジグルトは、王族ゆえに死罪こそ免《まぬか》れた。しかしかわりに王城のどこかにあるという地下牢《ろう》で、死ぬまで幽閉される厳しい処分が下っている。

近衛隊が事件に関わっているのは、未知の魔導であるクェーサーの術の調査に、エルフであるカノープスが直接当たっているせいだろう。

しかしそのせいでマクレーン家に悪い噂《うわさ》が流れれば、今後ルシアンはどうなってしまうのか。あの時は一刻を争うからとヴィサ君を実体化させたが、その判断が今になって悔《く》やまれる。

暗くなる私に、ミハイルはガシガシと頭を掻《か》いた。艶《つや》のある赤い髪が乱れる。

「その顔から察するに、やはりお前が関わってるんだな。他言無用《たごんむよう》にしてやるから、何があったのか詳しく話せ」

最初は機密事項だからと口をつぐんだ私だったが、ミハイルの目力と誰かに相談したいという欲求に敗北。結局は、三日前のあらましを洗いざらい話していた。

「伯爵は死亡。その犯人は二年前、王弟が起こした内乱で捕縛されたはずのクェーサーか……」

ベッドの傍《かたわ》らの簡素な椅子に腰を下ろしたミハイルは、顎《あご》に手を当てて難しい顔をした。

「その背中に埋まった石は、もしかしたらアンテルドかもしれないな」

ミハイルは険《けわ》しい顔で、その石がどんな厄介な存在であるか説明してくれる。

アンテルド——人を死に至らしめる悪魔の石。

その特徴に納得しつつも、それに取り憑《つ》かれた二人の少年が脳裏に浮かび、私は青くなった。

「そんな、だってルシアンの背中には！」

「落ち着け。確かにまずい事態かもしれないが、だからこそお前は一刻を争うと思って、精霊を使って彼らをシリウス長官のもとへ運んだんだろう？　なら、少なくともお前の判断は正解だった。この国で彼以外にアンテルドをどうにかできそうな者はいない」

ミハイルは今度はあきれたような顔でため息をついた。

「貴族街が騒がしくなっているのと同時に体調を崩したと聞いて、まさかと思って来てみたが……。思った通り面倒事に巻きこまれていやがった。まったく、どういう守護星のもとに生まれれば、そうも波乱万丈《はらんばんじょう》に生きられるんだ？」

そんなの、私が聞きたい。私だって本当は平穏な人生を送りたいのだ。

けれど私の高い目標と厄介な性格が、どうも面倒事を引き寄せるらしい。

「……お願いだから、ゲイルとミーシャには言わないで。これ以上、二人に心配をかけたくない」

「そう思うなら自重しろ。友を心配するなとは言わない。ただ、身近な大人を頼ることを学べ」

太刀《たち》打ちできない正論に、私はしょげた。

たぶん、前世の自分が大人だった意識が先に立って、うまく甘えることができないのだろう。だから咄嗟《とっさ》に助けを求められない。あるいは――迷惑をかければ、また捨てられるかもしれない。そんな恐怖を、私は未《いま》だに抱えているのかもしれない。

ゲイルやミーシャ、ミハイル、シリウスにカノープス。

身近な大人達が、私を愛してくれていないとは思わない。

でも、全身全霊《ぜんしんぜんれい》で私を愛してくれた実母のように、何があっても味方でいてくれるとも思えない。

それは、仕方がないことだ。私だって、彼らにそこまで求めたりはしない。

考えこんだ私に、ミハイルはもう一度ため息をついた。そして不機嫌そうな顔をする。

「……俺とゲイルは、またしばらく遠方での任務で留守にする。せめてその間ぐらいは、大人しくしていてくれ」

私は何も答えられず、一度だけうなずいた。

＊　✣　＊

学習室に復帰した私を待っていたのは、どこか気まずそうなアラン以外、まったくいつも通りの日常だった。王子もレヴィもその他の学友達も、マクレーン家のことは知らされていないらしい。

ミハイルとゲイルはあの日の数日後、任務のため王都を離れてしまった。私は寂しくなったステイシーの家で、ミーシャと使用人達と変わらない日々を送っている。

「マクレーン家の処分はどうなるのでしょうか？」

あれから半月あまり。闇月《あんげつ》――十一月は肌寒いのに、窓から差しこむ光はまだまだ眩《まぶ》しい。

私は王宮内にアランが与えられた部屋に、学習室でのルシアンがどういう扱いになってるかを聞きにきていた。念のため、ヴィサ君に頼んで防音の結界も万全だ。

「……敬語はやめろと言っただろう」

苦々しくアランが言う。ならアランこそ、その命令口調をやめるべきだと思うけど。

「ええと、マクレーン家はどうなる、の？」

「国の要人達の円卓会議では、すでに何がしかの結論に達しているだろうが、それが一向に下に下りてこない。貴族界の噂《うわさ》は沈静化してしまったし、陛下はもしかしたらこの件を、このまま風化させるおつもりかもしれない」

「風化って……それじゃあ、ルシアンはどうなるの？」

シリウスに任せたのだから、きっとあの少年達は二人とも助かっているのだと思っていた。

なのにルシアンは学習室に復帰しないし、マクレーン家がどうなったかの噂《うわさ》すら流れてこない。

学習室からはルシアンの姿だけが消え、学友の補充こそされないものの、あとは何事もなかったように日常が流れていく。それが私には耐えがたかった。

アランは苦虫を噛《か》み潰したような顔をする。

あの光景を目撃してしまった彼自身も、現在の状況は納得していないらしい。

「ベサミ様に直訴したり、実家の方から手を回したりはしているが、なかなか難しいな。どうもこの件は、完全にシリウス長官預かりになっているようだ。彼に意見できる人間はメイユーズ王国にいない」

『よくもまぁ、あいつも面倒事ばかり背負いこむな』

あきれたように言いつつ、ヴィサ君が緩《ゆる》く尻尾《しっぽ》を振る。

私はシリウスに直接かけ合おうかと、真剣に検討しはじめていた。

シリウスの執務室に辿りつけさえすれば、無下《むげ》にはされないだろう。

シリウスにはできるだけ頼るべきではないと今日まで接触せずにきたが、背に腹はかえられない。

その時、リンと聞き覚えのある音がする。透明感のある不思議な音だ。それは来客を知らせる魔導装置の音だった。壁に設置されている小さな石が、今は紫色に輝いている。

「紫……時属性ということは、ベサミ様か。なんの御用だろうか？」

時属性を持つ者は珍しい。アランの部屋に用がある時属性の者は、彼ぐらいだろう。

部屋に入ってきたのは、確かにベサミだった。

そしてその後ろには、フードを目深《まぶか》にかぶったローブ姿の二人の少年がつき従っている。

フードの中で、赤みがかった茶髪が揺れているのが見えた。

「まさか……」

慌てて駆け寄る。扉を閉めたベサミは、私の姿を見て眉をひそめた。

「ルイもいたのか」

ベサミの声ににじむ嫌悪感をものともせず、私は二人の少年の前に進み出る。

本当なら二人のそのフードを剥《は》がしたいが、さすがにそこまでの無礼はできない。

「ルイも私の客人です。ベサミ様、その二人は？」

アランも椅子から立ち上がり、足早にこちらへ近づいてくる。

お預けをくらった犬のようにそわそわする私に、フードの奥から笑う気配がした。

「……相変わらずだね」

聞き間違いかと思った。だって、その声は……

外されたフードの下から、見覚えのある顔より、少し大人びたものが現れる。

ルシアンではない。記憶と違って眼鏡をかけているが、間違えたりしない。

「お前は……？」

アランの戸惑ったような声が背後で聞こえる。

しかしそれにはかまわず、私は彼に抱きついていた。

「アル、アルなの？」

貴族としてのマナーが木端微塵《こっぱみじん》に吹き飛んでしまった私に、ベサミが軽蔑《けいべつ》の視線を送ってくる。

「アル……でもどうして？　なんでここに？」

国境の村に捨てられた五歳の私に、姉であるエルと一緒に家族のように接してくれたのが彼だ。

矢継《やつ》ぎ早《ばや》に聞く私に、アルは満面の笑みを向けた。

「リルのことずいぶん探したんだよ？　エルとリズ姉さんと、あとカシルも一緒に」

優しい口調が変わっていなくて、私はほっとする。

しかも、アルの年の離れた姉と彼女の元婚約者もいるとは。

「感動の再会はあとにしろ。事情の説明が先だ」

アランの手で無理やりアルから剥《は》がされた私は、はっとしてもう一方のフードの少年を見つめる。

その分厚い布の下から出てきたのは、珍しく苦笑を漏《も》らすルシアンだった。

彼の赤みのさす健康そうな顔を見た時、私の胸を占拠した感情を、なんと呼んだらいいだろう。

ルシアンと再会できたら何を言おうか、私はずっと悩んでいた。

彼の母親は殺されてしまった。しかしその母親すら、血のつながりはない上に彼を虐待《ぎゃくたい》していた人だった。だから彼がどんな心の状態で戻ってくるかわからず、私は不安だったのだ。

でも今、ルシアンは確かに小さく笑っている。

それがどうしようもなく嬉しくて、用意していた言葉なんて綺麗に忘れてしまった。

ただ、熱い涙が、ぼろぼろとこぼれ落ちる。

「ルシアン、よかった……ごめっ……」

何について謝ったのかは、自分でもわからない。

彼の家の事情を公《おおやけ》にしてしまったことか、それとも彼の母親を助けられなかったことか。

とにかく多くを失った彼を差し置いて、私が泣く資格はない。それなのに私は、どんどん溢れてくる涙を止められなかった。沈黙の落ちる部屋に、私のしゃくり上げる声だけが響く。

『リル……』

ヴィサ君が心配そうに尻尾《しっぽ》で私の頬を撫《な》でてくれる。

長い沈黙のあとに、ルシアンが動いた。そして彼は極限まで近寄ると、ぎこちなく私を抱き寄せる。

驚く私に、ルシアンは小声で囁《ささや》いた。

「再会の喜びは、こう表現すればいいのだろうか？」

その声が本当に戸惑っている様子だったので、思わず笑ってしまう。

ベサミにとりあえず落ち着くようにと叱られ、私達はアランの部屋の中にある応接スペースに移った。二脚ある一人掛けの椅子にアランとベサミがそれぞれ腰かけ、私とアルとルシアンは二人掛けのカウチソファに詰めて座る。

私が、アルを気にしてそわそわしていると、ベサミの鋭《するど》い眼光が飛んできた。

「それで、どうして私の部屋にいらしたのですか？　テイト卿《きょう》」

テイトはベサミの家名だ。ベサミ・ドゥ・テイトが、彼の正式名である。

視線をアランに移したベサミは、再度私を一瞥《いちべつ》し、ため息をついて状況の説明をはじめた。

「この二人は、あの日マクレーン伯爵家の地下にいた被害者だ。アラン。君の部屋を訪れたのは、二人について他言無用《たごんむよう》とするため。君はすでにこの件に関わってしまっている。なので、いっそ学習室での彼らのサポートを君に任せようというのが、僕を含めた上層部の考えだよ」

私は息を呑む。どういうわけかわからないけれど、アルまでこの事件に巻きこまれていたなんて。

彼を襲った悲劇を思うと、胸が詰まった。そんな私をよそに、アランがベサミに尋ねる。

「……彼らの、ですか？」

「ああ、明日からこの二人に学習室へ通ってもらう。――ルシアンと、彼の弟、アルベルト・マクレーンとして」

「弟⁉」

私は素《す》っ頓狂《とんきょう》な声を上げて、アルの方を見た。アルは私に向けて困ったように微笑《ほほえ》む。

「うるさいぞ、ステイシー」

「あ……申し訳ありません」

私が小さくなると、アランが口を開く。

「マクレーン家の子息は数年ごとに挿替《すげか》わる。これは学習室では周知の事実です。このルシアンも、真に伯爵家の血は引いていないのでしょう。なのに今までいなかったその弟まで作り上げるなんて、一体どういうおつもりですか？」

アランが重い言葉を吐き出す。貴族としてあの事件を看過するわけにはいかないと、その苦渋の表情が語っていた。しかしベサミはちらりとも表情を動かさない。

「本当のルシアンは事故で死亡したと証言した医者がいるが、事故は八年前のことで、真実を確かめようがない。そこで円卓会議では、挿替わるルシアンについては混乱に乗じてうやむやにすることに決まった。今のルシアンにはこのまま、ルシアン・アーク・マクレーンとして生きてもらう。マクレーン前伯爵の死後、伯爵家の執務は、前伯爵の兄である侯爵が代理で行っている。しばらくの間、彼は執務を請《う》け負うことを了承したらしい。彼の管理下でルシアンは執務を学び、将来的に伯爵家を継げば、大きな問題は起きまいというのが、円卓会議の結論だ。東の国境に情勢不安がある今だからね。貴族家を取り潰し、今回のことが明らかになって無用な騒ぎが起きるのは、極力避けたいのだろう」

円卓会議とは有力貴族達で序列を定めず行われる会議で、日本でいう議会に似た役割を持つらしい。ベサミは話を切ると、一つ息をついて続ける。

「今回の事件に関する発表は、次のようにされるはずだ。前伯爵は屋敷内で不慮《ふりょ》の事故により死亡。現在伯爵家には後継者のルシアンと、病《やまい》のため長く侯爵家で保護され、存在が隠されていたアルベルトの、二人の子息がいる。今日まで侯爵家の庇護《ひご》下にあり、今後も支援は続けられるものの、彼らがマクレーン家を支えていくと」

「しかし何も、伯爵家にその血を継がぬ子息を増やさなくとも……」

「彼らの背中を見ただろう？　君達がマクレーン邸へ行った時、髪と目の色がルシアンと同じアルベルトは、〝次のルシアン〟にされるための術を施《ほどこ》されていた」

到底受け入れられないという口調で呟《つぶや》いたアランのセリフを、ベサミが遮《さえぎ》った。

私ははっとして、隣に座る二人に目を向ける。

「アンテルド……」

埋めこんだが最後、宿主の命を喰《く》らう悪魔の石。ミハイルの説明が本当なら、彼らは時が来れば生きる屍《しかばね》になってしまう。無意識に、私は目の前にあるアルの手に触れた。

アルはそんな私を安心させるように、おっとりと微笑んだ。

「彼らの背中に埋めこまれている石は、アンテルドという。魔力を持たない者の体に魔導脈《まどうみゃく》のかわりとなる器官を生成する驚くべき石だけれど、最終的には宿主の体を乗っ取り、精神を崩壊させる。ルイの報告から推測するに、術者がルシアンからアルベルトに石を転移させる際、君達の邪魔が入ったことによって術が中断されてしまったようだ。そのため、石は二つに分裂して彼らに宿った。調べたところ、これはすでに定着してしまっているね」

ならば、私が余計なことをしなければ、少なくとも片方は助かったのだろうか？

もう少し早ければアルが、遅ければルシアンが。

そんなの、どちらも嫌だ。でも、だからといって、どちらも助からないなんて――

動揺が伝わらないように必死で堪《こら》える。

本当は、叫んで謝りたい。謝って済むことじゃないけれど。

しかしベサミの話は、予想もしない方向へ転がった。

「不幸中の幸いだ。あと少し遅くても早くても、ダメだっただろう。君達二人が転移の術を妨害したおかげで、二人は命拾いしたよ」

この部屋に入ってきてはじめて、ベサミが薄く笑う。

それは嘲笑《ちょうしょう》でも作り笑いでもない、私のはじめて見る彼の笑みだった。

「どういうこと……？」

話についていけず、頭が真っ白になる。

「調査の結果、均等に等分されたアンテルドは、宿主の生命力を吸収する能力を失っている。その証拠に、半月の間、二人の体内のアンテルドは少しも成長していない。背中に石は残るが、二人は魔導を扱うことのできる、ただの貴族の子供になったのだ。そして事情が事情なだけに、アルベルトを元の平民の家庭へ戻すわけにはいかない。二人共、国の監視下に置くことになる」

「アル……」

前半はいい知らせだが、後半は悪い知らせだった。彼らが助かったのは純粋に嬉しい。でも、アルがこれからエルやリズと離れて暮らさなくてはいけないのかと思うと、胸が痛んだ。

「心配しなくて大丈夫だよ。リル。ベサミ様はエルと姉さんとカシルも、マクレーン伯爵家で使用人として暮らせるように手配してくださったんだ。僕は学習室での講義が受けられるし、本当にいいことばかりなんだよ」

そう言って、アルは私の肩をぽんぽんと叩いた。

そのセリフを言葉通りに受け取ってはいけないことくらい、私にだってわかる。

急に貴族だとか言われて、体に変な石を埋めこまれて、名前を変えて生きていくなんて、どんなにいい条件でも戸惑いがあるだろう。一方で不安があるところを見せたくない、というアルの気持ちもわかったので、私はのど元まで来ていた謝罪の言葉を呑みこんだ。

「……ルイ、私も感謝している。二人には助けられた。ありがとう」

事件の前より話すようになったルシアンは、涙を堪えているせいでうまく笑えない私に、困り顔で言った。

「――それで、この二人のサポートを私に？」

「ああ。事件を目撃した当事者であり、王子の四肢筆頭である君が適任だろう。いくら無事が確認されたとはいえ、アンテルドが進行していないか、二人は定期的に魔導省で診断を受ける必要がある。そのためには、王城へ定期的に通う理由がいるからね」

あまりにも突飛《とっぴ》な話に受け入れづらいのか、アランは相変わらず難しい顔だ。

しかしベサミはもう用はないとでもいうように、席を立った。紫の巻き毛が揺れる。

「では、邪魔したね。わかってるとは思うけど、もちろんこの件は他言無用《たごんむよう》で頼むよ。君達以外は、学習室に通う学友のどの親も知らない情報だ」

「殿下はご存じなのですか？」

「いいや。あの方をわずらわせる必要はないさ」

そう言ってベサミが歩きだすと、アルとルシアンもそれに続いた。

「リル。エルと姉さんにも会いにきてね。きっと喜ぶよ」

「落ち着いたら、ルイをマクレーン家に招待する。ぜひ来てくれ」

彼らは再びフードをかぶり、部屋を出ていった。

しんと静まり返った部屋でアランと二人になる。まるでさっきまでの出来事が夢みたいだ。

「――で、お前をリルと呼ぶあの男は？」

ぼんやりしていたら、アランに低い声で問われ、私は腰を抜かしそうになる。

それから三メニラ――一時間半ほどかけて、ゲイルとミハイルの仕事の内容をうまく誤魔化《ごまか》しつつ、私は捨てられた先の農村での生活を話す羽目になったのだった。

3周目　宛名違いの招待状

ルシアンが戻り、アル、おっと……アルベルトが学習室に参加するようになった。最初こそなんだかんだと騒がしかったものの、闇月《あんげつ》――十一月の終わりころには、それも静かになってきている。

貴族達はその子息も含めて新しい物好きなので、今では流行のコートや新大陸からやってきたばかりの香辛料なんかに夢中みたいだ。

マクレーン家の似てない兄弟には、お目付け役がついた。パールという名前の、美しい女性だ。葡萄茶色《えびちゃいろ》の髪を高く結《ゆ》い上げた彼女は、普段は寡黙《かもく》だが指導には容赦《ようしゃ》がないらしい。

私は昼になると必ず、ルシアンとアルと一緒に食事を取った。

最近は外の東屋《あずまや》では寒いので、王宮内にある貴族用の客間を借りて、そこにお弁当を広げている。

「もう少しで、今年も終わりだね」

卵焼きをお皿に取り分けながら、私はしみじみと呟《つぶや》いた。

闇月が終われば色濁月《しょくだくげつ》――十二月に入る。そのころ王都は雪に染め上げられ、その下ですべての精霊は眠りにつく――と聖教会の教典には書いてある。

しかしヴィサ君は去年も一昨年《おととし》も起きていたので、迷信だろう。

学習室は色濁月の間休講になるため、二人とはしばらくお別れだ。

このひと月の間、精霊達を起こさぬようにという名目で、貴族達は基本的に外出を控えることになっているらしい。

「リルのお弁当が食べられなくなるなんて残念だよ」

アルはお皿を受け取って、おっとりと笑った。

持ち前の頭脳で、アルはすぐに学習室の授業に追いついた。純粋に学力だけで言えば、学習室内ではルシアンと並ぶだろう。ただ、魔導やマナーの授業が苦手なため、席次は中の下あたりだ。

アルの言葉に同意するように、ルシアンもこくりとうなずいた。

一緒に暮らしはじめたからか、この二人はずいぶん息が合ってきたみたいだ。

「色濁月《しょくだくげつ》に入ったら、うちに遊びにおいでよ。エルも姉さんも会いたがってるよ」

アルが楽しそうに言う。ルシアンがまたこくりとうなずいたので、私はつい笑ってしまった。

「アル、色濁月の間は貴族は外出を控えなきゃいけないんだよ。それが〝マナー〟なんだって」

「決まりがたくさんあって、貴族も楽じゃないんだね」

アルのうんざりした顔に、ルシアンはまたしてもこくりと同意する。

その口は休まず、唐揚げをむしゃむしゃと頬張り続けていた。

「そういえば、今日はアラン様とレヴィはいらっしゃらないの？」

首を傾げたアルに、ルシアンは少しだけ――ほんの少しだけ嫌そうな顔をする。

お弁当の取り分が減るので、ルシアンはこの昼食の席にアランが乱入するのをあまり好まない。

「うん。忙しいみたいだよ。十三歳になったら二人とも成人だから」

この国の成人は十三歳だ。これを機に子供達は一人の人間として認められ、正式に継承権や相続権を持つようになる。この国では、色濁月の終わりに全員一斉に一つ年を取るので、二人はあとひと月で成人だ。

メリスは特に大きな家だから、年が明けたらアランの成人を祝う盛大なパーティーが開かれるのだとか。その下準備で、アランはかなり忙しいらしい。

「成人かぁ。僕もエルも村で済ませちゃったし、ルシアンはいつだかわからないんだもんね？」

アルの問いかけに、ルシアンはまたこくり。ルシアンは伯爵家に連れてこられる前のことをほとんど覚えてないので、本当の年齢も不明なのだそうだ。でも背格好から、たぶんアルと同じ十三歳——もうすぐ十四歳ぐらいだろうというのが、彼を診察したシリウスの見解だった。

ちなみに私は、色濁月が終われば九歳になる。ようやく九歳だ。先は長い。

そうして和《なご》やかに昼食のひと時を過ごしていたら、来訪者を知らせる音がした。珍しいことなので驚いて扉の石を見れば、それは赤銅色《しゃくどういろ》に染まっている。赤銅色は金属性、ってことは……

『うるさいなー、何事だ？』

ふよふよと空中でお昼寝中だったヴィサ君もご機嫌ナナメ。

やがて扉がガチャリと開いて、勢いよく誰かが飛びこんでくる。予想通り、それはアランだった。

「どうしたの？」

ようやく彼に対するため口が板についてきた私である。

アルは目を丸くしていて、ルシアンはアランなど一切気にせず食事を続けていた。

扉が自動的に閉まり、息急き切ったアランがつかつかとこちらに近寄ってくる。

彼の目はなんらかの決意に燃えていて、私は座っていたソファの上であとずさってしまった。

「……これを」

私の目の前までやってくると、アランは一通の手紙を差し出す。

私がおそるおそるそれを受け取った瞬間、アランは背を向けた。そして突然走る。

「え？　ちょっとちょっと！」

呼び止めたが、彼は部屋を飛び出してしまう。

普段マナーに厳しいアランが、これほどのマナー違反をするのは珍しい。

一体何事だと手元の手紙に視線を落とせば、そこには『ルイ・ステイシー様』と流麗《りゅうれい》な筆跡で宛名が書かれていた。アランの字だ。

『あいつ、なんなんだ？』

半ば寝ぼけていたヴィサ君が、私の手元を覗きこむ。

私はその後ろ頭をなでなでしたくなりつつ、意識を手紙へ向けた。

触った感じは、特に変わった点はない、普通の手紙のようだ。

「驚いたね。急いでたのかな？」

アルは言い、ルシアンは手を止めてこちらを見ていた。

その目が手紙を開けてみろと言っている。

私は近くの机の上からペーパーナイフを持ってくると、それで手紙の封を開けた。

中には、少し厚手の紙が一枚と、メモのような切れ端に走り書きがある。

『貴殿、リルファ・ヘルネスト嬢を、
私の成人祝賀パーティーに招待致します。

アラン・メリス』

リルファって誰だ？

頭に疑問符を浮かべながら切れ端の方に目を落とすと、そこには――

『招待状の名前でパーティーに来るように。もちろん女装でだ！』

用件のみの簡素な走り書きを、私はたっぷり、瞬《まばた》き十回以上する間、凝視《ぎょうし》した。

「はあぁぁぁぁぁ!?」

私の口から漏《も》れた奇妙な声に、二人と一匹はびくりと肩を震わせる。

頭の片すみで、ヴィサ君に防音魔法をかけておいてもらって本当によかったと思った。

「な……な……」

何これ？　どういうつもり？　言葉がうまく口から出てこない。

その反応を訝《いぶか》しんだアルが、私の手から招待状をそっと引き抜く。

「えーと……『貴殿、リルファ・ヘルネスト嬢を』……なんだこれ？」

目を丸くするアルの手元を、ルシアンも口をもきゅもきゅさせながら覗きこむ。

その瞬間、正気に戻った私が彼らの手からその招待状を奪おうとしたが、遅かった。

「女装って……」

「アランはルイに何をさせるつもりなんだ？」

ルシアンは首を傾げる。アルは『どういうこと？』という視線攻撃を、私に向けた。

実は今日まで、私はアルに対して『事情がある』と言って、男装をして学習室にいる理由を誤魔《ごま》化《か》していた。

それは、危険を伴う私の事情に彼を巻きこむことを恐れているからでもあるし、どう説明していいのかわからなかったからでもある。

「リル、そろそろ、事情を話してくれてもいいんじゃないかな？　僕らは君の不利になることは絶対しないし、困っているならば何か手助けをしたいんだ。君が命がけで、僕らを救ってくれたように」

噛《か》んで含めるみたいなアルの言葉に、ルシアンも同調の視線を向けてくる。

『リル……』

心配そうに私を見るヴィサ君の顔をちらりと見て、一呼吸置いて私は覚悟を決めた。

今日まで待ってくれていたアルや、誠実に私とつき合ってくれているルシアンに対してこれ以上嘘をついているのは、確かにつらい。

「実は……」

私はソファに座り直し、彼らの目を見て今までの事情を話した。

私が、本当はアランの腹違いの妹であること。義母に疎《うと》まれ、アルのいた村近くの森に捨てられたこと。盗賊としてその村に潜入していたミハイルに頼んで、王都へ戻ったこと。そしてかつて命を救ってくれた王子の役に立つために騎士団に入り、今は王様の計らいで学習室にいること。

私がすべてを話し終えると、アルは大きなため息をついた。

「なるほど、そういう理由だったんだね……」

「まさかな」

二人の目を見ることができず、私は膝に手を置いて小さくなる。

いろいろな事情があったとはいえ、私は今まで彼らを騙《だま》していたのだ。特にアルは、村であんなによくしてくれたのに、ろくに理由も告げず私は王都に出てきてしまった。

「リル？」

アルに呼ばれ、顔を上げると――

「ツい!?」

いつのまにか席を立ってこちらに近寄っていたらしいアルに、デコピンされた。

「なっ……！」

おでこをおさえながら、私は涙目でアルを見上げる。

「リルの事情もわかるけど、どうしてもっと早く、僕らに言ってくれなかったの？」

アルの突然の行動に驚いていたルシアンも、その言葉にうなずく。

「ごめんなさい……」

私は素直に謝っていた。

あんな形で村を出たから、アルには本当に心配をかけただろう。

「リル、一人で抱えこまないで。僕も君の力になるよ。僕だけじゃない、エルや姉さんだって」

「俺もだ」

アルに、ルシアンも言葉少なに同意する。

母親の教育による洗脳が解けてきたのか、最近彼は自分のことを俺と言うようになってきた。

「ルイ……リルには、一生かけても返せないぐらいの恩がある。何があっても、俺はお前を守る」

ルシアンの言葉に、不覚にも私は胸を撃ち抜かれてしまった。

そんな！　前世で彼氏にも言われたことないのに！

「あ、ありがとう、ルシアン。……でも、その……恩なんて気にしないで。二人を助けたのは、私じゃなくてシリウス様とか、他の人達の力があったからだよ」

「そんなことない！　リルが王子に仕えたいなら、僕らも協力するよ。男所帯に女の子一人じゃ、困ることもいろいろあるでしょ？」

確かに、今はそれほどでもないが、体が成長してしまったら、いろいろと支障が出てくるだろう。

その意味でも、同じ学習室内に協力者がいれば心強い。

「ありがとう、二人とも……」

不覚にも涙ぐみそうになるのを、私は必死で堪《こら》えた。

なんだか、この世界に来てから、私はひどく泣き虫だ。

「で、この手紙に『女装』ってあるけど、アランは君が妹だと知らないの？」

アルの問いに、私は首を横に振った。

「アランは最初から知っていたみたい。でも私の存在が自分の母親にバレるとまずいから、ずっと気づかないふりをしてたって……」

「アランはルイに厳しく当たっていただろう」

咎《とが》めるようなルシアンの指摘に、私は肩を竦《すく》めた。

「お義母様《かあ》にバレないうちに、学習室から追い出そうとしたんだって。でも今は、何も困るようなことはされてないよ」

そう言ってアランをフォローしてみるものの、二人の表情はちょっと険《けわ》しい。

「それなら、なんでアランはこんな招待状を寄越したのかな？　メリス家で開かれるパーティーに参加するなんて、いくら偽名とはいえ、危険じゃないか!?」

「うん、でもさっきの様子だと、アランには何か考えがあるのかも……」

私のかわりにアルが憤《いきどお》ってくれるので、逆に私は冷静に考えることができた。

それに、あの日学友としての私を受け入れてくれたアランを、もう悪く思えない。

「じゃあ出るつもりなのか？　メリス家のパーティーに？」

ルシアンの声を非難を含んでいて、ちょっと気圧《けお》される。

わかっているよ、危険なことは。

でも、さっきこの招待状を持ってきた時のアランは、どこか必死な様子だった。普段は規則や礼儀にうるさい彼が、それらを無視して私にこの招待状を手渡しにきたのだ。それはきっと、どうしてもパーティーに出てほしい、ということなんだと思う。理由はわからないけれど。

「……うん。行くよ。アランが来てほしいって言うのなら」

そう言い切った私に、二人はあきれた顔をした。


出席すると決めてしまえば、私にはやるべきことがたくさんあった。

まず、何よりもしなければいけなかったのは、マナーの習得だ。

ステイシー家の養子になってから、私は少しでも早く王子のそばへ行けるようにと、家でも学習室でも礼儀作法を学んできた。しかしそれはすべて男子のものであり、私の年齢の令嬢が習得していなければならないものとは、何もかもが違っていた。

男とは違い、女は公《おおやけ》の場ではすべてにおいて一歩下がった態度が求められる。

どこへ行くにもエスコートを待ち、声がかけられるまでは決して自分から話しかけてはならない。

さらにはお手洗いにも侍女に付き添ってもらう必要があるなど、不自由の極みでしかなかった。

私は大慌てで、女子のマナーを学んだ。

その上、夜会には絶対に必要な技術があった。

それは……ダンスだ。

パーティーにダンスが付き物なのは、やはり乙女ゲームの世界だからだろうか。

そういえば、ゲームのエンディングは学園卒業のプロムパーティーが舞台だったっけ。エンディングなだけあって、それは美しいスチルで、主人公は見事結ばれた相手と踊っていた。

けっ、異世界で、何がプロムだよ。日本のゲームなんだから、歌でも歌えばいいのに。

ゆっくりと休養に充《あ》てるべきひと月を、私はマナーとダンスに費やし、内心は相当荒《すさ》んでいた。

『人間ってのは、ほんとめんどくせーなぁ』

ヴィサ君が空中にふよふよと浮かびながら欠伸《あくび》をしている。

私も、まったくもって同感だ。でも、一度決めたことを投げ出すわけにはいかない。

「違う。ここはこう」

そう言って、私とペアを組んでダンスのお相手をしてくれているのは、なんとルシアンだった。

盆踊りもフォークダンスも経験せずに前世を過ごした私にとって、ダンスはまったく未知の領域。

あの日、私の決意にあきれて不愉快そうにしていた彼だが、私のあまりにも無残なダンスに同情したのか、練習の相手役を申し出てくれたのだ。マナーもダンスも勉学よりは苦手らしいけれど、徹底的に貴族教育を施《ほどこ》されただけあって、ダンスも人並みにこなした。アルは用事があるそうで、今日は来ていない。

ステイシー家の小さなホールで、ミーシャの弾くピアノに合わせて、私達は踊る。

最初は気恥ずかしかったドレスも、今では何も感じなくなった。

ターンを決めた時にスカートがひらりと膨らむと、忘れかけていた乙女心が刺激される。一応、前世も今世も女なので、うまく踊れれば楽しかったりするのも本音だ。

ちなみに、ゲイルとミハイルには、手紙で今回の件を知らせている。

とはいえ、それでも絶対に反対するであろうことは目に見えていたので、確実にすぐ届くヴィサ君便に任せるのはやめた。商会を介して、彼らの任地へ向かう商隊に手紙を託している。これならば手紙の到着に時間がかかり、届いた頃にはすべてが終わっているはずだ。

仕事で王都を離れている彼らを、私の事情でこれ以上わずらわせるのも嫌だった。

パーティーへの参加を一番喜んだのは、ミーシャだ。

私がメリス家の娘であることを知らないミーシャは、今回のお嬢様講座に喜んで協力してくれた。

彼女がいつか私が着るかもしれないと用意しておいたというドレスが、クローゼットから何着も出てきた時には、正直ありがたいやら申し訳ないやらで頭が下がった。

そしてミーシャの連日の上機嫌ぶりを見ていると、これからはもっと親孝行しなければいけないなと、素直に反省するより他ない。

娘ができたはずなのに、ざんばら頭で騎士団に行ったり学習室に行ったりで、そういう意味ではミーシャも不憫《ふびん》かもしれない。

色濁月《しょくだくげつ》は、冷たい空気の中で意外にも穏やかにすぎていった。

＊　✣　＊

カノープスが近衛《このえ》隊長に任命されてから二年以上が経つが、その執務室は未《いま》だに物が少ない。

そんな味気のない部屋で報告を聞き、カノープスは書面の上に走らせていたペンを止めた。

「下民街《げみんがい》で……？」

なんとなく、ずれてもいない眼鏡のつるに触れる。

部屋には自分の他に、黒ずくめの女が一人。ひどく存在感の薄い、しかし美しい女だ。名をパール・シーという。

近衛隊長になってからその存在を知らされた彼女は、王立秘密諜報部《ちょうほうぶ》の隊長だった。

諜報部は有能だが、騎士団出身のカノープスはどうも彼らに馴染《なじ》めない。

彼らは、王に仇《あだ》なす者の懐《ふところ》に入りこむためには、手段を選ばないからだ。

「ええ。下民街で貴族がまた一人、遺体で発見されたわ。前回同様、野犬に食い荒らされたようなひどい有様よ。持ち物は住民に持ち去られたんでしょうね。下ばきぐらいしか残っていなかったわ。貴族としては哀《あわ》れね」

「それでよく貴族だと断定できたな」

「いつもの殺《や》られ方だったから、一応、魔導省の解析に回したのよ。体内から魔導脈《まどうみゃく》が確認されたわ。でも身元までは……」

魔導脈は強い魔力を持つ者の体にしか発現しない。

そしてこの国で魔力を扱えるほど宿すのは、貴族出身の者だけだ。

もしくは——体にアンテルドを植えつけられたか。

一瞬、カノープスの脳裏に先日運びこまれた二人の少年のことが思い出されたが、そのことを彼女に伝える気はなかった。

「貴族の在所確認を急がせる。こうなっては、王都の治安維持部隊との連携も必要になってくるな。まだ騒ぎにはなっていないが、貴族の噂《うわさ》は広まるのが早い。人々に伝わる前に、せめて犯人の見当でもつけばいいんだが」

カノープスは彼女らとは別に、子飼《こが》いの精霊にクェーサーの動向を調べさせていた。

しかしクェーサーは、かつてカノープスにすら悟《さと》らせず、騎士団内部にまで潜入した男だ。そう簡単に見つかるとは思えなかった。

「……本当は、見当がついているんじゃやなくて？」

女が艶《つや》っぽく笑う。鎌《かま》をかけられているのだろう。

「もしそうなら苦労はしない。それより、別の任務の方はどうなっている？　そちらの方が今は大事だ。万が一にも失敗がないよう、気を抜くなよ」

いつもの無表情でそう言うと、カノープスは扉に一瞥《いちべつ》を向けた。

出て行けと言葉にできないのは、実質彼女は地位的に近衛《このえ》隊長と同格にあるためである。

まったく。近衛隊長なんて、本当に団長は面倒な仕事を押しつけてくれた。

「かしこまりました。救国の騎士様」

『救国の騎士』とは、カノープスの城での通り名だ。二年前に内乱をおさめた彼を、尊敬をこめて人はそう呼ぶ。

しかし、その呼び名を本人が蛇蝎《だかつ》のごとく嫌っている話は、カノープスの周りの人間しか知らない事実だ。

女はカノープスの弱みをピンポイントで突くと、そのまま優雅な所作で礼をして、足音もなく部屋を去っていった。

雌雄《しゆう》の別が乏《とぼ》しいエルフのカノープスにとって、人間の女はただでさえ扱いづらい。彼女はその中でも頭一つ抜けて苦手だ。

カノープスは眼鏡を外すと、眉間《みけん》を揉《も》んでため息をつく。

本当に、人間というのは面倒くさい。

＊ ❖ ＊

無事、リシェールに手紙を手渡すことのできたアランは、嫌な動悸《どうき》を抑えられないまま、世話役の待つ学習室の方へ急いだ。

マクレーン家の騒動以降、アランには世話役——つまり、監視がつけられた。名目上は成人の儀式を前にしてのお目付け役ということになっている。その男は、兄の紹介で侯爵家にやってきた。

はじめは、我が身を危険にさらしたのだからしょうがないと、処置に納得していた。しかしアランは月日が経つにつれ、目付け役の男は妙だと思うようになった。

いつも顔色の悪い、痩身《そうしん》の男だ。こげ茶色の髪を撫《な》でつけて体裁を整えているが、お世辞にも貴族の出身には見えなかった。姿勢が悪く、言葉に時折訛《なま》りがまじる。

兄は一体どこでこの男と知り合ったのだろうか。そしてなぜ、自分の監視につけたのか。

馬車で世話役と向かい合って屋敷に帰る道すがら、アランは思考の海に溺《おぼ》れていた。

兄上——メリス家嫡男《ちゃくなん》であるジーク・リア・メリスは、妹であるリシェールがメリス家を追い出されたあの日から、変わってしまった。

品行方正《ひんこうほうせい》で知られた彼が、頻繁に家を空《あ》けるようになったのだ。そしてたまに帰ってきても、着替えてすぐにどこかへ行ってしまう。見かける時はいつも、強張《こわば》った顔をしていた。アランが話しかければ表情を緩《ゆる》めるものの、どんなに頼んでも、家に留まることはなかった。

兄の変わりように、アランは少なからず心を痛めた。

貴族の家では、家庭の愛情が充分でないことも多い。メリス家もそんな例に漏《も》れず、アランは両親の愛情をそれほど受けずに育った。

しかし、兄であるジークだけは違っていた。彼はアランに様々なことを教え、いつも優しく接してくれた。ジークはアランにとって、兄であり父でもあった。

だというのに、ジークすら、アランとの関わり合いを避けるようになってしまったのだ。

その後、学習室へ招集されたアランは、寂しさを紛らわすために勉学にのめりこんでいった。

そうして三年の月日が流れた頃、アランは家族に何かを期待することをやめていた。学習室に通う他の子息達も、家族と親しくすごすことなど稀《まれ》だという。そういうものなのだろうと、アランは自分の状況をすっかり受け入れていた。

ところが、アランの成人の儀式を前にした今年、事態が急に動いた。

あまり家に寄りつかなくなっていたジークが、不在の当主にかわってアランの成人の儀式を取り仕切ると、突然言い出したからだ。

メリス家当主であるヴィンセント・リア・メリス侯爵は、王から外交官に任命されており、家を空けることが多い。なので、メリス家では家令に大幅な裁量権が認められている。

アランの成人の儀式もそれに付随するパーティーも、途中までは家令が準備を取り仕切っていた。

ジークはどういうつもりなのか、それに口を出しはじめたのだ。出席者の選定から、客をもてなす料理、屋敷の飾りつけ、果てには聖教会におさめるために工房で誂《あつら》えていた聖具まで。

メイユーズ国の成人の儀式は、大陸に根を張る聖教会に深く結びついている。

大陸の大半の人間が信仰する聖教は、神が人間を捨ててこの地を去った物語を、今に伝えている。

神はこの地を去る際、人が困らぬように四柱《しちゅう》の精霊王とエルフを残された――

この書き出しではじまる物語は、聖典と呼ばれる。かつては口伝だったもので、時代によっては吟遊詩人《ぎんゆうしじん》の奏《かな》でる歌となり、今でも大人から子供にまで親しまれている。

最近の聖教はすっかり細分化し、国や地方によってそれぞれの精霊王を信仰している。しかしメイユーズ国は建国にシリウスが関わっているだけあって、特にエルフを重んじていた。

ゆえに成人の儀式は、十三歳になる子供達が色濁月《しょくだくげつ》最後の晩に聖教会へ赴《おもむ》き、用意しておいた聖具を、祀《まつ》られているエルフの像に納めるのだ。その後、教会で清められた聖具を持ち帰り、貴族の家では子息子女の成人を祝って、夜を徹したパーティーを開く。

アランが家令と話し合って決めた聖具は、緻密《ちみつ》な細工の施《ほどこ》された学業成就《じょうじゅ》を願うペンだった。ところがジークはそれを強引に、武運長久《ぶうんちょうきゅう》を願う剣《つるぎ》へ変えてしまったのだ。

そのジークの横暴を、アランは呆然と見ていた。

物腰こそ柔らかではあったが、この方が男らしいだろうと彼はアランを諭《さと》した。しかし、かつては何かを強要することなど一度もなかったジークの変化に、アランは戸惑った。

そしてその後も着々と、ジークによる侯爵家の掌握《しょうあく》は続いている。

メリス家に仕える使用人達に反論する者などいないし、母はアランの成人の儀式には無関心。そして唯一《ゆいいつ》、彼に勝《まさ》る発言権を持つ父侯爵は、儀式前日まで帰宅しない。

アランは自分の成人の儀式に一抹の不安を覚えながら、兄の紹介でやってきた奇妙な男に監視される日々を送っていた。

アランがリルに招待状を送ったのは、その不安を分かち合う相手のいない恐怖からだ。今は使用人に何かを頼むことすら恐ろしく、手紙も監視の目をかいくぐってわざわざリルに手渡した。

義母に存在がバレて、彼女の身を危険にさらすことがないようにと、あらかじめ欠席の返事が届いていた令嬢の名前を利用して。

リシェールがメリス家を追われて以来、人が変わってしまった兄。

彼をどうにかできるとしたら、もう妹しかいないと思われた。

揺れる馬車の中、アランは震えそうになる手をぎゅっと握りしめる。

メリス家とはすっかり縁が切れて、穏やかに暮らす妹を自分の事情で引っ張り出すのだ。罪悪感がないわけではない。あの招待状を書き上げるまで、アランは幾つも苦悩の夜をすごした。

彼女の身の安全や気持ちを思いやるなら、こんなことは決してすべきではない。

けれども、兄をどうにかできる可能性を持つのは、もはや妹だけなのだ。

自分は兄と妹を天秤《てんびん》にかけて、結局兄を選んでしまったのだろうか。

アランは世話役に見咎《みとが》められないように、俯《うつむ》いて奥歯を噛《か》みしめた。

母にバレなければいい。兄が何も起こさなければ、父に見つからなければ――

いくつもの楽観的な見通しですら、アランのふさいだ気持ちを晴らしてはくれなかった。

＊　❖　＊

「ここが、メリス侯爵家……」

色濁月《しょくだくげつ》最後の日が終わり、灰月《はいげつ》――一月のはじまりの日。時計は二テイト――深夜一時を指していた。メリス家では、聖教会から戻ったアランの成人を祝うパーティーがはじまろうとしている。

つい二メニラ――一時間前まで八歳だった私も、今は九歳だ。

庭には無数の松明《たいまつ》が焚《た》かれ、闇の中に巨大な屋敷を浮かび上がらせていた。車寄せには馬車が長蛇の列を作り、揃いのコートに身を包んだ大勢のフットマン達が、その行列を素早く捌《さば》いていく。

招待客は、遅めにやってきた私達が最後だった。

もう二度と戻りはしないだろうと思っていた場所だ。しかし、私は再びここへ来てしまった。懐かしさはまったくない。思えば、強引に連れてこられ、部屋に閉じこめられたのち、再び追い出された家だ。まともに見たことがないのだから、その外観が記憶にあるはずもない。

しかし、この家で起こった数々の出来事を思えば、胸が締めつけられたように痛む。

「大丈夫？　リル」

馬車に同乗するアルが、心配そうに顔を覗きこんでくる。

隣で仏頂面《ぶっちょうづら》をしていたルシアンも、こちらにアルと同じ意味合いの視線を寄越した。

私は二人に、大丈夫だと笑ってみせる。

私は、学友として夜会に招待されたアルとルシアン、そして二人のお目付け役が乗るマクレーン家の馬車にお邪魔している。リルファは、闇月《あんげつ》に王都から離れていた二人がヘルネスト家の領地を訪れた際、知り合ったということにした。

アランに指定されたリルファという偽名は、愛称としてリルと呼んでも不自然ではない。おかげで、お目付け役の目があってもひやひやせずに済んだ。

アルとルシアンのお目付け役であるパールという女性は、あまり面識がないが、とにかくとても美しい女性だ。真珠が無数に編みこまれている髪は、紫に茶色のまじる不思議な色合いである。

しかし不思議なのは、確かにとても美しいのに、なぜか記憶に残りづらいということだった。

美しすぎて、特徴がない。それはまるでマネキンのような美しさだ。

その時、使用人の手で、外から馬車の扉が開けられた。ひやっとした夜気が頬を撫《な》でる。

令嬢の格好をするというのは本当に大変だ。

まず、スカートを膨らませるためのクリノリンは、いちいちどこかに引っかかって動きづらい。

そして偽名の主である令嬢だと誤魔化《ごまか》し、使用人達の目を欺《あざむ》くため、私はピンクゴールドのつややかなカツラをかぶっていた。久しぶりの長髪は、首回りが温かいのはいいが重くて鬱陶《うっとう》しい。

まだ子供なのでコルセットは大目に見てもらえたけれど、その分ドレスはふりふりで、なんというか精神的につらい。剣ダコや手荒れを隠す白い手袋は、レースのあしらわれた愛らしい品だ。

早くもげっそりしながら、先に降りたアルの手を借りて、私は馬車から地面に降り立った。

パールの手を借りて、毛皮のボレロを羽織《はお》る。足元は冷えますけどね！　これで若くなかったら、クリノリンの重みとのダブルパンチで腰を痛めそうだ。

私はルシアンのエスコートで、メリス家に入る。ちなみにアルは、練習を兼ねてパールをはじめてのエスコート中。

メリス家の様子は、想像通りの〝貴族のパーティー〟だった。

夜なのに、会場がきらきらとした光に満ちている。高価な光の魔導石を使っているようだ。

そして広大な広間には、派手に着飾った人々で溢れている。前世では結婚式でしか見たことのない燕尾《えんび》服が、あちらこちらで尾を引いていた。ダンスのために用意されているオーケストラは、パーティーのはじまりにふさわしい、華やかな曲を演奏している。

招待客はまず侯爵に挨拶《あいさつ》するために、長い行列を作っていた。

ということは、この行列の先頭に私の本当の父親がいるのか。

パーティーが豪華すぎて、なんとなく鼻白《はなじろ》んだ気持ちになりながら、私達は人の波を縫《ぬ》うように会場の中へ進む。すぐに、適度にスペースの空《あ》いた壁際に辿りついた。

『うまそう！　リル、食べてきてもいいか？』

パーティーの参加に乗り気じゃなかったヴィサ君が、激しく尻尾《しっぽ》を振り料理に狙いを定めている。

私はため息をついた。おいしそうな料理を前にすると、ヴィサ君は理性を失ってしまう。

『人目につかないようにね』

〝待て〟状態だったヴィサ君が、猛烈な勢いで料理の用意されたテーブルに飛んでいく。

「大丈夫か？」

ぼーっと行列の先を見つめる私を、ルシアンが無表情で気遣《きづか》ってくれる。

すぐそばにパールがいるので口には出さないが、アルも心配そうに私を見ていた。

「うん、人が多いからびっくりしただけ」

それは本当だ。今さら、父親にも義理の母にも、思うことはない。思った以上に何も感じない自分に、驚くくらいに。

きっと、惜《お》しみなく愛情を注《そそ》いでくれるミーシャとゲイルのおかげだ。

「これじゃあ、挨拶《あいさつ》を済ませるのにも時間がかかりそうだね」

招待客が主催者に挨拶をするのは、欠かせないマナーだ。

私は正体が知られるのが恐ろしいから遠慮するけど、アルとルシアンはそういうわけにいかない。

「大変ですが、あの列に並ぶしかありませんね。リルファ様。体調が優れないのでしたら、使用人に言って休憩用のお部屋に案内してもらいますか？」

腰をかがめて覗きこんでくるパールに、首を振る。

「大丈夫。でも並ぶのは大変だから、挨拶は列が落ち着くまで待っていてもいいかしら？　あとから挨拶にうかがうわ」

そう言うと彼女も納得したようで、アルとルシアンを急《せ》かしつつ行列の最後尾へ向かった。

彼女の役目は、マクレーン家二人のお目付け役。私の世話をすることではないのだ。

二人は私を気にしてちらちらと振り返るので、笑みを浮かべて彼らに手を振る。

彼らが人込みに隠れると、私は壁に寄りかかり、ため息をついた。

それにしても、侯爵家の権勢を示すパーティーとはこれほどのものか。その盛大さに、思わず皮肉な笑みがこぼれる。

会場には充分な暖房設備があるのだろう。ボレロを脱いでも、ちっとも寒くなかった。

これほどの富があるなら、なぜその欠片《かけら》でも母に分け与えてくれなかったのか。

下民街《げみんがい》のあばら家で身を寄せ合っていた日々が、今さらつらく思い出されてしまう。

本当に本当に、私はこの家が嫌いだ。大嫌いだ。

でも、アランはただの友達。彼さえ憎みそうになる自分に、必死にそう言い聞かせる。

「――失礼。レディ、ご気分でも？」

どす黒い感情に心を奪われていた私は、その男性が近づいてきたことに気づくのが遅れた。

少しかがんで私の顔を覗きこんだのは、シャンパンゴールドの髪を後ろで一つに束ねた、細身の男性だった。ブルーグレイの瞳が、笑っているはずなのにどこか冷たさを感じさせる。

彼と目が合った瞬間、私の体には震えが走った。

――兄上。

それは、アランとはまったく似ていない、メリス家の長男。ジーク・リア・メリス、その人だった。

なぜ、兄上がここに？　メリス侯爵と一緒に、行列の先にいるとばかり思っていた。大人しく、招待客の挨拶《あいさつ》を受けてないとダメじゃないのか？

内心焦りつつ、慌てて顔を俯《うつむ》かせる。

「ありがとうございます。あまりの盛大さに、驚いてしまっただけで……もう大丈夫です」

お世辞も交えながら、気弱な令嬢を演じてみる。

俯いた頭からは、『かまうな～』という念を放出しているつもり。

なのに兄上は――

「人込みに酔《よ》われましたか？　では、少し静かな場所で休んだ方が……」

と言ってひざまずき、私の顔を覗きこんできたのである。

おいおい、九歳児にこれは刺激的だ。いくら優しくても、やりすぎである、兄上様。

「そんな！　お立ちください。侯爵家子息であるあなたにそのようなことをさせては、わたくしが叱られてしまいます」

私が動転した様子を見せると、ジーク兄上は優雅に微笑《ほほえ》んだ。

「これは失礼、レディ。……付き添いの方はご一緒ではないのですか？」

令嬢であれば、夜会に出席するにも付き添いの侍女がいるのが普通だ。

しかし、なんちゃって令嬢である私に、そのような者はいない。誤魔化《ごまか》そう。

「ここで待っているようにと言われておりますので。だからどうかお気になさらず……」

「主を待たせておくなど、とんでもない付き添いですね。少し懲《こ》らしめてやりましょう」

そう言って、兄上は私の手を取った。

「どうぞこちらに。休憩用のお部屋にご案内いたします」

侯爵家の人間にそう言われれば、無下《むげ》にはできない。私は大人しく兄上についていった。

途中、幾人かの令嬢が振り返る。

今日で二十五歳を迎える兄上は、攻略対象でもおかしくないほど優美なイケメンだ。

こんな出来事も、ゲームイベントだったらスチルを見て楽しめただろう。

しかし他人の名を借りてこの場に潜入している今は、ただ胃がキリキリと痛む。

「どうぞこちらに」

連れてこられたのは、誰もいない広めの客間だった。窓があるので、おそらく高位な招待客専用なのだろう。

仕方ない、兄上が去ってから、こっそり抜け出そう。

そう思うのに、なぜか彼はなかなか立ち去らない。

「お、お手数をおかけして申し訳ございません……」

余計なことは喋《しゃべ》れないため、夜会デビューで緊張しているっぽく振《ふ》る舞《ま》う。

そして、『かまうな～』という念を再放出。しかし兄上は気がつかないようで、私が促《うなが》されるままに座ったソファの隣に腰を下ろした。

これは明らかなマナー違反だ。いくら私が九歳でも、同意なしで未婚の令嬢にこのようなことをしてはいけない。

驚いて見上げる私に、兄上はくすりと笑う。長めに垂らされた前髪が、ゾクリとするほど妖艶《ようえん》だ。私はその顔をまじまじと見つめた。遠巻きに見ていただけだったが、兄上は果たして……こんなに強引な人だっただろうか？

「重ね重ね、ご無礼を。私も少し疲れました。休憩をご一緒しても？」

「え、ええ」

なんというか、断れる雰囲気ではない。

気圧《けお》されている私にかまわず、彼は呼び鈴を鳴らし、使用人にお茶を持ってこさせた。そして使用人が去って二人きりになると、兄上は私の顔を再び覗きこむ。

「失礼。どこかでお会いしましたか？　お名前は？」

魔導による空調は万全のはずだが、背中を冷や汗が伝った。主催者に尋ねられれば、答えないわけにはいかない。

「リルファ・ヘルネストと申します」

顔を逸《そ》らそうとする私の顎《あご》を、兄上の手が捕まえた。

息のかかりそうなほどの距離で、兄上がまるで検分するように私の顔を見つめる。

正体がバレたか？　それとも、まさかのロリコンか？

しばらくそうしたあと、兄上は私の顎《あご》を解放した。

「まさかそんなはずは……」

「あの、何か？」

おそるおそる尋ねる私に、彼はなぜか一瞬、怖いものを見るような目をした。

「……いいえ。知人に少し似ていたもので。ご無礼をしてしまって申し訳ない。ヘルネスト家の方でしたか。遠路はるばるようこそ、我が侯爵家に。それではお父様とご一緒に？」

私が今名前を借りているリルファ・ヘルネスト嬢は、王都の遠方に暮らす、権力とは無縁の子爵令嬢だ。彼女は私と同じ年頃で、まだ夜会デビューをしていない。顔が知られていないため、アランは彼女を選んだのだろう。

「ええ。父は侯爵様のもとへご挨拶《あいさつ》にうかがっております。本来ならわたくしもご一緒すべきなのですが、慣れない魔導転移に少し疲れてしまって」

まったくの嘘だが、子爵家の領地を考えれば、不自然な話ではないはずだ。

実際、色濁月《しょくだくげつ》には街道も雪で閉ざされてしまうので、もし王都に向かうとすれば、聖教会が管理する転移用ペンタクルを使わなければならない。そして転移用のペンタクルで転移すると大量の魔力を消費するため、魔力が弱い人にはその影響で後遺症が出てしまうことがあるのだ。中には、体調を崩して何日も寝こむ人もいる。

「そうでしたか。さぞお疲れでしょう」

優しく言って、兄上は黙りこんだ。

いや、そう思うなら、そっとしておいてくださいよ。

私は思うものの、なぜか彼はその場から動かなかった。

「あの、わたくしは本当に大丈夫ですから、どうか、会場にお戻りください。ホストであるあなたを独占していては、わたくしが叱られてしまいますわ」

マジものの困惑の表情で懇願《こんがん》するが、兄上は笑顔でそれを受け流す。

「いいえ。私は放蕩《ほうとう》息子でしてね。実は今まで実家のパーティーにほとんど顔を出していなかったのです。だから私の顔を知っている人間は滅多にいませんよ」

「え？」

どういうことだろうか？　彼の言葉の意味が一瞬理解できず、ぽかんとする。ただなんとなく、嫌な予感がした。

「なのに……どうして君は、私をメリス家の息子だとご存じなのかな？」

にこりと笑ったその顔を見て、私の顔から音を立てて血の気が引いた気がする。

兄上は微笑を浮かべたまま、じっと私を見つめていた。

息をすることすら、つらい。真っ白になった頭で、私は必死に言い訳を探した。

もういっそ、正体を明かしてしまうか？　でもそんなことをすれば、私どころかゲイルにまで咎《とが》が及ぶかもしれない。夜会を叩きだされるだけで済めばいいが、彼の意味ありげな表情を見る限り、その想像は楽観的すぎるだろう。

――どれほどの時が過ぎただろうか。私達の間で緊張が張りつめる。

そして暖炉《だんろ》の薪《まき》が音を立てて崩れたのを機に、高まった緊張は弾《はじ》けた。

「あっはっはっは！」

……は……？

兄上は、唐突に体を折って大きな笑い声を上げた。

わけがわからず、私はぽかんとするばかりだ。

そんな私を尻目に、兄上は笑い続ける。はあはあと、息も絶え絶え《たえだえ》の様子で目尻の涙を拭った。

「……ッ、すまない。君の反応が、あまりにも知り合いに似ているものだからッ」

「お知り合いの方、ですか？」

何が何やら。私の頭の上には大量の疑問符が浮かんでいるだろう。

しばらくは、間抜《まぬ》けに口を開けたままにしていたことにすら、気づけなかった。

「いや、悪かった。実はヘルネスト家から招待状の返信を受け取った時のアランの様子が、いつもと違って見えてね。気になっていたもので、ヘルネスト家の令嬢を探し、少し様子を見ていたんだよ。そうしたら、どことなく君が僕達兄弟の知り合いに似ている気がしてきてね。つい声をかけてしまったばかりか、からかってしまって、悪いことをした」

なんだそれ、心臓に悪いからやめてほしい。

「あ、反応は、また別の女性に似ているのだけれど」

そう言って、兄上は少し苦そうな笑みをこぼした。

「君は僕らの妹に似ているよ。髪の色は違っているが、その目がそっくりだ」

内心でギクリとしながら、私はぎこちなく笑みを作る。

「あら、妹君がいらっしゃるのですか？　ごめんなさい。存じ上げなくて……」

「ああ、今は遠くに暮らしているよ。体が弱くて、一緒には暮らせないんだ」

そう言って、兄上は少し思いつめたような表情を見せた。

私は正体を偽っている罪悪感と、かつては私に無関心だったはずの彼の意外な反応に、言葉を見つけられない。

「よかったら少し、僕の話を聞いてくれるかい？」

「え？」

「僕はもう二度と、彼女に会うことはないだろうけど、誰かに聞いてもらいたい気分なんだ」

それは、その妹――私が国境の村にいると思っているからだろうか？　それにしては、彼の言い回しは、何かおかしい気がする。

「――僕には昔、心底愛した女性がいた」

兄上が語りはじめた内容に、私は拍子抜けした。

は？　女性？　私の話じゃないんですか？

しかし、話の続きは、驚くべきものだった。

「彼女は僕の家で働くランドリーメイドだった。毎日洗濯をしていたから、あかぎれた痛々しい手をしていたんだ。でも、明るくてよく働くとハウスキーパーも彼女を買っていた」

「そのような方と、どうしてお知り合いになったのです？」

疑問が、するりと口から出た。

ランドリーメイドは、貴族家に雇われているメイドの中でも地位が低い。屋敷のご子息と恋に落ちるなど、恋愛小説でもあるまいし、とても信じられなかった。

「庭園を散歩していた時にね、歌が聞こえたんだ」

「歌、ですか？」

「ああ、どこの言葉かはわからなかったが、心地いい音色だった。人の心に入りこみ、そっと寄り添うような……。その歌を歌っていたのが、彼女だった。白いシーツを広げながら、気持ちよさそうに口ずさんでいたよ。彼女を見た瞬間、僕は恋に落ちたんだ」

どこの言葉かわからないということは、彼女はこの国のある大陸とは別の、新大陸の人間だったのだろうか？　侯爵家子息ともなれば、大陸で使われる主な言葉はいくつか話せるし、大抵の国の挨拶《あいさつ》ぐらいは言えるはずだ。

おっと、肝心なのはそこじゃないね。

まさに恋愛小説的な出会いを果たした二人は、どうなったのか――

「僕は毎日彼女のもとへ通ったよ。最初、彼女は戸惑ったみたいだったけれど、辛抱強く通ううちに、心を開いてくれるようになった。彼女はこの国の言葉が上手じゃなかったから、僕は彼女にいろいろな言葉を教えてあげた」

「素敵なお話ですね」

招待客である令嬢に何語ってるんだとも思うが、兄上の恋物語に興味もあった。

「ありがとう」

そう言って、兄上は穏やかに笑う。

「両親の目を盗んで、僕らは逢瀬《おうせ》を重ねた。彼女は他国の生まれだから、僕の立場に疎《うと》かったんだな。だから、彼女はただ単に一人の男として僕に接してくれた。それが新鮮で、心地よかったんだ。いつまでもこの時が続けばいいと、そう思ってた」

話の終盤、兄上は悲しげに眉をひそめた。

そんな身分差のある恋がうまくいくはずがないのは、彼も最初からわかっていたのだろう。

彼は宙に浮いていた視線を、私へ戻す。

「君の困った時の反応はね、彼女に似ていたんだよ。言葉が見つからない時、彼女はよくそういう顔をしていた」

頭を撫《な》でられて反応に困り、私は俯《うつむ》いた。

兄上はなんて、悲しそうに――そして艶《つや》っぽく笑うのだろう。

「……それで、どうなったのです？」

私を優しく撫でる手が気まずく、咄嗟《とっさ》に話の先を促《うなが》した。

兄上の手が離れる。私は自分でそう仕向けておきながら、そのぬくもりを名残惜《なごりお》しく感じた。

「まあ、よくある話だ。彼女とのことが両親にバレてね。僕は国外へ留学させられ、彼女と引き離された」

部屋の暖炉でパチパチと爆《は》ぜる火に、彼は視線をやる。まるでその日の光景が見えるとでもいうように遠い目をして、彼は黙りこんだ。

また言葉を見つけられず、私も黙りこくっていた。

しかしその後、独り言みたいに呟《つぶや》かれた言葉に、私は何も考えられなくなる。

「でもその時、彼女はすでに僕の子を身ごもっていたんだ。僕はそれを知らずに国を出た。知っていれば、身分を捨ててでも彼女と暮らす道を選んだだろう。父にはそれがわかっていたんだ」

兄上は長い脚を組みかえると、ため息をついて、絞り出すように言葉を続けた。

「身重の彼女が屋敷から追い出されて、どんな日々を送ったのか――……。ようやく探し当てた時、彼女は流行病《はやりやまい》で亡くなっていて、娘はもう五歳になっていた。僕はせめてもの償《つぐな》いにと、父と取引して娘に会わないかわりに彼女を屋敷へ引き取ることに成功した。そして彼女は、僕の娘は、妹としてメリス家に迎え入れられたんだ。彼女の名前はリシェール。無事生きていれば、君と同じぐらいの年だろう」

誰かの面影《おもかげ》を追うように細められた目を見て、私は何も言うことができなかった。

今語られたのは、誰の――誰が主人公の物語だったのか。

私は叫びだしそうな混乱を抑えるために、ただ黙りこくるより他になかった。

「……どうして、そのような話を……私に？」

息を落ち着かせ、なんとか質問する。

声の震えを隠せたかどうか、自信がなかった。溢れ出る感情の奔流《ほんりゅう》が、私の中で荒れ狂う。

「さぁ、なぜだろう。たぶん、君が、あまりにも娘に似ていたからかな」

柔らかな表情で笑う彼は、先ほどまでの冷たい印象など、微塵《みじん》も感じさせなかった。

本当はたくさんの言葉が口からこぼれだしそうになっているのに、のど元につかえて出てこない。

「さて、じゃあ、僕はパーティーに戻るとするよ。君はここでゆっくりと休んでおくといい。あとで迎えの者をやるから」

彼は素早く立ち上がると、先ほどまでの話の余韻《よいん》を振り切るように、早足で扉に向かい、ノブに手をかけた。そして部屋から出て、最後に私を振り返り、泣き笑いみたいな顔をする。

「いいかい。外からどんな音が聞こえても、この部屋から出てはいけないよ。約束だからね」

そんな童話の忠告めいた言葉を残すと、彼は部屋を出て、扉を固く閉めた。外からドアをロックする音が聞こえる。驚いてドアに駆け寄ったが、いくらノブを回そうとドアは閉じたままだった。

私はドアにこぶしを叩きつける。

最後に兄上が見せた泣き笑いの顔が、どうしようもなく私を不安にさせた。

「ああぁ……！」

大きな部屋に一人で取り残された私は、ドレスの形が崩れるのもかまわず、柔らかな絨毯《じゅうたん》へ崩れ落ちた。

彼に、ジークに、私は何を思えばいいのだ。何を言えばよかったのだ。

彼を醜《みにく》く罵倒《ばとう》すれば？　正体を明かして抱き合えば？

そのどれも選べずに、ただ頑《かたく》なに黙りこくり、体を震わせるしかなかった弱い自分。

今さらあんなことを言われても、私はそれをうまく呑みこめない。

顔もろくに見せない父親など、いないも同じだとずっと強がってきた。母は、父について何も語らなかったから、きっと嫌な思い出なのだろうと思っていたのだ。どうせ年のいった親父《おやじ》が若い母に無理やり迫ったのだろうと、勝手に解釈して傷ついていた。そうして心を凍らせておかなければ、この家での仕打ちには耐えられなかったから。

それを今さら、私は愛された子供だなんて、父と母が愛し合って生まれた子供だなんて、そんなの――

涙が溢れて止まらない。口からは情けない声が漏《も》れる。

知りたくなかった。知ったところで、母が死んだことも、私がこの家を手ひどく追い出された事実も、何も変わりはしない。

ならば黙って――恨《うら》まれていてほしかった。

私にはもう、ミーシャもゲイルもいてくれるから、幸せ。それは嘘じゃない。でもかつての心の傷がなかったことになるわけでもない。その弱い心の分、私はメリス家の人間を恨むことで、自分を保っていたのだ。強がってうそぶいて、前世では大人だったのだから平気だと思いこむことで、愛されなかった自分を守ろうとしていた。

なのにその前提が崩れてしまえば、残ったのは弱々しい、泣きわめくしか能のない子供だ。

「止めな……くちゃッ」

心を奮い立たせようと、喘ぎの隙間に言葉をすべりこませる。

彼は、ジークは、何かを覚悟したような顔をしていた。きっと今夜、何かを起こす気で――だから、私を閉じこめたのだ。その何かが、無事に終わるまで。

悪い予感を、ひしひしと感じた。

暖炉《だんろ》で温まった部屋なのに、体の震えが止まらない。

その時、何かが窓にぶつかる音がした。

バチン、バチン、バリンッ!!

一際《ひときわ》大きな音を立てて窓は粉々に砕け散り、冷たい外気が部屋の中に吹きこんだ。

『リルッ、どうした!』

外気と共に部屋に飛びこんできたのは、小さな姿のヴィサ君だった。

体にまとわりついた硝子《がらす》の破片が、きらきらと光る。

私と心でつながっているヴィサ君は、私の感情の昂《たか》ぶりを察知したのだろう。

勢いよく私の腕の中に飛びこんできた彼を、私は力任せに抱きしめた。

そして彼の柔らかな頭に顔を埋める。

『誰かに、ひどいことでもされたか? 俺がやっつけてやるから、もう怖くないぞ!』

心配してくれるヴィサ君に何か言わなくてはと思うのに、のどの奥に大きな塊《かたまり》がつかえたみたいに、言葉がうまく出てこない。

取り乱す私を、ヴィサ君が心配そうに見上げている。

私の腕の力が痛いだろうに、彼は不満を口にしたりはしなかった。

「っ、めなきゃ……とめっ」

『止めるって、何をだ』

「わ、わかんない」

涙と鼻水でぐしょぐしょになった顔を、ヴィサ君の体に思いきりこすりつけた。

ごめん、あとで綺麗に洗ってあげるね。

「わかんない……わかんないけど、とめなくちゃ。あの人をッ」

彼を許したわけじゃない。彼は、愛していたと言いながら、母と私が貧しさに耐えている間、どこかで安穏《あんのん》と高貴な生活を続けていたのだ。簡単に許すことはできない。

でもジークは、もう二度と妹には会えないと言った。

それは会いに行くつもりがないからか、彼が死を覚悟しているからか。

最後に彼が一瞬見せた泣き笑いの顔が、おそらく後者だと私に予感させた。

私はまた何もできないまま、今度は父親を失うのか。

もう関係ないと割り切っていたはずなのに、心が拒否反応を示す。

『リル、俺がお前を困らせるものはなんでもやっつけてやるから。だから、もう泣くなよ』

困ったように囁《ささや》くヴィサ君。そのぬくもりが、ほんの少しの勇気をくれた。

私はヴィサ君を抱いたまま、よろよろと立ち上がると、彼を空中に放した。

もう身だしなみなどかまっていられない。ぐしゃぐしゃになったカツラを取り、歩きづらいクリノリンは外してしまう。形が崩れ萎《しぼ》んだスカートの裾を縛り、私はヴィサ君に言った。

「この部屋から出して。私は、あの人を止める！」

ヴィサ君はにやりと笑って、本来の大きな姿に戻る。

「仰《おお》せのままに。ご主人様《マスター》」

どこでそんな言葉を覚えてきたのか。そう思いながら、私は彼の背に乗った。

4周目　復讐《ふくしゅう》のはじまり、侯爵家の終わり

君といた時間は、今まで僕が過ごした中で、最も穏やかな日々だった。

君を愛した日々は、僕の人生の頂点であり、しかしそれはもう二度と戻らない。

君の苦悩を、苦痛を、一体何であがなえただろう。

だから僕はせめて、君のためにこの家を壊そう。すべてを消してしまおう。

僕らの仲を引き裂いた世界に、僕は復讐してやろう。


「お集まりの、紳士淑女《しゅくじょ》の皆様」

ざわめきに満ちた大広間で、その声は澄《す》んで響いた。

集まった視線を軽やかにいなし、アランが持ち帰った聖具の隣に立つのは、このメリス家の次期当主。ジーク・リア・メリス、その人だった。

近年、公《おおやけ》の場から姿を消していた貴公子の姿に、彼を知らない年若い女性客は色めき立った。

「今宵《こよい》は我が弟、アラン・メリス成人祝賀パーティーに、ようこそおいでくださいました。兄であるわたくしからも、厚くお礼申し上げます。さて、お集まりの皆様に、わたくしからお願いがございます」

ジークはそう言うと、おもむろに聖具である剣《つるぎ》を手にした。

そしてそれを高々と掲げ、大勢の貴族が見守る中で宣言する。

「今から皆様には、証人になっていただきたいのです。わたくし、ジーク・リア・メリスが、大罪人である父、ヴィンセント・リア・メリスを裁きますところの証人に！」

その言葉と同時に、大広間の入り口から、先ほどまで庭で招待客を案内していた大量のフットマンが雪崩《なだ》れこんだ。そして誰も部屋から出られないように、唯一《ゆいいつ》の扉をふさいでしまう。

大広間の招待客はざわめき、あちこちから悲鳴が上がった。そして彼らが動揺している間に、フットマン達はすべての窓の前に立ち、大広間の出入り口を封じる。

ジークは、パーティーのために新しく雇用したフットマンとして、私兵を屋敷に紛れこませたのだ。

恐れ知らずな招待客が、我先に大広間を出ようとフットマンに詰め寄る。しかし、彼らの持つ魔導石を見て、引き下がらざるを得なかった。赤黒い色をしたその石は、主に土木工事に用いられる、広範囲に爆発を引き起こすものだったからだ。

「ご安心ください。事が済めば、皆さまを平和的に解放するとお約束いたします。ただそれまでは、静かにしていただきたい。でなければ被害は拡大し、皆さまの無事は保障いたしかねます」

さらりと言うジークの冷酷な笑みに、ざわめき立っていた女性達は恐れおののき、幾人かはショックでその場にうずくまった。招待客から一変して人質となってしまった貴族らは、身を竦《すく》ませるより他にない。

「ジーク！　どういうつもりだ！」

人垣を割って現れたのは、シルバーグレーの髪を撫《な》でつけた、貫禄《かんろく》ある壮年の男性だった。

その隣には、青ざめた彼の妻が付き従っている。さらにそのそばには、本日の主役であるはずのアラン・メリスの姿もあった。

壮年の男性こそが、メリス家の主。ヴィンセント・リア・メリス侯爵、その人だった。

遠くは王族に起因し、公爵のいないこの国で最高位を誇る侯爵家当主の彼は、非常事態ですら堂々たる風格を崩さない。この国の外交官を務め、さらには円卓会議の一席を担う侯爵の動向を、招待客達は息をひそめて見守った。

「父上、お聞きになった通りです。今宵《こよい》はあなた様の罪を、わたくしがつまびらかにいたします」

そう言って、ジークは剣先を侯爵へ向ける。

それでもヴィンセントは態度を崩さなかったが、そばにいた妻のナターシャ・メリスは竦み上がり、甲高《かんだか》い声を上げた。

「どういうつもりなのです、ジーク！　お父上に剣を向けるなど、自分のしていることがわかっているのですか⁉」

母であるナターシャを、ジークは冷たく見下ろした。

彼らは似ていない。それもそのはずで、ジークは病死したヴィンセントの前妻の子だった。

「ええ、充分承知していますよ、母上。あなたも、覚悟なさることだ」

そう言うと、ジークはフットマンの一人に合図し、手枷《てかせ》をはめられた一人の男を連れてこさせる。

彼は華やかなパーティーに不似合いな、剃《そ》りあげた頭に傷のあるゴロツキだった。男の粗末で野《や》蛮《ばん》な姿に、会場からは嫌悪のため息がこぼれる。

「この男は、二年前の内乱でジグルト公が擁《よう》していた私兵の一人です。ジグルト公の私兵はほとんどがすぐに処刑されましたが、彼は運よく生き延び、傭兵《ようへい》として他国へ逃《のが》れていました」

ジークの話を聞き、貴族達はざわめいた。

王弟であるジグルト公の内乱騒ぎは、彼らの記憶にも新しい。当時はジグルト公の支援者探しが、社交界でも執拗《しつよう》に行われた。しかしそれらはすでに、いくつかの位の低い家が取り潰されることで、一応決着している。

「さあ、言え。お前は誰に雇われていたんだ？」

ジークに剣先を向けられ、押し黙っていた男が口を開く。

「……誰かまでは知らねぇが、俺はただ金をもらって参加しただけだぜ。王様をどうこうしようなんて、思っちゃいなかった」

生き証人の言葉に、その場にいるすべての人間が耳をそばだてた。聞き逃さないようにと、息すらひそめて次の言葉を待つ。

「ジーク、こんな男に何を！」

大声を上げた侯爵が、近くにいたフットマンに二人がかりで取り押さえられた。そしてその口も封じられ、侯爵は髪を乱して床に膝をつかされる。

「ああ、そういえば、そこのおっさんも屋敷で見たぜ。おっさんに命じられて俺に金を渡したジジイも、そこにかけられてる紋章のピンをつけてたしな」

壁にかけられたメリス家の家紋が入ったタペストリーを指差し、男は言い放った。

彼の周辺から波のように、会場にどよめきが広がる。

彼は今、侯爵が内乱に関わっていたと言ったも同然だ。

貴族達は次々に叫ぶ。「どういうことだ」「大変なことになった」「これで侯爵家は」「侯爵は円卓会議の議員だぞ！」「まさかそんな……」「嘆《なげ》かわしい」――そんなざわめきはうねりとなって、大広間に響きはじめた。

しかしそれを、ジークが一刀両断《いっとうりょうだん》する。

「静粛《せいしゅく》に！」

鋭《するど》いその声音に、観客たちが慌てて口をつぐんだ。

「こんなのはでたらめだ！　その男に言わせせているだけだろう！」

フットマンの手を振り切って叫んだ侯爵を、人々は見つめる。視線の半分は疑惑に染まっていた。

「――さて、王太子殿下。あなた様のお考えをお聞かせ願えますか？」

ジークの笑みとともに緞帳《どんちょう》の裏から現れたのは、この国の王太子、十一歳になったばかりのシャナン殿下だった。年齢の割に小さいその体で、しかし王太子は不敵な笑みを見せる。

「これはメリス卿《きょう》、ご機嫌はいかがかな？　本日は学友の成人を祝おうとやってきたのだが、どうやら妙な場面に居合わせてしまったらしい」

意外な人物の登場に、大広間は更なる混乱に包まれた。

近年、国王は体調不良を理由にほとんどのパーティーを欠席している。また警備上の理由から、王太子も王宮以外でのパーティーは参加を自粛《じしゅく》していた。

内乱騒動以来はじめて、王太子はその幼い姿に似合わぬ堂々とした態度で、貴族の前に現れたのだ。

「私の聞き間違いでなければ、メリス卿《きょう》。そなたは、我らが王に剣を向けた叔父《おじ》上に手を貸していたということだろうか？」

王太子の放った冷たい響きの言葉に、貴族達は口をつぐむ。

「殿下！」

その時、王太子の御前に駆け寄りひざまずいたのは、アランだった。顔を真っ青に染め、それでも王太子に忠義を示そうとする。

「お見苦しいところをお見せし、大変申し訳ありません！」

「かまわん。面《おもて》を上げよ」

その時、アランの肩に温かい手がのせられる。手の主はジークだった。

「アラン、よく目に焼きつけておくんだ。これでこの家は終わりだ」

兄であるジークの酷薄《こくはく》な微笑《ほほえ》みに、アランは言葉を失《な》くして震える。

「でたらめだ！　殿下、こんなたわごとを信じなさいますな。国の臣《しん》たるわたくしめが、そのようなことをするはずが……っ」

フットマンの手を振り払い、侯爵は必死に叫んだ。髪は乱れ、服もしわだらけになっている。伝統あるメリス家の当主の威厳は、見る影もない。

「黙れ、侯爵！」

その時に叫んだのは、近くの窓を立ちふさいでいるフットマンの一人だった。彼は怒りで顔を赤くし、侯爵を睨《にら》みつけている。

「あんたの無茶な取り立てで、何人の領民が死んだと思う!?　俺の父さんは、すまないと謝りながら死んだんだぞ!!」

口から泡を飛ばし、涙ながらに男は叫ぶ。

それに追随するように、他のフットマンたちもそうだそうだと侯爵を責めたてた。

「彼らは、私に賛同してくれた領民達です。ここ数年、あなたは彼らの陳情書《ちんじょうしょ》に一切目を通そうとはなさらなかった」

痛ましげな顔でジークが父に言う。

「このような野蛮《やばん》な輩《やから》を屋敷に引き入れるとは、どういうつもりだ、ジーク！」

侯爵が怒鳴りつけると、フットマンに扮《ふん》していた領民達はさらにヒートアップした。彼らの手にある魔導石を恐れ、人々はより一層フットマンから距離を取る。

「静まれ、皆の者」

ジークの一声で、ようやく彼らは黙った。場が完全に静まるのを待って、今度は王子が口を開く。

「侯爵の弁明を代理する者はあるか？　意見があるならば、私が聞こう」

風の魔導を使っているのか、さほど大きくないはずの王子の声は、不思議と大広間に響き渡った。

しかし、誰も名乗り出ようとはしない。

ひどく哀《あわ》れんだ目で、ジークは父親を見下ろした。

「父上、ご覧ください。あなたが潔白ならなぜ、誰もあなたを助けようとしないのですか？　ゴロツキの言葉など嘘だと、どうして誰も声を上げないのです？」

ジークの言葉に、虚《きょ》を衝《つ》かれたように侯爵はこわごわとあたりを見回した。

大広間には、先ほどまで侯爵に挨拶《あいさつ》をするために列をなしていた面々が、言葉なく立ち尽くしている。彼らの顔は一様に恐怖で青ざめながらも、わずかな好奇心のようなものが覗いていた。普段侯爵が懇意《こんい》にしている貴族たちは、侯爵の視線を感じて慌てて顔を逸《そ》らす。

「このようなものです、貴族など。沈みゆく船には、誰も手を貸そうとはしない。自分がよければそれでいいのです」

威厳をすっかり失った父の耳に、ジークはそっと囁《ささや》いた。

先ほどまでフットマンと揉《も》み合い、堂々と潔白を叫んでいた侯爵が、力なく俯《うつむ》く。

王太子は冷酷に言い放った。

「嘆《なげ》かわしいことだ。侯爵、事情はあとでゆっくりと聞こう。牢獄《ろうごく》で叔父《おじ》上と存分に親交を深めるといい」

王太子のそばでは、がたがたと震えながら、口をつぐむアランの姿があった。

「これより侯爵には、城で詳しい事情を聞くことになろう。近隣国の政情不安の中、国が一丸《いちがん》とならねばならぬ時に、私欲で祖国をおとしめるとは」

王太子はメリス侯爵へ朗々と言う。

「今回の事件を鑑《かんが》み、私は今まで諸君らの良心に任せるのみだった貴族の規律を明文化し、公布しようと思う。貴公らの忠誠を疑うのは悲しいことだが、心配はいらない。貴公らにとって当たり前の事柄のみだ。疾《やま》しいことがなければ、何も恐れることはない」

会場が騒がしくなる。それは実質、貴族に対する法の適用を示唆《しさ》していた。

普段ならば円卓議会で絶対に通過しないであろうこの事案を、王太子はどさくさに紛れて貴族たちに宣言したのだ。そして侯爵の失権を目の前にした貴族たちは、無用な疑いを恐れ、王太子への反論を封じられた。幾人かの貴族の顔が醜《みにく》く歪《ゆが》み、事態を把握していないらしい女たちは不安そうに成り行きを見守っている。

その時、ジークはおもむろに、手にしていた聖具である剣《つるぎ》を振り上げた。——膝を折る父親の頭上に向かって。

今後の展開を予想し、会場は一瞬で静まり返る。

「父上、あなたにはこの国の礎《いしずえ》となっていただく」

今まさに、父殺しを実行しようとするジークの顔には、喜びも悲しみも何もなかった。

血の気のない彼の顔は、ただ鬼気《きき》迫《せま》るものがある。

王太子は、その暴挙を止めようとはしない。王太子だけではなく、会場にいる誰一人。

——侯爵の殺害こそが、王太子とジークの密約の要《かなめ》。先ほど侯爵の投獄《とうごく》をほのめかした王太子ではあったが、メリス侯爵は外交官も務める国の要人だ。生きていれば、本人の希望にかかわらず城の中に騒乱の火種を抱えるようなものである。

王太子の意に反して、ジークが独断でメリス侯爵を殺害。そのあとはジークも捕縛され、処刑されるというのが、二人の筋書きだ。文字通り、捨て身の覚悟でジークは今日の夜会に臨《のぞ》んでいた。

会場の誰もが、息を詰めて成り行きを見守る。

しかし突如として、大広間に轟音《ごうおん》が響き渡った。外に通じるガラスの扉が砕け散り、冷たい外気が吹きこむ。一瞬、魔導石の一つが爆発したのかと誰もが思ったが、その扉を守っていた領民の手には、魔導石がしっかりと握られたままだった。

＊ ✣ ＊

「待ってください！」

私は声の限り叫んだ。

土煙の中から飛び出した私に、人々の驚いたような視線が突き刺さる。

私とヴィサ君が降り立ったのは、硝子《がらす》の破片が散らばる大広間の絨毯《じゅうたん》の上だった。白く優美な姿をさらすヴィサ君に跨《また》がり、私は胸を張る。

『ヴィサ君、できるだけゆっくり』

緊張をほぐすために時間を稼ごうと、ヴィサ君に歩みを緩《ゆる》めるよう伝えた。

誰にも邪魔されずにジークのいる壇上《だんじょう》に辿りついた私達は、彼の少し手前で足を止める。

「君は……」

呆気に取られたように、ジークは振り上げていた剣《つるぎ》をそっと下ろした。

私はヴィサ君に体を低くしてもらい、絨毯の上に降り立つ。

「お待ちください……お父様」

その言葉を口にするには、勇気が必要だった。こんな男は父ではないと、心は今も主張し続けている。それでもどうにか絞り出したのは、自分の身を明かさなければ、ジークは話を聞いてくれないだろうと思ったからだ。

「バカが……ッ！」

貴族らしくない言葉を吐き捨て、私とジークの間に割って入ったのは、アランだった。

アランは右腕を私の前にかざし、ジークから守るように私を自らの陰に隠す。

「兄上、お許しください。彼女は私の客人です。お咎《とが》めは私が」

震えるアランの腕に、私はそっと触れた。

「いいえ、私の咎ならば、私が受けます。でもその前に、その人に言わなければならないことがあるの」

そう強く言うと、アランを押して前に出た。

クリノリンを外し、引きずらないように裾を縛ったドレスや、令嬢らしいとは言いがたいざんばらの黒髪。貴族にあるまじき私の出で立《い》ちに、会場がざわめく。

それでも私は、ぴんと背筋を伸ばして胸を張り、ジークを見上げた。

「お父様、私のことがおわかりですか？」

戦いを挑《いど》むようにまっすぐな目で、ジークに問いかける。

けれど確認するまでもなく、目を見開き肩を震わせるジークの反応から、答えは明らかだった。

「リシェール……」

まるで涙のようにこぼれ落ちた呟《つぶや》きは、近くの人々にしか届かない。しかしその名前を知る人々は、一様に驚いた顔をした。

私は目を見開く侯爵と義母を一瞥《いちべつ》すると、すぐに視線を逸《そ》らし、ゆっくりとジークに近づく。

無防備すぎるということは、自分が一番わかっていた。抜身の剣《つるぎ》に体が震えるが、決して立ち止まるわけにはいかない。

すると私の決意が伝わったのか、剣を持つジークの方がむしろ怯えたかのごとく後退した。

私は下ろされた剣先を無造作に掴む。聖具とは思えないほど、その剣は研《と》ぎ澄《す》まされていた。私は挑発するように、その切っ先を無理やり自分へ向ける。手のひらに痛みが走った。

「自ら侯爵を殺すのなら、まずは私に引導を渡してください」

自然と言葉が出る。

誰も彼もが、息を詰めて立ち尽くしていた。下手《へた》に動けば、ジークを刺激してしまうかもしれない。その恐れが、会場にいるすべての人の動きを止めていた。

「何を――……」

「あなたは一度、私と母をお見捨てになったのでしょう？　ならば私達を捨てさせた父が憎いと言う前に、救えなかった母に詫《わ》びるべきではないのですか？　それをせずに今さら復讐《ふくしゅう》なんて……片腹痛いとはこのことです」

わざとジークの怒りを煽《あお》るような言い方をする。意識を自分に向けさせるために。

遠目に、アルやルシアンが私のもとへ来ようとして、大人達に押し止められているのが見えた。

「侯爵だってあなただって、私達を見捨てたことには変わりない。今さら正義面《づら》しないで！　剣を向けることを私達のせいにしないでよ！」

平静を心がけていたが、堪《こら》えきれずに叫んだ。まるで血を吐くような思いだった。

侯爵に剣を振り上げるジークを見た時、私が感じたのは猛烈な怒りだ。

今さら何をするのだと。母はとっくに死んでしまったのに。二度と帰りはしないのに。

母の苦悩を何も知らないで、ただ不幸だっただろうと想像して復讐の剣を取るだなんて、到底許せなかった。なぜその決断を、九年前にできなかった？　母が苦悩していた間、自分だって、どこかでのうのうと暮らしていたのだろう。侯爵を断罪できる権利など、彼にありはしない。

自分達を捨ててまで侯爵家を継ごうと思ったのなら、せめてそれを貫《つらぬ》き通してほしかった。こんな風に中途半端なことをするのであれば、母はなんのために身一つで下民街《げみんがい》に下りたのか。

私達は、一体なんのために――……！

「ばかにしないで！　ふざけないでよ……っ」

私は剣を離すとジークへ駆け寄り、彼の上着の裾を掴んで力の限り揺さぶった。

しばらく呆然と立ち尽くしていたジークは、私を見下ろし、剣を捨てた。そしてゆっくりと膝を折り、涙を堪《こら》える私の頬に触れる。

「大きくなったね、リシェール……」

慈愛《じあい》に満ちたその声に、涙が溢れた。人目もはばからず、私は泣く。

ジークの大きな腕に包まれた。

「すまない。本当に……。お前に何もしてやれなかった父を、許しておくれ」

事の成り行きを、誰もが呆気にとられたように見つめていた。

いち早く我に返ったのは、自らは父を重税によって亡くしたと叫んだ青年だった。

剣《つるぎ》を捨てたジークの意図を察したのだろう。

「そんな……ふざけんな！　ここまで来て、やめられるかっ」

一人が声を上げると、言葉を失っていた領民達もすぐにそれに同調する。

「そうだ！　侯爵を殺せ！　今すぐに殺せ！」

「殺せ！　殺せ！　こうなれば、ジーク様も諸共《もろとも》！」

「侯爵一家を皆殺しにしろ！　あいつらは俺達の税金で贅沢《ぜいたく》な暮らしをしてやがったんだ！」

揃いの制服を身につけた領民達が、がなり立てる。彼らの怒りに貴族たちは怯え、会場の中心部に身を寄せ合った。

まだ幼い貴族の子供達は泣き声を上げ、大人達はなすすべなく震え上がる。

ただならぬ空気の中、ジークは私の頬に口づけを落とすと、そっと立ち上がった。彼の手は剣を握り直している。

侯爵を取り押さえていた領民達は困惑し、どうすべきかと指示を求めて彼を見上げた。

「静まれ！」

気迫あるジークの声が広間に響く。

先ほどまで声を荒らげていた領民達は、侯爵家を罵《ののし》る言葉を呑みこんだ。

「君達の無念は充分にわかっている。決して、このままにはしない」

ジークは朗々と宣言したが、再び剣を振り上げることはしなかった。

「企《くわだ》てをした私の台詞《せりふ》ではないだろうが、やはり殿下の御前を血で汚すわけにはいかない。父である侯爵には厳正な罰が与えられると誓おう。今は、堪えてくれ……」

ジークの言葉を吟味《ぎんみ》するように、領民達は立ち尽くし、一様に渋い顔をする。

王太子は気難しい顔をしていたが、何も言わない。

広間に静寂が落ちる。

このまま平和的に解決してくれればと、きっと多くの者が願っていた。

しかし、最初に声を上げた青年が持ち場である窓を離れ、ジークに向けて足を踏み出す。その足音に、沈黙が破られた。

「……自分についてくれれば、侯爵の死に目に会わせてやると言ったのは、あんただろう？　それを今さら……馬鹿にするのもいい加減にしろ！」

彼は魔導石を握るこぶしを大きく振り上げた。ジークへそれを投げつけるために。

火の魔導石は、爆発すればその周辺の人々を吹き飛ばすほどの威力を持つ。

誰もが、すぐ響くであろう爆音に身がまえる。私も最悪の結末を予想して目を閉じた。

＊ ✣ ＊

「リディエンヌ、ご機嫌はいかがかな？」

公務を終えてメリス侯爵――ヴィンセントがテラスに出ると、そこには乳飲《ちの》み子を抱えた妻がいた。二十五年ほど前のことだ。

乳母《うば》には任せたくない、どうしても自分で子供を育てたいと、彼女は言った。大人しいリディエンヌが、結婚以来はじめて言った我儘《わがまま》だ。

「私の？　それとも、この子のかしら？」

微笑《ほほえ》みながら問いかける、リディエンヌは幸せそうだ。

貴族らしく親の決めた婚姻だったが、二人は仲睦《なかむつ》まじい夫婦だった。

太陽の眩《まぶ》しい光が、リディエンヌの柔らかな金髪を輝かせている。吸い寄せられるように、ヴィンセントは彼女の髪に唇を寄せた。

「もちろん、どちらもだよ」

生まれたばかりの息子は、妻によく似ている。

柔らかい色の髪も、そして神秘的なブルーグレイの瞳も。

父から侯爵家を受け継いだばかりのヴィンセントは、妻と子のために侯爵家の地位をさらに盤石《ばんじゃく》なものにしようと、その光の中で誓った。

「父上！　どうしてこのようなことを！」

地に伏したヴィンセントの体を、魔導石の残り火が焼いている。

意識を取り戻したヴィンセントは、息子を守れたと知った。

ジークに向かって投げつけられる魔導石を見て、考えるより前に体が動いたのだ。

不肖《ふしょう》の息子だが、ヴィンセントが唯一《ゆいいつ》愛したリディエンヌの忘れ形見でもある。

彼はひどい火傷《やけど》を負った手をどうにか持ち上げ、自分を覗きこむジークの白い頬にゆっくりと手を伸ばした。

「……リディエンヌ、これでやっと……お前のところへいける」

うわ言のような言葉を聞いたジークは、ひどく傷ついた顔になる。

「ヴィンセント！　ヴィンセント!!」

領民の手から抜け出し、彼の現在の妻であるナターシャが駆け寄ってきた。

しかしヴィンセントは彼女を見ようともしない。

ただ愛した人の忘れ形見を、瞳に焼きつけるように最期《さいご》の瞬間まで見つめ続ける。

「リディ、エンヌ……」

最期の一言さえ、彼は亡き妻に捧《ささ》げて息を引き取った。

領地に重税を課し、内乱の手引きをしたと疑われた男は、何も語らないまま天に召された。

彼の体に縋《すが》りつき、恥も外聞もなく涙にくれる母親の姿を、アランは身動きもできずに見つめる。

あの瞬間、領民が投げた魔導石がジークへ向かって飛ぶ一瞬のうちに、様々なことが起こった。

ジークはリシェールを守るように手を広げ、息子を救うために自らの体を魔導石に差し出したヴィンセントは、炎に包まれて倒れこんだのだ。彼の体を焼いた業火《ごうか》は、今はくすぶっている。

「馬鹿な！」

スカートを広げるクリノリンを邪魔そうにして、貴婦人にあるまじき速さでパールは王太子へ駆け寄る。

「殿下、お怪我《けが》は？」

彼女の言葉でようやく我に返ったらしい王太子は、言葉もなく俯《うつむ》く。

あたりには焦げ臭《くさ》い匂いが立ちこめ、一拍おいて招待客達の悲鳴がこだました。

「……ちちうえ！」

母に遅れて、アランも侯爵の亡骸《なきがら》に駆け寄った。

家族三人に囲まれた侯爵の体は、もう人としての姿を保っていない。

「侯爵が死んだ！」

歓喜に溢れる声で叫んだのは、魔導石を投げつけた青年だった。招待客の中から屈強《くっきょう》な男達が飛び出し、二人がかりで彼を取り押さえる。

彼はひたすら笑い続けた。

そしてその笑い声を聞きながら、同じ魔導石を手にしている領民達はこわごわと自らの手の中の石を見つめる。元は貧しい生まれで魔導石など持ったことのなかった彼らは、今はじめて、自分達が手にしているものがどんなに危険な物体かを知ったのだ。

「殿下、ご指示を」

ひざまずいたパールに促《うなが》され、王太子は忠実な自らの臣《しん》に目を向けた。

「……目的は達した。場の収拾を」

「御意《ぎょい》に」

王子の命令を受け取ったパールは立ち上がり、声を張る。

「かかれ！」

その命令一つで招待客の中から飛び出してきたのは、先ほどまで弱腰だった貴族の男達だった。

華麗に着飾った彼らは、呆けていた領民達を見る間《ま》に制圧し、魔導石を奪う。まるで訓練された軍隊のような動きで、彼らは瞬《またた》く間にテロを鎮圧《ちんあつ》した。

＊　✣　＊

「え……？」

目の前の展開についていけず、私は驚いて目を見開いた。そんな私の肩に、ぽんと優しく手がのせられる。

それは、先ほどまで完璧な淑女《しゅくじょ》だったはずの、パールの手だった。

相変わらず美しい彼女の姿をぽかんと見上げ、立ち尽くす。

アルとルシアンのお目付け役として見慣れた彼女だが、そこに立つ彼女は、何かがいつもと違っている気がした。

「怪我《けが》はないか？」

彼女からの問いかけに、こくんとうなずく。

しかしなぜ、他の人間を差し置いて、自分に声をかけてくるのか。いや、それを言うならば、アルとルシアンを置き去りにして真っ先に王子に駆け寄ったことこそが、謎だ。

「パール、あなた……」

得体のしれない恐怖を感じ、思わず一歩あとずさる。見知った存在だと思っていたのに、今は彼女の微笑《ほほえ》みすら不気味だ。

そんな私の様子に、パールは一つため息をついた。

「お前は本当に、どこに行っても騒動に巻きこまれるな」

私だって望んでこうなっているわけじゃない。

場違いな反論を思い浮かべながら、ため息をつくパールに、既視感を覚えた。

無表情と、目の覚めるような美貌《びぼう》。そしてあきれたようなその言葉。

しかし、その既視感の正体に気づく前に、パールは足早に去っていってしまった。

彼女は王子に付き添い、混乱に乗じてそのままこの場を去るようだ。

その時、私は王子の存在にはっとした。

無我夢中《むがむちゅう》で大広間に飛びこんだが、まさかここに王子がいるとは。

しかも立ち去る前に、王子が一瞬こちらを見たような気がする。

『リル！』

飛んできたヴィサ君は、私の魔力消費を抑えるためか省エネなマスコットサイズに戻っていた。

彼のぬくもりに触れて、安堵《あんど》のため息が漏《も》れる。

目の前では、侯爵の亡骸《なきがら》に三人の家族が寄り添っていた。

私はどうしてもその一員になることができなくて、黙って立ち尽くす。

「ヴィンセント！　ヴィンセントォ」

意地の悪かったあの義母が、なりふりかまわず膝をつき、泣き崩れている。

彼女を憎んだこともあったが、その哀《あわ》れな姿を見ても、いい気味だとは思えなかった。

今日は一度にいろんなことがありすぎて、完全にキャパオーバーだ。私は、彼らの家族にも他人にもなりきれない。

領民達が全員捕縛されると、招待客達は我先にとホールから飛び出していった。

そうしてがらんとした大広間で、屈強《くっきょう》な貴族の男達はまず縛った領民達を広間の中心に集め、今度は義母とジークの身柄を拘束した。義母は騒いで侯爵に手を伸ばしたものの、あっさりと取り押さえられ、ジークは黙って抵抗もせずに彼らについていく。一度ちらりと私を見たが、声をかけてはくれなかった。

そうして今、侯爵の亡骸に寄り添うのは、アランのみだ。

私はかける言葉が見つからず、少し迷ってから、彼の横に膝をつく。

アランは突然の事態についていくことも、泣くこともできないでいるようだった。

私はホールの床に無防備に伏せられていた手に、そっと自分の手を重ねる。

冷たい手だった。ずっと室内にいたはずなのに、彼の手は冷え切っていた。たった十三歳の男の子の手が氷みたいに冷たくて、私は思わずひしと彼の手を握る。

力のない手は最初、怯《おび》えるように震えたが、次の瞬間、強く私の手を握りしめた。痛いくらいに強く握りしめられたけれど、私は決して声は出すまいと堪《こら》える。

アランの目はずっと、侯爵の亡骸《なきがら》に向けられていた。

＊
✣
＊

「よかったのか？」

ベサミと王太子を乗せた馬車に、女――パールが一人乗りこもうとしている。

侯爵家の裏口に停められた馬車には、王家の持ち物だと示す派手な装飾《そうしょく》はない。しかしその周りを囲むように、四人もの若者によって警備されていた。

「なんのことだ？」

誰の手も借りずに馬車に乗りこんだパールは、不機嫌そうに声の主に一瞥《いちべつ》をくれる。

「あの娘のことさ。置いてきてよかったのか？」

余計なことをとでも言いたげに、彼女は舌打ちをした。

ベサミはそれをからかうように、薄明かりの中で目を細めている。

馬車の中にほわりと浮かんでいるのは、光の魔導。そしてそれを操《あやつ》っているのは、王子その人だ。

パールが扉を閉めてしばらくすると、馬車は走りはじめた。

「ベサミ、控えろ。殿下の御前だぞ」

そう言いながら、美しいパールの影が、ゆらりと不自然に揺らめいた。まるで蜃気楼《しんきろう》のように。

華奢《きゃしゃ》なドレス姿は揺らぎの中に消えて、現れたのは近衛《このえ》隊長の制服を着た眼鏡の男だった。

男――カノープスは、ため息をつく。

「ベサミ、いい加減にしろ。なんでもかんでもおもしろがるのは、お前の悪い癖だ」

カノープスの疲れのにじんだ言葉に、ベサミは含み笑いをこぼす。

「招待客に紛れた近衛兵に効率よく指示するために、変装するのは理解できるよ。けど、何もわざわざ女性であるパールに扮《ふん》して入れかわり、しかもあの子と同じ馬車で会場入りする必要なんて、あったのかな？」

今度は反論せずに黙りこんだカノープスを、王太子がしげしげと見つめた。

「他人に無関心なカノープスにも、気にかける娘ができたとは……ようやく春が来たのか。相手はさぞかし美人だろうな」

見当外れの王子の解釈にベサミは笑い、カノープスはさらに深くため息をつく。

「殿下、今は私のことはいいのです。それより、今後の方針はいかがいたしますか？」

カノープスの強引な話題転換に、王太子は一瞬不満げな顔をしたが、その顔はすぐに真剣なものに変わった。

「少々計画は狂ったが、侯爵は死亡。侯爵家占拠に関わった連中は、たまたま居合わせた近衛《このえ》所属の貴族が捕縛したということで、問題ないだろう。首謀《しゅぼう》者であるジーク・リア・メリスと、侯爵が不正な手段で得たであろう金で豪遊していた夫人の身柄も、拘束。ジークは実際に侯爵へ手を下していないから、当初の通り処刑するには無理があるな。領地での蟄居《ちっきょ》が適当か。あとは、騒ぎを起こした咎《とが》で侯爵家の領地は二分の一を国が没収し、その後継にはアランを据《す》える」

アランの名前を口にしたとき、王太子の顔はわずかに歪《ゆが》んだ。

「一応の成功と見ていいでしょうね。口さがない貴族共も、今夜のことでしばらくは大人しくしているでしょう。侯爵家の巻き添えを食うのは、誰だって嫌なはずだ」

ベサミが愉快そうに言うと、カノープスが咎めるように咳払《せきばら》いをした。

「失礼ですが、ジーク・リア・メリスは、やはり予定通りに処刑すべきでは？　いつ裏切って、今夜の我々の関与が露見《ろけん》するとも限りません」

真っ当だが冷酷《れいこく》なカノープスの意見に、王太子は首を振る。

「いや、この状況で兄まで殺されれば、アランが王家に憎しみを抱くかもしれない。領土の半分を失うとはいえ、彼はこれから歴史ある侯爵家を継ぐ身だ。無用な恨《うら》みを買うのは避けたい」

王子の言い分に、カノープスは一瞬反論しかけて、すぐに言葉を呑みこんだ。

それは、会場で見たジークの娘の姿が、脳裏をよぎったせいである。

クリノリンの外された萎《しぼ》んだドレスが、まるで枯れた花のようだった。カツラもどこで外してきたのか、いつもの不揃いな黒髪のまま、彼女は顔を真っ赤にして、泣きはらした目をしていた。

いつもそうだ。ルイ――リルは、誰かに傷つけられたり、つらくて泣いたりしても、決して逃げない。無謀《むぼう》にも、自ら立ち向かっていく。

エルフであるカノープスには、そんな彼女の在《あ》り方が理解できなかった。

弱くても、逃げない。リルにはまだ誰かを守る力なんてないのに、いつも誰かのために身を投げ出そうとする。マクレーン家の出来事で多少は懲《こ》りたかと思っていたが、思い違いだったらしい。

ジークを止めるために大広間へ飛びこんできた彼女の姿を見た時、カノープスは頭を抱えたくなった。見張りのつもりで一緒に会場入りしたのに、彼女はいつのまにか姿を消していた。その上、窓から精霊に乗って飛びこんでくるなんて。

今度会ったら、しっかり叱っておかなくては。

カノープスは頭の中のやるべきことリストに、その項目をしっかり書きこんだ。

＊ ✣ ＊

近衛兵を名乗る紳士に任意の形で連れていかれたアランを見送り、私は大広間を出た。

玄関ホールは、あの騒ぎから二メニラ――一時間が経とうとしている今、騒ぎがあったことなど嘘のように閑散としている。

私のもとへ、アルとルシアンが駆け寄ってきた。どうやら、私を待っていてくれたらしい。

アルにぎゅっと抱きしめられながら、私は彼らの後ろに立つ人影に目を奪われた。

王子に付き添って大広間を出たはずのパールが、すぐそこで淑《しと》やかにたたずんでいる。さっきのぞんざいな態度とはほど遠い。

ぼんやりして二人の声かけにろくに返事をしないでいると、アルが私の肩を揺さぶる。

ぐえ……きもちわるい。

大丈夫だからと二人を納得させ、私はパールに歩み寄った。

「大丈夫でしたか、リルファ様」

パールは控えめに眉を寄せて、私を心配するそぶりを見せる。

その表情はごく自然で、嘘があるようには見えない。

「ええ、大丈夫」

狐《きつね》につままれたみたいな気持ちで答え、私は彼らと一緒に侯爵家をあとにした。

もう二度と、この家に来ることはないだろう。馬車の中から、闇に沈む侯爵家が遠ざかっていくのを見た。

ステイシー家に戻ると、驚いたことにゲイルがいた。なんでも、私からの手紙を受け取ったゲイルは、見た目はパンダの疑似《ぎじ》精霊と呼ばれる騎獣《きじゅう》・ベリさんに跨《また》がり、死にもの狂いで帰ってきたところらしい。

圧死する勢いで抱きしめられて、私は「ギブ」と繰り返しながらゲイルの太い腕を叩いた。しかし残念ながら、英語のないこの世界ではギブの意味がゲイルに伝わらず、私は失神寸前まで締め上げられることとなった。

ベッドから起き上がってきたミーシャが止めなければ、私はうっかり三途《さんず》の川を渡っていただろう。

「もう、心配をかけるのもいい加減にしろ！　どうしても侯爵家に行くのなら、せめて早く連絡してくれ！」

睫《まつげ》毛を雪で凍らせたゲイルに涙ながらに怒鳴られて、私はよれよれになりながら、何度も謝罪の言葉を繰り返した。それにしても、侯爵家に出向いただけでこれでは、今日の出来事を話したら一体どうなってしまうことやら。私は頭が痛くなった。

ゲイルが少し冷静になり、ようやくぼろぼろな私の格好に気づいた時には、私は絞られすぎてカラカラになっていた。それでも、養子である私をそれだけ心配してくれたのだと思えば、さっきまであれほど泣いた目から、再び涙がこぼれそうになった。

結局、ゲイルが落ち着いて、彼に侯爵家での出来事を説明できたのは、翌日の昼食のあとだ。

「それで、どうだったんだ、侯爵家は？」

ゲイルは向かいのソファに腰かけ、しかめっ面《つら》で私に話を向ける。私はできるだけ冷静に昨日の出来事を伝えようとした。

しかし、話がジークのことに差しかかると、私はどうしても言葉に詰まってしまい、なかなか話を先に進められなかった。ソファでゲイルに寄り添うミーシャは、私の話を聞きながらずっと心配そうな顔をしている。

私が語り終えると、ゲイルは長い間止めていた息を吐き出すような、深いため息をついた。

「……まず最初に、言っておく」

「はい」

ゲイルは眉を吊り上げている。自分の話が彼の怒りに触れたと察し、何を言われても受け入れようと覚悟した。そんな私に、ゲイルは言う。

「金輪際《こんりんざい》、絶対、何があっても、たとえ国を敵に回したとしても、お前は俺達の娘だ！」

そう言い切ると、ゲイルはガッチリと腕を組み、再び口を閉じた。

一瞬、何を言われているのかわからず、ぽかんとする。

「え……？」

目を瞬《またた》かせる私に、堪《こら》えきれないという風にミーシャが噴き出した。

「フフフ、ゲイル。それじゃ、たぶんリルはわけがわからないわ」

「ミーシャ？」

説明を求めて、私は二人を交互に見る。ミーシャは立ち上がると、私の隣に腰かけた。

彼女の細い腕に肩を抱かれる。間近で見る彼女はまだ若く、母親というには頼りない。しかし薄水色のその目には、確かな決意があった。

「リル、大変だったわね。つらかったでしょう。よくがんばったわね」

その腕に促《うなが》されるまま、彼女の胸に顔を埋《うず》める。彼女の体は、柔らかくていい匂いがした。

「私達は、あなたの悲しみを理解してあげることなんて、できないわ。その悲しみに触れることさえできない……。でも、悲しむあなたのそばで、見守ってあげることはできる。どこへ行っても、あなたを待つことができる。それは私たちが、家族だからよ」

ミーシャの表情が見たくて上げようとした私の頭を、ミーシャが強い力で押さえつけた。

「たとえ血がつながらなくても、私たちはもう家族なの。だからどこに行っても、それだけはどうか忘れないで。いつでもあなたの心には、私たちが寄り添っているわ」

頭に、熱い涙が降ってきた。ぽたぽたと絶《た》え間《ま》なく。

私はミーシャに縋《すが》りつき、彼女の強さに心を震わせた。

私の心のどこかにあった彼らへの遠慮に、きっと二人は気づいていたのだ。

私は恥ずかしくなり、顔を上げられなかった。たぶんひどい顔を二人の前にさらすことになるだろうから。

この残酷《ざんこく》な世界に生まれて、こんなに嬉しい日が来るなんて、思いもしなかった。

「ご、めん、なさい……」

「そうじゃないわ、リル」

切れ切れの私の謝罪を、ミーシャがたしなめた。

「謝ってほしいわけじゃないの」

うなずきながら、私は何度も、壊れたようにその言葉を繰り返した。

「あ、ありがとう……ありがとう！　二人とも、大好きッ」

ありふれた言葉では、私の今の嬉しさなんて、十分の一も伝えられないだろう。

でも、私が言うべき言葉はそれ以外に見つからなかった。

二人が本当の家族として私を受け入れてくれていることが、痛いほど嬉しかった。

それからどれほど時間が経ったのか、高かった日が傾き、部屋は橙色《だいだいいろ》に染まっていた。

泣き疲れた私を、ミーシャがポンポンと背を叩きながらなだめてくれる。

「とりあえず、言いたいことは伝えたからな。ミーシャ、リルを頼んだぞ。しっかり見張っておいてくれ」

「はい、あなた。いってらっしゃいませ」

「見張って、って……」

鼻をぐずぐずさせながら反論する私の頭を、ゲイルの大きな手のひらがぐりぐりと撫《な》でる。

「それじゃあ、行ってくる」

そう言って部屋を出ようとするゲイルを、私は慌てて呼び止めた。

驚いたことに、いつのまにか彼は旅支度を整えていたようだ。

「行くって、どこへ？」

「任務に戻るよ。リルはくれぐれも大人しくしていてくれよ」

「そんな、もうすぐ日が暮れるのに！」

「ベリがいれば大丈夫さ。一刻も早く戻らなきゃならないからな」

その言葉で、私のためだけにゲイルは任務中に王都まで来てくれたのだと思い出す。

もちろん申し訳なくもあったが、その事実が私は嬉しかった。

胸にぼんやりとした明かりが灯《とも》る。

今までこんなにも、母以外の誰かに愛されていると実感したことはなかった。

確信のない愛を受け取ることを、私は恐れていたのかもしれない。この無慈悲《むじひ》でどこか現実感の乏《とぼ》しい世界で、誰かと心をつなげられる日が来るなんて、私は思っていなかったのだ。

「ありがとう、ゲイル。いってらっしゃい」

見送る私に、ゲイルが軽い調子でひらひらと手を振る。まるでちょっとそこまで行ってくるみたいな、軽い別れ方だ。任務地まで戻るのは骨が折れるのに、ゲイルは私にそれを悟《さと》らせまいとしてくれているのだろう。どこまでも私を気遣《きづか》ってくれる彼らの強さが、私には羨《うらや》ましかった。

私も、いつかそんな人間になりたい。

幼子《おさなご》のようにミーシャに抱きついたまま、私は彼の背中を見送る。

しかし、私が最後に投げかけた言葉で、彼は歩みを止めてしまった。

「気をつけてね！　ミハイルにもそう伝えて！」

直属の上司である彼の名前に、ゲイルの肩がびくりと揺れる。

その反応は、私の予想とは違っていた。

ああ、と笑って去っていくはずのゲイルが、立ち止まる。

しばらく流れる沈黙を不思議に思っていると、彼がゆっくりと振り向いた。

何か言い忘れたのかと、私は彼の言葉を待つ。

西日の影になって、ゲイルの表情はよく見えなかった。

ただ、頭を掻《か》く彼の影が、地面に黒々と浮かぶ。

「アイツはもう……。いや、なんでもない。行ってくるよ」

そう言い残して、ゲイルは行ってしまった。

不穏なものを感じて、私は気づけばぎゅっとミーシャの服を握りしめていた。

＊ ✣ ＊

日本でいう一月にあたる灰月《はいげつ》になった。しかし王子の公務の関係で、月の中頃まで学習室も休講となっている。

ゲイルが行ってしまったあの日から、私は毎日ぼんやりと過ごしていた。

出発前に、ゲイルが言いかけた言葉がなんなのか。そればかりが気になってしまい、やるつもりだった予習復習にも身が入らなかった。

もしかして、任地でミハイルの身に何かがあったのかもしれない。そう思うと、私はざわざわと落ち着かない気持ちになってしまうのだ。

あのふてぶてしい男の身に、そうそう何かが起こるとも思えないが……

私は久しぶりに、かつてゲームに関する記憶をまとめた冊子を取り出し、ミハイルのページをめくった。しかしそこには当然、ゲーム開始時期である六年後の彼についてしか書いておらず、私のもやもやを晴らしてはくれなかった。まだゲームがはじまってもいないから、命に関わるようなことはないと思う。でも、それにしてはゲイルの態度が意味深すぎた。

思い悩んでいることは、実はもう一つある。それは今後、学習室をどうするかということだ。

私はあの日、カツラを外した状態のドレス姿を王子に見られてしまった。

あの時は気にしていなかったが、家に戻り冷静に考えてみれば、非常にまずい事態だ。女の私が男と偽って学習室に通っていたとバレたら、私はおろかゲイルとミーシャもお咎《とが》めを受けるかもしれない。他人の空似《そらに》では、通らないだろう。去り際、確かに王子は私を見ていた。

許されるはずがない。私は王子を騙《だま》していたのだから。

女である自分は本当に人に迷惑をかけてばかりだと、一人窓の外を眺《なが》めながら思う。これならいっそ、本当に男に生まれればよかったのに。

いや、もしかしたら、私は最初から王都に戻るべきではなかったのかもしれない。

『リル、そんなに落ちこむなよ。な？』

不安そうに私を見つめるヴィサ君から、私を心底心配してくれている気持ちが伝わってくる。

私は彼のふわふわした体を撫《な》でながら、行き詰まった自分の状況に嘆息した。

その時、私の部屋にメイドが訪れ、訪問者の存在を告げる。

「客って、私に？」

心当たりがなくて聞き返すと、メイドは困った表情で言う。

「はい、メリス侯爵家の方だそうです」

メイドの答えに、私はびくりと震えた。

あの家からの使者なんて、いい予感はまったくしない。

客を出迎えるために立ち上がった私を勇気づけるように、ヴィサ君が寄り添ってくれる。

メイドに案内されて入った応接間で私を待っていたのは、アランだった。

まさか彼が来るとは想像しておらず、私は思わず声を上げる。

「アラン!?　どうしてここに……」

『一体なんの用だよ』

ヴィサ君のぼやきを無視して、私は慌てて彼に駆け寄る。

私の顔を見た瞬間、アランの張りつめた表情が少しだけ緩《ゆる》んだのがわかった。

立ち上がって私を迎えたアランに椅子をすすめて、私も彼の向かいの席に座る。間《ま》もなくお茶とお菓子を持ってきたメイドは下がらせ、応接間には私達二人とヴィサ君だけになった。どうやら、アランは一人で来たらしい。彼のような高位の貴族にあって、使用人を連れないで外出するなど、考えられない状況だ。ましてや彼の家は今、騒動の渦中《かちゅう》にあるというのに――

「リ……ルイ、よかった、元気そうで」

そう言うアランは、やつれてひどい顔だ。

彼の状況を考えれば仕方ないとはいえ、私は彼を置いてこの家に帰ってきてしまったことに、罪悪感を抱いた。

「リルでいいよ。学習室には、もう戻れないかもしれないから……」

そう言うと、アランは一瞬驚いたあと、すぐに何かを悟《さと》った顔をした。

「そう、か……でも、その方がいいのかもしれない。今から社交界は、騒がしくなる」

「騒がしく？」

「ああ、方法はどうあれ、虐《しいた》げられた領民が自らの手で侯爵を討ったんだ。犯人は捕縛されたとはいえ、領地に重税をかけている貴族達には動揺が広がっている」

自らの父親が殺された事件を、アランは痛みを堪《こら》えた表情ながら冷静に分析していた。

「あの日、殿下は混乱に乗じて貴族に対する法の整備を示唆《しさ》なさった。おそらく、兄上と示し合わせていたんだ。招待客の中に殿下を守るための近衛《このえ》兵が多くまじっていたのも、そのためだろう。貴族達は殿下の強引なやり方に反発しているが、父上の不在で円卓会議も招集されず、権力が分散しつつある。貴族達は誰も彼も、次は誰に取り入るかを考えるべく情報収集に必死だ」

吐き捨てるように、アランは言った。その時、私は無性に彼を抱きしめたくなった。無論、そんなことはできないし、する資格もないのだが。

堰《せき》を切ったように、アランは喋《しゃべ》り続ける。

「侯爵家では今、殿下の指示で父上の容疑に関する証拠探しが行われている。母上も兄上も連行されてしまったし、使用人の多くも職を辞して去っていった。たった半月で、だぞ？　あれほど栄華を誇っていたメリス侯爵家が……」

アランは膝の上の手をぎゅっと握り、目に涙を浮かべた。

彼にどんな言葉をかけたらいいのか、わからない。

彼は信頼していた兄に裏切られ、忠誠を誓っていた王子にまで欺《あざむ》かれていたのだ。その上、家族は離散し、今後侯爵家はどうなるかもわからない。

私達の間に沈黙が落ちる。

「……リル。お前は私の妹ではなかったんだな」

一息ついてから、泣き笑いの表情でアランは言った。怒っているのか、責めているのか。

「うん。私もあの日、はじめて聞かされた……」

真実を語ったはずなのに、私の言葉はどこか白々《しらじら》しく響いた。

もしかしてアランは私すらも、裏切り者のように感じているのかもしれない。

「兄上の娘ということは、お前は私の姪《めい》だな。リル」

彼は一体、何が言いたいのだろう。そして、何をしにきたのだろう。

彼よりも私が詳しく知っている情報なんて、おそらくない。アランも、私に何かを尋ねにきたという様子ではなかった。

もしかして、連行された兄のかわりに、私を詰《なじ》りにきたのだろうか？　だとしたら、私は大人しくその誹《そし》りを受け入れようと思った。

ジーク――父があんなことをしたのは、間違いなく、私達母子が原因なのだから。

しかし、アランの目的はそんなものではなかった。

「リル、頼みがあるんだ」

「頼み……？」

慎重に聞き返すと、アランは思いつめた表情で私を見ていた。

一体、何を頼むというのだろう。私にできることなんて、たかが知れている。アランの緊張が私にも伝わり、その場をピリリとした空気が支配した。

「私と……結婚してくれないか？」

すぐには、彼の言葉を理解できなかった。

『なぁにぬかしとんじゃこのガキャアア！！！』

思考停止していた私の脳裏に、怒りの雄叫《おたけ》びが響き渡る。私の横で成り行きを見守っていた、ヴィサ君の声だ。

びっくりした。一瞬、私の心の声かと思ってしまった。

ヴィサ君よ、まったく同意だが、ちょっと落ち着いて。

「ええっと……？」

とりあえず、首を傾げて聞えなかったふりをする。

必殺、『今の聞こえなかったんですけど戦法』。一度冷静になれ、と遠回しに促《うなが》すのだ。

しかし、敵は強者《つわもの》だった。

「リル、私と結婚してくれ！」

言い切った！　言い切ったよ、この人！

まさか、九歳にしてプロポーズされるとは思ってもいなかった。しかも、実の叔父《おじ》に。そして、ついこの間まで兄だと思っていた人に。

前の人生から通して、初のプロポーズがこれなんて、ちょっと泣ける。

なんだか気が抜けてしまった。私のさっきまでのシリアスを返してくれ。

「それは、どういうこと？」

この先いくら白《しら》を切っても、彼が前言を撤回することはおそらくないだろう。残念ながら。

私は諦めて、詳しく話を聞くことにした。

「……メリス家は、現在危機的な状況だ」

それは、先ほどまでの話でも少し触れていた部分だ。

私は脱力感をなんとか自分から切り離し、真剣に話に耳を傾けた。

「正式な公表はまだだが、メリス家に下される処分の通達が、前もって私のもとへ来た」

ごくりと、私は息を呑んだ。

「まず、メリス家は領地の半分を国に返上することになる。その上で、前侯爵がその地位を利用して、他国とよしみを通じ、不正に得ていたとされる財産は没収されることになった。さらに兄上と母上は領地に蟄居《ちっきょ》。……侯爵位を剥奪《はくだつ》されなかっただけ、まだましと言うべきか」

そう言って、アランは重いため息をついた。

侯爵家に課せられた処分は、軽すぎるとも、重すぎるとも言えた。

先日、侯爵家で起きた出来事は、明らかにジークの手引きによるテロ行為。王子の身を危険にさらしたということで、メリス家は取り潰しになってもおかしくはなかった。それを領地の半分を返上するだけで無罪放免というのは、明らかに軽い量刑だ。

しかし、アラン自身は何も知らなかったのだ。なのに家族全員が拘束ないし死亡した現在、残されたすべての課題に対処するのが彼だと考えれば、その責任は重すぎる。

ともあれ、それがなぜ私との結婚につながるのか。私は黙って、彼の次の言葉を待った。

「父上が死に、兄上と母上が蟄居となれば、メリス家の当主は私ということになる。侯爵になる準備もしてこなかった若造が、後ろ盾もなしに生き抜けるほど、貴族社会は甘くない」

皮肉そうにアランは言った。

後継者でなかった彼が、爵位を継ぐ準備をしていないことなど、当然だ。

けれど、貴族社会はそれを忖度《そんたく》してくれるようなぬるい世界じゃない。生まれた時から貴族の世界を見てきたアランは、その道がどれほど困難であるか、身をもって知っているのだろう。

たとえ勉学ができて、マナーを心得ていても。そして王子の四肢と呼ばれていても。

彼はまだ、十三歳になったばかりの少年にすぎないのだ。

「リル……さんざん侯爵家に苦しめられてきたお前に、こんなことを頼める筋合いではないのはわかっている。だが、我がメリス家にはお前の協力が必要なんだ」

切実な目をしたアランに、私はどう答えていいのか戸惑う。

「私にできることなら。でも、なぜそれが結婚？　私には、有力な後ろ盾の当てなんて……」

「ステイシー子爵家は、領地は王都から離れてこそいるが、海に面し、貿易港のある街ヴィスドを擁《よう》している。ゆえに、侯爵家にも劣らないほど裕福だ。当主が変わり者で、他家との関わりが希薄ではあるもののな」

ゲイルの実家であるステイシー家のことは、彼が話したがらないので、私はよく知らなかった。ゲイルは跡継ぎでもないのに王都の貴族街に邸宅をかまえ、メイドと家令まで雇っている。その上、私に不自由ない教育を受けさせてくれるのだから、裕福な家なのだろうという気はしていたけれど。

それにしても、そんなに知られた変わり者であるステイシー子爵って、一体……

「そして、ゲイル・ステイシーの妻であるミーシャ・ステイシーの実家は、メリス侯爵家と領地を接する由緒《ゆいしょ》正しい伯爵家だ。この二つの家と縁ができれば、今後の侯爵家には大きな助けになる」

言いづらそうに俯《うつむ》きながら、アランは説明した。

『リルを利用しようって話か！』

一時《いっとき》、大人しくしていたヴィサ君だけど、アランの言い分にずいぶん猛《たけ》ったようで、鼻息を荒くしている。テーブルの上で身を低くし、アランには聞こえないとわかっているのに唸《うな》った。

私はと言えば、怒るどころかちょっぴり安堵《あんど》していた。

よかった。そういう理由でプロポーズされたのなら、理解できる。ただ好きだから結婚してくれと言われるより、よっぽど気が楽だ。それに、あらかじめ私の利用価値をきちんと説明した上で、理解を得ようと努力してくれるだけ、アランは誠実なのかもしれない。

アランだって、自分の身を、そしてメリス家を守るために必死なのだ。

「残念だけれど、期待には添えないと思う。私はステイシー家の当主と会ったこともないし、養子の私を娶《めと》っても利用価値があるかどうか……」

『リル！　自分の利用価値とかいうな！』

怒鳴るヴィサ君の鼻を、わしっと掴む。

今ね、大事な話をしているところだから。ね？

真剣に頭を働かせているらしいアランは、空《くう》を掴む私の奇行など目に入らないようだった。

ただひたすら難しい顔で、すっかり冷えたお茶の入ったカップを見つめている。

私は彼に申し訳なくなった。何か私にも、アランの手助けができればいいのだが。

頭をひねっていると、不意にヴィサ君の鼻を持っていた手を、アランに掴まれる。

突然の彼の行動に、私は硬直してしまった。

彼は両手で私の右手を包み、私の目をしっかりと見る。

「今の話を聞いたら、私がお前を利用しようとしていると思えるだろう。事実、お前の今の身分は、落陽のメリス家にとって魅力的だ。けれど、どうかそれだけだとは思わないでほしい。私は、本気でお前を……」

「え？」

何を言い出す気だ。

頼むから、正面切って利用すると言ってくれ。その方がずっと、私はあなたを信じられる。

それなのに、アランの言葉はそんな私のささやかな願望を打ち砕いた。

「父も、母も、兄も、殿下すらも……誰もが私を裏切った。私を独《ひと》りにした。リル、いや――リシェール。お前だけが、私のそばにいてくれたんだ」

目を、逸《そ》らせない。心臓の音が大きく聞こえる。今すぐに、嘘だと言ってくれ。

やっと普通の兄妹《きょうだい》みたいに喋《しゃべ》れるようになったのに、アランはその関係を壊そうとしている。

「もう、お前だけだ。お前だけなんだ。信頼できる者も、寄りかかることができるのも。どうか、私の家族になってくれ。何があっても、誰にも傷つけさせたりしないから」

私の手を強く握り、アランはまるで神に祈るように額《ひたい》に押しつける。私はのどに息が詰まって、なんの言葉も返せなかった。

彼の悲しみが痛いほどわかるから、私はその手を振りほどけずに……ただその熱を、指先に感じていた。

嫌だと言うのは簡単だ。でもそれでは、彼の心ごとどこかに放り出してしまう気がする。

私は悩んで、その日の夜、眠る前にミーシャを訪ねることにした。

「ミーシャ、話があるの」

未《いま》だに迷いながらも、私は彼女の部屋に入った。

5周目　新たな旅立ち

その日は罪を犯《おか》したジーク・リア・メリスが、蟄居《ちっきょ》のため王都から遠い領地へ送られることになっていた。メイユーズ国では、雪深い灰月《はいげつ》の旅路は過酷だ。その時期に出発させることに、旅の途中での事故を望んでいるかのような、見えない悪意を感じた。

彼の罪が許されることは、この先ないだろう。旅立ちを見張る兵士の誰もが、そう考えていた。

地平線から、うっすらと細く太陽が覗く。

朝靄《あさもや》の中、貴族らしからぬ粗末な衣服で現れたジークは、肌を刺す空気の冷たさに、物言わずじっと耐えていた。時折、誰かを探すみたいに遠くに視線をさまよわせる。

しかし、見張りの兵士の他には彼を送る者はいない。

貴族が使うものとは異なる堅牢《けんろう》な馬車に乗せられ、彼は静かに王都を去った。

貴族出身の騎士団員や近衛《このえ》兵は、彼との同行を嫌がった。そして、平民出身の兵士や治安維持隊は同乗を許される身分ではないことから、彼の旅はひどく寂しいものになった。

一方で、見張る者がいない、気楽な旅とも言えるだろう。彼をメリス家の領地まで送る御者《ぎょしゃ》は、ギルドから派遣された平民だ。ジークが罪を犯して蟄居になることすら、彼は知らされていない。

「……リシェールだろう？　そろそろ、顔を出してはどうかな？」

物憂《ものう》げな表情を一変させて、ジークは馬車の中で膨らんだぼろ布に声をかけた。

馬車の中は粗末な割に広いが、ジーク以外には膨らんだ布だけしかない。

しかしジークが声をかけると、ぼろ布がもぞもぞと動いた。

ジークがぼろ布へ手を伸ばそうとする。その衝動《しょうどう》を手枷《てかせ》が阻止したが、蕩《とろ》けそうに微笑《ほほえ》む彼の表情には、先ほどまでの憂《うれ》いも、王都を追われた悲壮《ひそう》さもない。

「ぷは」

まず、ぼろ布から現れたのは、黒く艶《つや》やかな髪だ。

しかしその髪は、無残にもザンバラに切られている。ジークは少し眉尻を下げた。

「どうしてまた、髪を切ってしまったんだい？　綺麗な髪なのに」

貴族にはほとんど現れない黒髪をそんな風に言われたのは、はじめてだ。

布から顔と体を出した私は、少し気まずい思いをしながら、彼と視線を合わせた。

「そんな風に言わないでください。私の母が切ってくれたんですから」

私の言葉に、ジークは切なく、やるせないような顔になった。

普段、私はミーシャに母と呼びかけたりしない。今ジークの前でその呼び名を使ったのは、ある種の意思表明だった。

私が王都を出ようと思うと告げた時、ミーシャは寂しさを押し殺したような顔で笑って、送りだしてくれた。髪を切ってほしいとねだったのは、私の方だ。

たとえ不出来でも、ミーシャが髪に鋏《はさみ》を入れてくれるほんのささやかな瞬間を、私は愛していた。

だから、忘れないように。そしてまた戻ってきて髪を切ってもらうという誓いと共に、私はステイシーの屋敷をあとにした。置き手紙は三通。アルベルトと、ルシアン、アラン宛だ。

王都をしばらく離れると決めたのは、アランからの求婚がきっかけだった。

今、彼を独《ひと》りにするのは非情なことだが、私は王都を離れて、一度じっくりと自分の今後の人生について考えたい。その旨《むね》は、アラン宛の手紙に書き綴《つづ》ってある。

そして、王子にドレス姿を見られたからには、もう学習室に戻らない方がいいだろう。

もちろん、王子に恩返しをしたい気持ちは未《いま》だに健在だ。

ただ、私ももう九歳になった。今回はなんとか誤魔化《ごまか》せたとしても、これから体が成長していけば、いずれ自分が女であることは誤魔化しきれなくなる。私がルイでいられる時間は、残り少ないのだ。

病弱でチビで痩《や》せっぽちだった体は、日々の鍛練とステイシー家の恵まれた食事で、健康的で標準的な少女の体へと成長した。日本の九歳は、小学四年生。これからどんどん、性差が目立ってくることだろう。

それが今でなくても、私はいつか学習室を去らなければならない。

ルイとしての生活に未練はあるが、私は自分をそう納得させた。

王都を出て目指すのは、ゲイルとミハイルの任地である国境の街だ。

そこで、義父であるゲイルにアランの求婚について相談をするつもりだった。相談自体は手紙でしてもよかったが、王都を一度離れたいし、手紙を読んだゲイルにまた慌てて王都へ戻ってこられても困る。それに、去り際に彼が見せた、ミハイルに関する意味深な態度も気になった。

ヴィサークに乗せてもらうのをやめたのは、魔力消費を抑えるため。それから、もう一度だけジークと話をしたくて、目的の方向が近いこの馬車にもぐりこむことにした。

私にとって、同行者のいないジークの旅路は好都合。

夜明け前に、ジークの乗る馬車にもぐりこんでおくのは、それほど難しくなかった。

唯一《ゆいいつ》つらかったのは、身を切るような寒さだ。毛がふさふさのヴィサ君を抱きこんで暖を取りながら、ぼろ布にくるまって夜をやりすごした。

この布には、『反応しないで！』とジークへのメッセージを書いておいた。出発を見張っている兵士たちにバレないように、という私なりの工夫だ。

私が馬車に乗りこむことは伝えていなかったけど、彼は布の中に私がいると察していたらしい。

馬車の揺れに驚いて、少し動いてしまったからだろうか。

「……来てくれて嬉しいよ。もう会えないかと思った」

まるで愛を囁《ささや》くような熱い言葉を、私は少しだけ持て余《あま》した。

きまりが悪く、おずおずとぼろ布から這《は》い出す。

私の傍《かたわ》らのヴィサークは、不機嫌そうな顔で黙りこんでいる。

「あなたに、ちゃんと聞きたかったんです。どういうつもりであんなことをしたのか」

私はなるべく落ち着いた口調になるように気をつけながら、ゆっくりと言った。

未《いま》だに、彼に対する自分の感情は複雑だ。もちろん、憎しみもあるし怒りもある。けれど、親だと思えば非情になりきることもできなかった。

彼を愛していたから、母のマリアンヌはあんな底辺の生活でも、王都を離れなかったのだろう。そして歯を食いしばりながら、自分を育ててくれたのだ。もしジークのことを憎んでいたのなら、母には私を捨てて新しい人生を歩む選択肢だってあった。

母を愛するあまり貴族社会に反旗を翻《ひるがえ》した男をどう思えばいいのか、私は判断できないでいた。

「そうだね、話をしよう。私達には、まだ時間があるのだから」

ジークはそう言って一瞬、堪《こら》えきれないというように顔を歪《ゆが》めた。もう話すことができない人を、私に重ねているのだろうか。

馬車は朝靄《あさもや》の中を、がたがたと揺れながら進んでいく。

サスペンションなどない馬車は、よく揺れる。外の景色を見て気を紛らわそうにも、罪人を運ぶという目的のせいか、窓は申し訳程度の小さなものだ。

ごめん、罪人の旅を舐《な》めてた。王都の中の整備された道を走るステイシー家の馬車に乗り慣れた私は、速攻で酔《よ》っていた。

「だ……大丈夫かい、リル？」

ちっとも大丈夫ではないのだが、ここで大丈夫じゃないですとも言えないので、とりあえず黙っておく。実は、言葉を口にする気力すら、今はない。

手枷《てかせ》をはめられたジークは、心配そうに前かがみになって、こちらの様子をうかがっている。これでは、昔話をするどころではない。

「……アランに、うぐ……求婚されました」

意地で、とりあえず最大の用件を伝える。言葉と一緒に何かが出てきかけたのは、ご愛嬌《あいきょう》だ。

すると、おろおろしていたジークは一瞬で真顔になった。そして、やるせない表情に変わる。

「それはいつのことだい？」

「き、きのう」

「そうか……」

いや、一人で何かをわかった気にならないでくれ。

こっちは出るか出ないかの瀬戸際で、それほど多くを考えられないんだから。

「一昨日《おととい》、彼の母親である侯爵夫人は、牢《ろう》で自害した」

「え⁉」

思わず馬車酔《よ》いを忘れて、私は立ち上がった。しかし、すぐによろめいて座りこむ。

義母が死んだのか。私を侯爵家から追い出した、あの人が。

「不名誉に耐えられなかったんだ。貴族である自分が牢につながれるという屈辱《くつじょく》に」

「牢って、でもあの人は……」

彼女は、別に罪など犯《おか》してはいなかった。素晴らしい人格の持ち主とは言えないが、よくも悪くも気位の高いお貴族様だっただけだろう。〝死〟という言葉が、今さら私に重くのしかかる。

「なんで、こんなことに……」

おそるおそるジークを見れば、硬質な表情で言う。

「君が言いたいことはわかる。けれど、私は間違ったことをしたとは思わない。はじめは確かに君や、マリアンヌへの仕打ちに憤《いきどお》って計画したことだ。それは認める。けれど、侯爵家がメイユーズ国の臣《しん》として、許されないことをしていたのも、本当だよ。そして領地の民《たみ》を虐《しいた》げていた。私への代替わりまでは待てなかったんだ。メリス領は本当に……ひどい状態だった」

その光景を思い出すように、ジークは沈痛《ちんつう》な面持《おもも》ちで俯《うつむ》いた。

一番つらくて歯がゆかったのは、きっとこの人自身だったのだろう。メリス侯爵家とは縁を切った気でいた私が、今さら我が物顔で口出しできることなど、おそらく何もない。

「ごめんなさい」

がたがたと音を立てて揺れる馬車の中で、ジークははっと顔を上げた。

「あなたが、きっと一番つらかったのに……ごめんなさい」

何も知らない使用人や親族を巻きこむ覚悟で、彼は実の父親を断罪する道を選んだ。そして、その父親に庇《かば》われて生き残ったジーク。粗末な服で手に枷《かせ》をはめられ、今はこうして質素な馬車で領地へ運ばれようとしている。その領地のすべてが国に没収されなかったのは不幸中の幸いだが、蟄《ちっ》居《きょ》を定められた彼の人生に、もう栄光の光が差すことはないだろう。

それすら――いいや、死すら覚悟して、彼は領地の人々を救おうとした。当初の動機が不純だったといって、私は彼を責められない。

「ごめん……なさい」

私は自分のことばかりで、メリス領の人々のことなど考えもしなかった。目先で苦しんでいる下《げ》民街《みんがい》の人たちばかり気にして、そこで育った自分は貧困を知っていると思っていた。私はもう何年も、暖かな部屋で柔らかいベッドに入って眠っていたというのに。

思い上がっていた自分に嫌気がさす。

「ごめ、んな……」

そう繰り返す私に、ジークの影が覆《おお》いかぶさった。

手首を枷《かせ》で縛られている彼は、体ごとぶつかるように、私を包みこもうとする。そのぬくもりが、やけに心に沁《し》みた。

「懐かしいな」

その呟《つぶや》きに、私は頭に疑問符を浮かべて彼を見上げる。そんな私の間抜《まぬ》け面《づら》を、ジークはくすりと笑った。

「君のお母さんも、同じように僕に謝ったよ。何かあると、〝ごめんなさい〟と言って」

そういえば、この言葉はお母さんが教えてくれたものだ。

私は王子に教えられるまでずっと、貴族の使う謝罪の言葉を知らなかった。

あの時も、王子はそれはどういう意味だと目を丸くしていたっけ。

「私に謝ったりしなくていいんだよ。君は、君の信じる道を行けばいい。君がここまで立派に育ってくれて、私は嬉しいよ」

降り注《そそ》ぐような慈愛《じあい》の言葉に埋もれそうだ。

そうして私は生まれてはじめて、自分は両親に愛されて生まれたのだと実感した。

まるで雪解けのごとく、私の心に凝《こご》っていたコンプレックスが消えていく。愛されない子供だと、自分で自分に貼ったレッテルも、剥《は》がれる。

私は生まれたての子供みたいに体を縮こまらせて、父親に甘えた。

どれほどそうしていただろうか。

王都からかなり離れた場所で、その馬車は止まった。心なしか、馬車に差しこむ光も少なくなっているようだ。

犯罪者とはいえ、貴族であるジークを野宿させるとは考えづらい。

まったく気づかなかったが、街に入っていたのだろうか？

そう疑問に思っていたら、御者《ぎょしゃ》がこちらに近づいてくる足音がした。

ヤバイ。ここにジーク以外の何者かがいたら、問題になること必至だ。

どうしよう、どうしよう。どこかに隠れる場所は……

慌てて周りを見回すが、ジークに悪用されないようにという用心か、荷物はすべて馬車の外に積んであるらしい。

そうしてあわあわしている間に、足音はどんどん近づいてくる。

『リル！』

ヴィサ君は焦りのこもった声を上げる。

君はいいよね、他の人に姿が見えないから。

その時、ふと思いつく。私は急いで、先ほどの布とそれに文字を書いた白いチョークを手にする。

うーん、すべりが悪くてなかなか描けない。

そんな私の様子を、声を出すわけにはいかないジークが、心配そうに見つめていた。

キーという立てつけの悪い音がして、馬車の扉が開かれる。

「大人しくしていたか」

御者《ぎょしゃ》の表情は逆光でよくわからなかった。

しばしの沈黙。

雰囲気から、御者が訝《いぶか》しく思っている空気が伝わってくる。

「あ……ああ」

ジークの返事で、ようやく沈黙が破られた。

「馬車から出ろ」

その冷静な口調から、ペンタクルがうまく動作したことを知る。

間に合ったー！

久々に使う『隠身《おんしん》』のペンタクルが、初心者用の簡単な図形で助かった。『隠身』は、体の周りに魔法粒子《まほうりゅうし》を集めて、自分の姿を周りから認識できなくする魔導だ。夜が近いためか、私を闇の魔法粒子が取り巻いている。

私は息を殺して、馬車を下りるジークに続いた。

このまま、馬車と一緒に厩《うまや》にでも連れていかれたら、困ってしまう。

しかしそこは予想に反して、街ではなく雪原が広がっていた。馬車の背後には、切り立った岩壁が控えている。

雪原を見れば馬車の轍《わだち》がくっきりと残り、他には生き物の気配すらない。

もう日没まで間もない曇天《どんてん》の下、私とジークと御者の三人にびゅうびゅうと容赦《ようしゃ》ない風が吹きつけてくる。

おかしい。

野宿するにしても、水場の近くだとか、森の入り口だとか、他にいくらでも選択肢はあるはずだ。ここでは落石の危険もあるし、冷たい風から身を隠せる場所すらないではないか。

前世では完全にインドア派だった私でも、こんな荒涼とした場所で野宿なんて自殺行為だとわかる。凶暴な獣《けもの》は冬眠しているかもしれないが、ここで野宿すれば、冬眠どころか永遠の眠りについてしまうだろう。

これはどういうことなのかと尋ねるわけにもいかないので、私は目の前にいる帽子を深くかぶった御者の表情を、なんとか読み取ろうとした。

しかし少しだけ見える唇は、生真面目《きまじめ》に引き結ばれている。

その時、奇妙なことに気がついた。

御者の後ろに、馬車を引いていたはずの馬が二頭いる。

驚いて馬車を振り向くと、そこには馬が外された馬車があった。

これは、どう考えても普通ではない。

ジークはとっくにそのことに気づいていたようで、険《けわ》しい顔で男を睨《にら》んでいた。

嫌な予感を覚え、右手でジークのズボンを掴む。

すると御者《ぎょしゃ》の男は、私達に向かって手のひらをかざした。

何事かと思っていると、その男の手袋に何か丸いものが書きつけてあるのが見える。詳しくはわからないが、十中八九《じゅっちゅうはっく》ペンタクルだろう。

何をする気だと身がまえていたら、突然彼の手のひらから巨大な石が飛び出し、私達の横をすり抜けて馬車にぶち当たった。

激しい音を立てて、馬車が粉々に砕け散る。

「な……ッ」

一瞬の出来事だったので、私はなんの反応もできなかった。

ジークはいつのまにか私を守るように身をかがめている。

私は恐怖から彼に抱きついた。

ザクザクと、御者が近づいてくる足音がする。もう夜がかなり近く、男はただの人影としか認識できない。

必死に目を凝《こ》らしていると、ようやく人相がわかるあたりで、男は足を止めた。

「あなたには、ここで死んでいただく」

それは冷たい口調だった。

初対面の男だと思っていたが、よくよく見れば、その御者は知った相手だった。

「近衛《このえ》隊長……」

ジークが彼の役職を口にする。

私は信じられない思いで、御者に扮《ふん》したカノープスを見上げた。

「ジーク・リア・メリスは、移送中に落石事故で死亡。メリス侯爵家での立てこもり事件は、首謀者の死亡で以降の捜査は打ち切りとなる」

まだ起こってはいない未来の出来事を、カノープスが冷たい口調で淡々と語った。

王家がジークの移送を急いだ理由は、これだったのか。

このまま侯爵家の捜査が続けば、どこかで王家との密約が露見《ろけん》するかもしれない。それを防ぐためにカノープスは――王子は、最初からジークを殺すつもりだったんだ。

感情が波のように押し寄せる。

それが怒りなのか悲しみなのか、私にはわからなかった。

道理で、犯罪者の移送の割に警備が手薄なわけだ。客観的に見れば、ここでジークを事故に見せかけて殺すのは、確かにアリな手だ。王家は貴族殺しの汚名を着ることなく、今回の事件への関与をうやむやにできる。

でもだからって、簡単に「はい、そうですか」とは言えない。

ようやく心を通わせることができた父親を、私を救ってくれた王子が殺そうとするなんて。

私はがたがたと震えながら、ジークに抱きつく力を強めた。

『カノープス！　テメェ！』

ヴィサ君が怒りの雄叫《おたけ》びを上げる。

闇の中に、ぽわんとカノープスが作り出した光が浮かんだ。

松明《たいまつ》とは違う揺らめかない光が、私達を照らす。

「……いい加減に諦めて、姿を現しなさい。リル」

あきれたような口調で、カノープスは言った。

私がペンタクルを描きつけた布を脱いで踏みつけると、私を覆《おお》っていた闇の魔法粒子《まほうりゅうし》が空気中に霧散《むさん》する。

カノープスは、最初から私に気づいていたのだ。

当然だろう。エルフである彼に、『隠身《おんしん》』は通用しない。彼は省エネモードのヴィサ君すら見えるのだ。

その時、カノープスがこちらに何かを放って寄越した。

爆発でもするのかと思い、身を竦《すく》めるが、いつまでたっても衝撃《しょうげき》も痛みもやってこない。

おそるおそる目を開けると、雪原に落ちていたのは黒い鉄製の鍵だった。

「ジークの手枷《てかせ》の鍵だ。開けてやれ」

私は驚いて、カノープスと鍵を見比べた。

どゆこと?

ヴィサ君も事態についていけず、剥《む》き出しにした牙《きば》のやり場に困っている。

「早くしろ」

イラッとしたっぽいカノープスに急《せ》かされて、私は慌てて鍵を手に取った。

その鍵はジークの手枷の鍵穴にぴたりとはまる。回すとカチリと音がしてジークの両手が解放された。彼は腕の調子を確かめるように、カノープスに視線を向けつつ用心深く手首を撫《な》でる。

「これはどういうことですか？」

私が抱いていたのと同じ疑問をジークが問うと、カノープスは深いため息をつき、外していた眼鏡を取り出してかける。

「ここに、王子のサインの入った契約書がある」

カノープスが懐《ふところ》から取り出したのは、紙ではなく正式な契約書等に使われる皮紙だった。

「『我、シャナン・ディゴール・メイユーズはこの書を持つ者に貴族領地監査の全権を与え、その身分を保障することをここに誓う。この書を持つ者の言は我の言であり、メイユーズ国の王都以外においては、何よりも優先されなければならない。しかしこの書が私利私欲《しりしよく》に用いられた場合には、直ちにその持ち主は聖なる炎にて焼け死ぬであろう。また、――――』」

カノープスが読み上げはじめたのは、その契約書に記されているらしい内容だった。

基本的な条項のあとに、長々と注意事項が続く。

「――以上。お前には今後、その名を捨て、国中の貴族領で怪しい動きがないか監視してもらう。その際、非人道的な領地運営が行われていた場合は、それに介入できる権限を持つ。しかしこの契約書は、魔導によって何があっても損なわれることなく存在し続け、効力を発揮し続ける。それを理解した上で慎重にサインした方がいい。自分にわずかでも私利私欲があると感じるならば、この任命は受けない方が賢明だ」

私は雪原の風に凍えながら、成り行きを見守った。

つまり王子は、ジークを死んだことにして、貴族の領地運営の監査役に任命するつもりらしい。いうなれば暗行御史《アメンオサ》？　中二脳でごめん。水戸黄門《みとこうもん》か。なんかそれもちょっと違う気がするが。

今度は放り投げず、カノープスはその契約書をジークに手渡した。

ジークは手を震わせながら、その皮紙に目を通す。彼の目には涙が浮かんでいた。私は彼の背を撫《な》でてあげたかったが、手が届かないので諦めてジークの顔を見上げた。

「感謝……いたします」

ジークは切れ切れにそう言うと、人差し指を噛《か》んで溢れ出た血で署名する。

父親に復讐《ふくしゅう》するために、領主である侯爵を恨《うら》む領民すら利用したジーク。しかし彼があらかじめ手を回していたのだろう。事件に関わった領民達は、表立って断罪されることはなかった。罪人はジーク一人であるとされ、あの日侯爵家にいた領民達は監視つきで領地に帰されたと聞いている。

原因は私と母を奪われた復讐からだったとしても、ジークが虐《しいた》げられていた領民に同情してあの事件を起こしたのだと、私はそれを知った時に悟《さと》った。

ジークが署名し終えると、契約書は光を放ち彼の手から浮き上がる。私たちが驚いた次の瞬間、血でしたためられていたジークのサインが緩《ゆる》やかに消え、別の名前が現れた。

『ジークハルト・ヴァッヘ』

「これがお前の新しい名だ」

カノープスが厳《おごそ》かに言い放つ。

冷たい雪に膝をつき、王子への感謝を述べるジークの傍《かたわ》らで、ついにメリスの姓を名乗る者がアラン一人になってしまったと、私はどこかで他人事《ひとごと》のように思った。

冷たい風が頬を撫でる。

ジーク――ジークハルトを乗せた馬が、ブルルと鳴いた。

「……本当に、大丈夫か？」

「はい。精霊に乗ればすぐですから」

心配そうにするジークハルトに、私はきっぱりと言い切った。これは永遠の別れではないかもしれないが、一度別れれば再会はずっと先になるだろう。

その事実に怯《おび》えているのか、それともほっとしているのか、私は気持ちが定まらない。

私の隣にはジークハルトの動向を見張るように、もう一頭の馬に跨《また》がったカノープスが冷たいまなざしを注《そそ》いでいる。

「君には、本当にすまないことをした。きっと謝っても許してはもらえないだろう」

白い息を帯びながら、彼のジークとしての最後の言葉が空に昇っていく。

「けれど確かに、私は君の母親を愛した。そして君を愛した。いいや、ずっと愛し続けているよ。たとえ世界のどこにいても。それだけは、忘れないでほしい」

私は目を逸《そ》らさず、ずっとジークの顔を見上げていた。

息が白くなって空へと向かう。

結局はさよならも言わず、私はジークを見送った。ところどころ枯草の覗く雪原を、一頭の馬が遠ざかっていく。

愛していると叫ぶには、私にとってジークとの距離は遠すぎた。

ただ、虐《しいた》げられた人のために働いていくだろう彼を、いつかは誇りだと言えるようになりたい。

だから今はただぎゅっと、こぶしを握りしめて息をひそめていた。

6周目　双子の魔女と森の精霊

北の森には、近づいてはいけないよ。

あの森には緑の肌をした、魔女が住んでいるのだから。

魔女を見ても、決して近づいてはいけないよ。

その緑の肌に触れれば、人は石になってしまうのだから。

＊　✣　＊

目が覚めると、見えたのは知らない天井でした。

はて、私はどうしてここにいるのだろうか。

確かジークを見送ったあと、額《ひたい》に青筋を浮かべた近衛《このえ》隊長のお小言から逃《のが》れ、ヴィサ君に乗ってゲイルとミハイルのいる北を目指したはずだが……はてさて。

体を起こして、私は周囲を見渡した。窮屈《きゅうくつ》な部屋だ。いや、部屋そのものは広いのかもしれないが、物がありすぎて、動けるスペースが狭いのである。窓はなくて、小さなろうそくが一つ灯《とも》っているだけなので、暗い。部屋の壁は木でできているようだ。石造りが基本のメイユーズ国で、木造住宅は珍しい。

部屋を占拠しているのは、用途不明の不思議な形状をした物ばかりだ。吊り下げられたドライフラワーの類《たぐい》はいいとして、贅沢《ぜいたく》すぎて部屋に見合わない魔導石を連ねた飾り、鳥さんの羽をふんだんに使った扇子《せんす》。動物か何かの角《つの》、牙《きば》や骨。そして、引き出しがたくさんついた薬戸棚の上には、様々な形をした色とりどりの硝子《がらす》瓶が並んでいる。

何一つ見覚えがない。そして、ヴィサ君がいない。

えーっと……あ、段々思い出してきたぞ。確か、夜だから急いでどこかの街に降りようかって言ったら、ヴィサ君が張り切って飛行スピードを上げちゃったんだっけ。私は途中までなんとかしがみついてたんだけど、そこに突風が吹いて、ヴィサ君の背中から放り出されたんだった。

私がヴィサ君にあきれていると、部屋の扉がキィと開いてローブを着た長身の人物が部屋の中に入ってきた。室内なのにフードを目深《まぶか》にかぶっている。

「目が覚めたか？」

女の人にしては低い、けれど男にしては高い、中性的な声だ。

顔を見せない相手を訝《いぶか》しんだが、助けてくれたらしい人を怪《あや》しむのはよくない。私はこくりとうなずいた。

「助けてくれてありがとう」

以前、貴族の言葉を使ったせいでミハイルに怪しまれたので、あえて庶民の言葉を使う。恩人のあなたに、敬語を使えなくてすみません。

フードの人物はベッドの前でかがむと、私の手を掴み、脈を取った。ひやりとした冷たい手だ。そしてその手は、若いアスパラガスみたいな黄緑色をしていた。

はて、この世界にはこんな色の肌をした種族もいるのだろうか？　ゲームの中にそういった登場人物がいた記憶はない。

助かったと思っていたのだけど、もしかして私は死んでいるのだろうか？　そして、また違う世界に転生したとか？

私が眉を寄せていると、フードの人物は先ほどより硬質な声で言った。

「……緑の肌が珍しいか？」

「えーっと、ここでは私と同じ肌の色は少ないの？　外に出るんだったら、隠した方がいい？」

混乱した私が質問に質問で返すと、一瞬、意味がわからないというような沈黙が流れた。

気まずい。私はまたしても、何かをやらかしたのか。

「はっはっはっは！」

そして次の瞬間、部屋に響いたのは、爆笑。

あ、私のじゃないですよ。フードの人のです。立ち上がって、本当にお腹を抱えて笑っております。いやいや、こちらは一応真剣なんですが。

どうやら笑い上戸《じょうご》な人のようで、爆笑はしばらく続く。笑った弾みでフードが外れ、そこからもじゃもじゃとした、パーマのかかりすぎた髪が出てきた。髪色は黒だ。

「あ、あのー？」

ひーひー言っているその人に、私はコミュニケーションを試みる。少なくとも怒ってはいないだろう……たぶん。

「はー……くっくっ。いや、すまない。まさかそんな風に言う人間がいるとは思わなくてね。私はマーサだよ。よろしく」

「私はリル。よろしくね」

応じつつ、差し出された手と反射的に握手したら、また笑われた。なんなんだ、一体。

「ちょっと待ってなね」

そう言ってマーサは部屋を出ていく。しばらくすると器《うつわ》がのったお盆を持って、戻ってきた。器からは、いい匂いと湯気が立ち上っている。それを見た瞬間に猛烈《もうれつ》な食欲が湧く。どうやら私は空腹だったらしい。目の前に置かれた器には、辛子《からし》色のシチューっぽい料理がよそわれていた。見たことのない料理だが、この匂いからしておいしいに違いない。

「いただきます！」

木で作られた匙《さじ》を持つと、私はもぐもぐと食べはじめた。やはりおいしい。味はほとんどシチューだ。少しスパイシーな風味がアクセントになっている。夢中で食べる私を、マーサはずっとおかしそうに見ていた。微妙に恥ずかしいが、空腹の前では羞恥心《しゅうちしん》にかまっていられない。

「ごちそうさまでした」

もちろん完食だ。空腹だったのもあったんだろうけれど、すごくおいしかった。レシピを聞いてミーシャにも食べさせてあげたいな。

「はいよ。おかわりはいいのかい？」

「大丈夫！　かわりにあの、作り方を教えてもらえない、かな？　お母さんに作ってあげたい」

九歳児の必殺上目遣《うわめづか》いを繰り出すと、マーサはくしゃっと笑った。顔の肌も黄緑色だが、表情が豊かだからか、あまり気にならない。

「ふふふ、あんた変な人間だねェ。いいよ。あとでね」

そう言いながら、マーサは器を持って部屋を出ていった。

その直後だ。ドシン！　と大きな音がして、部屋が揺れた。ばらばらと、部屋中の小物が散らばる。

地震か？　私は竦《すく》み上がった。

しかし衝撃《しょうげき》は一度きりで、第二波がこない。私はしばらくその場から動けずにいたけど、マーサが心配になり、ベッドから下りて部屋を出た。人の家を勝手に歩くのは抵抗があるものの、もしマーサが何かの下敷きになっていたりしたら、一刻を争う。

扉は少し広めの居間のような部屋につながっていた。そこには窓があり、光が差しこんでいる。今は昼間らしい。

冷たい風を感じて、私は身震いした。見ると、玄関が開いている。

意を決して、私は玄関から飛び出した。

「あんた！　こっちに来ちゃだめだよ！」

マーサの焦ったような声に、私は立ち止まる。

この家はどこかの森の中にあるようだった。見渡す限り緑の木々が続き、そのどれもが厚い雪をかぶっている。私は太陽の照り返しに目を細めながら、マーサの声がする方向を見た。そこには雪に埋もれた獣《けもの》と、それを警戒するマーサの姿がある。

獣はどうやら、マーサの家である木の小屋の壁にぶつかり、屋根の上から落ちてきた雪に埋もれたらしい。脳震盪《のうしんとう》を起こしているのか、獣は動かない。白いきらきらとした雪の間から、その艶《つや》やかな毛並みが光っている。

あっちゃー。

思わず、そう言いかけて、やめた。

私が雪をざくざく鳴らして歩くと、マーサは近寄るなとさらに怒鳴った。しかし私にも、近寄らねばならない事情があるのだ。

私はマーサの横に並び、獣に向かって呼びかける。

「ヴィサ君。一体そこで何してるのかな？」

白銀の毛を雪に埋もれさせて、私の精霊さんがそこで伸びていた。

どうやら私は、死んだり転生したりはしていないようだ。

きゅうと伸びたヴィサ君がしゅるしゅると小型サイズに縮んだので、私は彼を抱き上げて雪を払ってやる。

「なんなんだ、一体。いいから早く、それと一緒に中へお入り」

マーサに促《うなが》され、私はその小屋に戻った。

扉を閉めてマーサが薪《まき》ストーブに火を入れると、じわじわと部屋が温まってくる。私は王都では見ない薪ストーブに興味が湧いた。あちらの家はほとんど煉瓦《れんが》造りなので、据《す》えつけの暖炉《だんろ》があるのだ。

マーサにすすめられて椅子に座り、しばらく撫《な》でていると、ヴィサ君が気がついた。

「ヴィサ君、大丈夫？」

しばらくヴィサ君は夢見心地な顔でぼーっとしていたが、正気を取り戻すと飛び上がる。

『リル！　無事か？』

ひどく焦ったらしいヴィサ君を見上げて、私は大丈夫だと答えた。

そこにマーサが、ヴィサ君にも飲めるように平皿でミルクを出してくれる。すこしクリーム色が強いので、アルパカウ――牛柄のアルパカのミルクだろうか？

ヴィサ君は、マーサの顔を見て言った。

『なんだ。まざりもんじゃねーか』

まざりものってどういう意味だろうと思っていると、ヴィサ君の言葉に反応したのか、マーサがビクリと揺れる。

そういえば、この人は普通の人には見えないはずのヴィサ君が、見えているのだ。そしてどうやら、声も聞こえているらしい。

とりあえず、しつけとして私はヴィサ君の尻尾《しっぽ》を掴んだ。うーん、相変わらずふわふわだ。

「ヴィサ君。お世話になった人に向かって、その言い方はないよね？」

私が笑いながら注意すると、ヴィサ君はシュンとした。

『ごめん、リル』

「謝る相手が違うよね？」

『……すまなかった』

不承不承《ふしょうぶしょう》の態度で、ヴィサ君はマーサに謝る。

まったく。ヴィサ君は口が悪くていけない。

そしてそんな私達を、マーサは呆気にとられたように見ていた。

「あんたまさか、精霊使いなのかい？」

『精霊使い』。それは過去、この国から排斥された、精霊を使役《しえき》して人々を従わせたという一族だ。

私はめいいっぱい首を横に振った。そんな人達と一緒にされては、困る。

「ヴィサ君は私の契約精霊なの」

「ふーん。契約精霊ねぇ」

マーサが私の向かいに腰かけて、意味ありげな視線をヴィサ君に送る。私以外に契約精霊がいる人を知らないので、ヴィサ君が他の契約精霊と異なっているかどうかは、私にはわからない。

ちなみに、いじけたヴィサ君はペロペロとミルクを舐《な》めていた。

「それにしても、ずいぶん高位の精霊みたいじゃないサ」

「わかるんですか？」

「わかるも何も……」

『そりゃあわかるだろ、ソイツも半分は精霊だからな』

うにゃうにゃと今度は顔を洗いながら、ヴィサ君が言う。

「ソイツ……？」

言いながらヴィサ君の尻尾《しっぽ》を再び掴むと、ヴィサ君が竦《すく》み上がった。

『そ、そ……そちらの方です！』

ヴィサ君。そんなに怯《おび》えなくてもいいんだよ？　ただ、マーサにはたくさん迷惑かけちゃったんだし、ちゃんとした態度でいなくちゃね？

「ふふふ……」

マーサが、少し困ったように笑う。

「いいンだよ。その猫ちゃんが言っていることは、本当だから」

『猫じゃねー！』

ヴィサ君ってば、今、テーブルの足で爪研《つめと》ぎしようとしていたくせに。よくそんな口がきけますな。

ヴィサ君の叫びを無視して、マーサは話を続けた。

「アタシはね、北の山に住む森の民《たみ》と村の人間のハーフなんだよ」

「森の民？」

聞き覚えのない言葉に首を傾げる。

メイユーズ国の北部にある山は、トラモンターナ山脈の一つだ。この山脈はとても険《けわ》しく、一年中雪で山頂が覆《おお》われているので、誰一人越えたことがないと言い伝えられている。

そんな山に暮らす民族など、いただろうか。

『森の民ってのは、木の精霊達のことだ。深い森には大抵いるな。東のシャリプトラの眷属《けんぞく》どもだ』

私の考えを読んだように、ヴィサ君が言った。

シャリプトラとは、木属性の精霊の首長なのだろうか？　西のヴィサ君が風属性の精霊の首長であるように。

精霊とのハーフということは、マーサも時の精霊と人間のハーフであるベサミのように、長い寿命を持っているのかもしれない。

「そう。だから見ての通りこの肌の色だ。これを見ると、人間達が怖がっちまってネェ。アタシも、普段だったらここまで人里の近くへは下りてこないんだが」

「え、じゃあこの山小屋は、マーサさんのおうちじゃないの？」

私が尋ねると、マーサは気まずそうな顔をした。

「ここは、双子の妹のカーラが住む家なんだよ」

「カーラ、さん？」

こくりと、マーサがうなずく。

「カーラは、いつか人間の街で暮らすのが夢だと言ってね。アタシは止めたんだけど、もっと人里に近いところに住むんだって聞かなくて……。近くに住んだところで、受け入れてもらえるわけじゃないのにサ」

物憂《ものう》げなマーサの顔から、彼女らが人間達とあまりいい関係でないことが読み取れた。マーサがはじめはフードをかぶっていたことも、それが原因だとしたら納得できる。彼女らは今までに、人間に少なからずひどい目に遭《あ》わされてきたのだろう。

人間は自分達と違う生き物を排斥しようとする傾向がある。彼女らを人間達が受け入れるのは、難しいのかもしれない。

「その、カーラさんは今はいないの？」

この家に、私達以外の気配はない。私は周囲を見回す。するとマーサはしばらく視線をさまよわせた。どこまで私達に話していいか、迷っているのだろうか。しかし、ため息を一つつくと、マーサは口を開いた。

「カーラはね、麓《ふもと》の街に行っちまったのサ」

「麓の街に？」

先ほどまで、人間とうまく馴染《なじ》めないという話をしていたんじゃなかっただろうか。ならば、麓の人間はカーラを受け入れたの？

疑問に思う私の表情を読んだのだろう。マーサは言葉を続けた。

「カーラはどうも……姿変《すがたか》えの術を使ったようなんだ」

「姿変えの術？」

聞き覚えのない言葉だ。私は首を傾げる。

「ああ、アタシらは森の民《たみ》と比べて、力が足りない。なんせ、人間がまじっちまってるからね。でも魔法は使える。姿変えの術というのは、文字通り、自分の姿を変える魔法のことだよ」

「そんなことができるの？」

「ああ。でもね、その術を使うには、アタシらでは魔力が足りない。もし使うとすれば……」

意味深に、マーサが言葉を切った。部屋の中に重い沈黙が落ちる。

「……人間から、吸い取るしかないだろうね。魔力の強い、誰かから」

『木の属性の奴らは、それができるから嫌いだ』

ヴィサ君が厳しい顔で吐き捨てるように言う。私はもう、彼の暴言にかまっていられなかった。

魔力を吸い取る？　そんなことができるのか。はじめて聞いた。そして、魔力を吸われた人間が無事でいられるとも思えない。

なんだかとてつもなく、嫌な予感がする。

魔力の強い人間とは、すなわち貴族だ。そしてこの土地の領主を除いて、わざわざこの北限の地にまで来るような貴族なんて……

「前にカーラが、赤い髪の男と歩いているのを見たんだよ。彼から吸っていると思って、間違いないね」

眉間《みけん》にしわを寄せて、マーサが言う。

その人物を、私の知る彼――ミハイルと結びつけずには、いられなかった。

マーサには、危ないから行かない方がいいと何度も止められた。でも、私は気をつけると繰り返し、ヴィサ君に乗って麓《ふもと》の街へ急いだ。

彼女はしばらく山小屋に残り、姿変えの術について調べるつもりだという。何かわかったら教えてほしいと私に頼んできたマーサは、複雑そうな表情だった。

山を抜けたら不自然に雪が途切れ、茶色い地面が覗いた。このトラモンターナ山脈が一年中雪に覆《おお》われている要因は寒冷な気候だけでなく、何か不思議な力が働いているのかもしれない。

山から見えていた街にどんどん近づく。王都よりは小さいが、城壁に囲まれた立派な都市だ。

それもそのはずで、この街には〝最弱の辺境伯〟と呼ばれるヘリテナ伯爵の居城がある。

メイユーズ王国の辺境伯は国境線を守り、辺境に領地を持ちながらも様々な特権が認められた存在だ。中でも、ヘリテナ伯爵は異質である。なぜならヘリテナの一族はメイユーズ建国以来、一度も戦《いくさ》をしたことがないからだ。メイユーズ国の北の国境を守っているのは、峻厳《しゅんげん》なトラモンターナ山脈そのものであり、またあるいはそこに住む森の民である。かつてこの地の豪族だったヘリテナ家は、メイユーズ国に無条件で組み入れられるかわりに、この寒冷だが平和な土地の永続的な統治権を手に入れた。以来、彼らはずっとこの地に根を張っているのだ。

歴史書は語る。〝ヘリテナ伯は戦では弱かろうと、負けたことは一度もない〟のだと。

そう授業で教えてくれたのはミハイルだったと思い出し、私の気分は沈んだ。

私の予想が当たっていれば、カーラが魔力を吸い取っている相手は彼だろう。魔法属性の強く表れた赤なんて髪色が、この辺境の地にそうそういるとは思えない。

私は街を迂回《うかい》して通りすぎ、何もない荒野でヴィサ君から降りた。街の山脈側には街に入るための門がないためだ。そこから、小さくなったヴィサ君を連れて、門へ続く街道まで歩く。

その途中、かがみこんで地面にペンタクルを描いた。以前、作動させっぱなしにしてシリウスにひどく怒られた魔導『マップ』だ。ペンタクルを描き終えると、頭の中に光と地図が浮かんでくる。でも、この街に入ったことはないので、詳細な地図はわからない。今は何もない場所に赤い光が一つ浮かんでいた。他の光は私を示す光一つきりだ。赤い光が示すのは、ミハイルである。

「この赤いところを目指していけば……」

ペンタクルを足で消して、先を急ぐ。街道に着くと、街に入ろうとする商人達が列をなしていた。

私に気づいた者は、街道の外から子供が歩いてきたことに、一瞬ぎょっとする。近くにいた人のよさそうな青年に、私は声をかけた。

「すみません。これは街に入るための列ですか?」

最初は面食らっていた青年だったが、親切にも腰をかがめて私の質問に答えてくれる。

「ああ、そうだ。しかしどうやら、今はトステオに入れないようなんだ」

トステオというのは、この街の名前だ。伯爵の城がある伯爵領の主都である。

「入れないって、どうして?」

私が首を傾げると、青年は困ったように頭を掻《か》いた。

「それが、どうも街の中に誰も入れてはいけないと、領主様からお達しがあったらしい。おかげで、僕達商人はここで足止めを食らっているんだ」

道理で、行列の人々は皆、不満げな顔をしているわけだ。

それにしても、他の街との物流を支える商人を阻《はば》んでしまうなんて、ただごとではない。商人達は引き返せばいいだけだが、困るのはトステオの人々だ。自然環境の厳しいトステオが商人達に見放されれば、たちまち食料は尽きて街を飢餓《きが》が襲うだろう。

「ところで、君はこんなところで一体どうしたんだい？」

「近くの村からアルパカウのミルクを運んできたのだけれど、お父さんとはぐれてしまったんだ」

旅のために平民の服を着ていたので、怪《あや》しまれてはいないようだ。青年は気の毒そうな顔で私を見下ろす。

「大丈夫？　お父さんを探すかい？」

「ううん。先に村に帰る。道はわかっているから」

私はそう言って、青年と別れた。

それにしても、まさか街がそんな事態になっているとは思わなかった。タイミング的に、カーラが関わっているのだろうか？

私は人目につかないような雑木林を見つけると、そこに飛びこんだ。そしてもう一度、大きくなったヴィサ君に乗り、今度は上空から街に入ろうと試みる。

『リルー、腹へった』

私の緊張を削《そ》ぐ声で、ヴィサ君が言った。

精霊である彼は本来なら食事を必要としないのだが、私が毎日エサをあげているので、それが癖になってしまったらしい。こんな精霊は他にいるのかなとあきれつつ、私は彼の毛並みを撫《な》でた。

『もう少し、つき合って。街に入ったらおいしいものを作ってあげるからね』

ヴィサ君のエサは毎回私の手作りだ。キャットフードのないこの世界で、家畜と同じ飼料を食べさせるわけにもいかない。

『よおっし！』

「え？　ヤッ、ちょっとぉ!!」

私の声に反応したヴィサ君が、スピードを上げて急角度で滑降《かっこう》しようとする。私は目をつぶり、必死に歯を食いしばった。吐きそうだ。私は絶叫系が苦手なタイプなのに。

『着いたぞ！』

のしかかる重力がなくなった頃、喜色満面《きしょくまんめん》という感じで弾《はず》んだヴィサ君の声が聞こえる。あとで、人を乗せている時にアクロバット飛行をしてはいけないと、厳しくしつけなければ。つい昨日、スピードを出しすぎて私を振り落としたことですし。

瞼《まぶた》を開けると、目が眩《くら》むほど高い場所にいた。間近で旗がはためいている。まさかと思って下を見たら、そこは領主の住む城の頂上。最も高い塔の屋根の上だった。

「ここ、着いたって言わないよ！」

高さによる震えを堪《こら》えつつ、ヴィサ君の背中に縋《すが》りつく。誰か私の精霊の非常識をどうにかしてくれ。この世界にドッグトレーナーをしている人は、いないんだろうか？

『じゃあ、どこにいけばいいんだ？』

「どこって……」

そこで、私はこの先どうすべきか迷った。

最初に見つけたいのはミハイルだが、もし彼がカーラと一緒にいるとしたら、不用意に近づかない方がいいかもしれない。ならば、何かを知ってるはずのゲイルを先に探したい。でも、彼はおそらく極秘任務でこの街に潜入しているのだろうから、安易に見つかるとは思えなかった。

その時ふと、遠く街道を伸びる人の列に目が行く。

携帯電話のないこの時代だ、情報の伝達には時間がかかる。今はそれほどでもないが、このトステオに向かっているどれほどの商人が、足止めを食らうことになるやら。

この問題の原因を探《さぐ》れば、何かカーラやミハイルについてわかるだろうか?

私はヴィサ君に頼んで、どんな街にでも必ずあるはずの商人ギルド支部へ向かった。

商人ギルドのトステオ支部は、騒乱の中にあった。

それもそうだろう。何せ、街へ入ってくる物流がストップしてしまったのだから。街から街へと渡る行商人も管轄《かんかつ》下とする彼らは、対応に追われて大わらわだ。

街で一番大きな通りにある商人ギルドのトステオ支部は、石造りで二階建ての立派な建物だった。

私は向かいの建物の陰から、トステオ支部の様子を観察する。

傍《かたわ》らには小さくなったヴィサ君。人間の事情など関係ない彼は、のんきに欠伸《あくび》をしている。

トステオ支部の前には、ばっちり武装した兵が数人たむろしていた。おそらくはお抱えの用心棒だろう。王都の商人ギルドの前でもよく見られる光景だ。

しかし、それ以外が普通ではなかった。さっきから、大勢の人間が慌てた様子で出たり入ったりを繰り返している。それらは渡りの商人だけではなく、その商人から商品を仕入れているであろう店主なども多くいるようだった。見分け方は簡単。街を渡る行商人は、大抵が若くて旅装のまま。街に定住する店主は、往々にして年配で比較的立派な服を着ていた。

ギルドの前は馬車渋滞でひどい有様だ。王都とは違い土が踏み固められただけの通りは、清掃魔導設備も充分ではないらしく、土煙《つちけむり》と馬糞《ばふん》のまざりあった臭いがした。

ギルドを出入りしている人間を見ていると、たまに行商人とも店主とも違う人間がまじっている、若くて身なりのしっかりした青年だ。手荷物の少なさから見て、おそらく彼らは商人ギルドに勤めている職員だろう。そう予想し、私は路地裏を出るとそのうちの一人にぶつかった。

「うわぁ」

大した勢いでもなかったが、向こうは道を急いでいたので、私は大げさに尻餅《しりもち》をつく。そう、私は完全に当たり屋である。金銭を請求する気はないので、見逃《みのが》してほしい。

「うわ！　ぼうず、大丈夫か⁉」

相手は驚きつつも、手を差しのべてくれる。

男装が板についた私は、学友の制服じゃなくても男に見えるようだ。パンツルックの旅装が原因だろう。それはともかくとして、優しそう相手でよかった。

顔を見れば、藁《わら》色の髪を短く刈った青年だ。年は三十前後だろうか。とりあえず、私は差し出された手を掴み、体を起こした。

「悪かったな。急いでいたものだから」

「いいや。こちらこそ、飛び出して申し訳ない」

その時、私は意識して貴族の言葉を使った。すると、青年が目を見開く。

彼が私の頭のてっぺんからつま先まで、値踏みしているのがわかった。シンプルなものだが、ステイシー家で揃えてもらった旅装は、縫製《ほうせい》のしっかりしたある程度値が張る品だ。さすがに商人ギルドの人間だけあって、その価値がわかったらしい。先を急ごうとしていた彼の足が止まる。

「本当にすまなかった。ところで君は、ギルドに何か用なのかい？」

彼の商人魂《だましい》は、私に恩を売った方が有益だと判断したようだ。

「ああ。案内を頼んでも？」

私は学友達を真似して、尊大な態度を取ってみる。尊大に振《ふ》る舞《ま》われたことは数あれど、自分でやったのははじめてだ。彼はうなずいて、私をギルドへ促《うなが》した。

ギルドは、建物の中も混乱の最中《さなか》にあった。あちこちで人が怒鳴り、受付の奉公人らしき少年は半ば涙目になってメモを取っている。暖房がなくとも部屋が充分に暖まるほどの、人の熱気だ。

私が案内を頼んだ青年は、人込みを避けて二階へ上がる。

すると二階は、階下の喧噪《けんそう》が嘘のように、静かな空間だった。落ち着いた雰囲気の壮年男性達が行き来している。どうやら一階は、客の受付など職員でなくても入れる区画で、こちらが商人ギルドの心臓とも言うべき実務作業をする区画らしい。

私はできるだけ姿勢を正し、足運びが優雅になるよう心がけた。私の今の役回りは、迷子になった世間知らずの高貴な少年だ。少なくとも、先を歩く青年にはそう思いこませなければいけない。

「すごい騒ぎだな」

タイミングを見計らって、私は彼に問いかけた。

「ああ、うるさくて申し訳ない」

「なんでも、外から来た者はトステオに入れないと聞いたが、それは本当か？」

そう言うと、青年は振り返り、驚いた表情で私を見た。

「どこでそれを？」

彼の態度からすると、街への出入り規制はトステオ内では広まっていないらしい。けど、商人ギルドがこれだけの騒ぎなのだ。これから情報は広まっていくだろう。

それにしても、一体誰がこんな馬鹿げた規制をかけたのか。外に並ぶ商人に領主だとは聞いたものの、明晰《めいせき》で知られるヘリテナ伯爵がそんなことをするとは思えない。

「私は遠くから人を訪ねてこの街に来たのだが、供の者とはぐれてしまったのだ。それを探すうちに、そういう噂《うわさ》を耳にした」

正直、するすると口からでまかせを言える自分が怖い。

青年は少し難しい顔になり、しばらく考えてから口を開いた。

「よろしければ、お訪ねの方のお名前をお聞かせ願えますか？　我々が力になれるやもしれません」

青年の顔が商人の顔――感情の読めない笑顔になる。もしかしたら、彼はただの下《した》っ端《ぱ》職員ではないのかもしれない。

私は焦らないよう自分に言い聞かせながら、彼を不審がる顔を作った。ここでいきなりゲイルかミハイルの名前を出しても、おそらく無駄だ。彼らは潜入捜査の最中のため、名前を変えている可能性がある。それに、彼らに迷惑をかけるのも本意じゃない。

私の表情を見て、青年は胸に手を当てて礼を取る。

「失礼。私の名前はスヴェン。このトステオで商人ギルド支部長をしております」

おおっと、意外と大物を引き当てたようである。私は驚きが顔に出ないよう注意した。

ゆっくりと彼を見上げ、わざとらしく周囲を見回す。

それを察したように、スヴェンが言った。

「どこか、人に話を聞かれぬ場所へ」

さあて、これからどうしようかな。

私の動作は意味ありげに見えて、ほぼすべてがその場しのぎである。

とりあえず今は、スヴェンと案内場所に着く前に、いろいろな設定各種を脳内で練り上げなければ。

私が案内されたのは、窓のある日当たりのいい部屋だった。

南向きの壁には大きな窓があり、王城でしか見たことのない精度の高い硝子《がらす》がはめこまれている。窓に背を向けるようにして立派な執務机が置かれ、左右の壁には同じ色合いの木材で作られた本棚が並ぶ。机と向かい合うように置かれた一脚の椅子は、シノワズリーとでも言えばいいのか、どこか中華風の様式だ。華奢《きゃしゃ》なデザインで、黒い木組みに描かれた金の蔦《つた》模様が、なんとも言えず美しい。おそらくは新大陸からの輸入品だろう。

王都でさえなかなか見られないような高価な品が、まさかメイユーズの北端にあるトステオで見られるとは思わなかった。

「どうぞ、おかけになってください」

そう言って、スヴェンも執務机に向かった。

そして部屋には沈黙が落ちる。

逆光でよくは見えないが、スヴェンの目が冷静に私を観察しているのがわかった。そして私も、彼のことを注意深く観察する。

「それで、外から来た者がトステオに入れないという噂《うわさ》は、どこで？」

なかなか話しださない私に焦《じ》れたのだろう。先に口を開いたのはスヴェンだった。

逆光になった彼の表情は読みづらい。

「先ほども言わなかったか？」

私は少し不機嫌そうに鼻を鳴らした。もちろん、本心ではない。ただ、この男に何か新しい情報を話すことはためらわれた。

お互いがお互いに、出方をうかがっているのがわかる。

「これは失礼いたしました。実は我々でさえ、その情報を手にしたのはついさっきなのです。なのであなた様の情報の速さに驚きまして。よろしければ、名前をうかがっても？」

そういえば、まだ名乗っていなかった。

「――王都から来たとだけ。それではダメだろうか？」

まだこの男を信用することはできない。それに、貴族は平民を見下しているので、直接名乗ったりはしないものだ。こちらの方が、むしろ貴族っぽいだろう。

「なるほど。では、せめてファーストネームだけでも。お呼びするのに難儀しますので」

「ルイ、という」

「それで、ルイ様は供の方とどこではぐれられたのでしょうか？　場所とその方の特徴さえ教えていただければ、我々が供の方をお探ししますが」

「いいや、目的の場所にさえ辿《たど》りつければ、おのずと供の者とも再会できよう。そなたにはそこまでの案内を頼みたい」

「かしこまりました。それでそのお尋ねの方とは？」

「……赤い髪の男を知っているか？」

とりあえずは、遠回しに聞く。

火の属性が強く出た赤髪は、貴族の中でもそうそうない髪色だ。

「……赤い髪ですか？　赤茶色ではなく？」

「ああ。燃えるような赤だ。トステオに、そのような男はいるだろうか？」

それがミハイルでも、カーラの隣にいたという男でも、情報が得られればどちらでもよかった。

しばらく考えるような沈黙が落ち、スヴェンはおもむろに顔の前で手を組んだ。

「赤い髪……で思いつくのは、最近いらしたヘリテナ伯爵のお客人でしょうか？」

「伯爵の？」

「ええ。王都からいらしたという、若い男性です。ヘリテナ伯爵のお嬢様と、街を歩いている姿をよくお見かけしますが……」

私は一瞬、驚きで声を失った。

「ヘリテナ伯爵の、お嬢様だって？」

「ええ。リルカお嬢様とご一緒のところを、最近よくお見かけしますね。ルイ様がお探しの方が、同じお方かどうかはわかりませんが」

リルカ。聞き覚えのある名前に、私の背中が冷たくなる。

もう、駆け引きをしている場合ではないかもしれない。リルカという娘は、それほど衝撃《しょうげき》的な存在だった。

私は冷静になれと自分を叱咤《しった》しながら、ゆっくりとスヴェンを見据《みす》える。

「身分の定《さだ》かではない私に情報を話したのは、何か裏があるのだろうか？」

「いいえ――とは、言いがたいですね。あなた様にご助力いただきたいことが、いくつか」

素直な男だ。そして話が早く、好感が持てる。私は建前だらけの儀礼的なやりとりより、こういう実利のある会話の方が好きだ。

「ご助力だって？　私のような、ただの子供に？」

「真に子供であるならば、自ら子供などとは言わないものですよ」

語尾にかすかな笑いのニュアンスがにじんでいた。

スヴェンは私を侮《あなど》るでもなく、取り入るでもなく、対等な言葉を交わしてくれているのだとわかる。貴族相手なのに媚《こ》びないその態度に、私は彼に真実を話そうと決意した。

「ならば、取引をしよう」

「取引……ですか？」

「ああ、互いの情報を共有し、お互いの目的を達成する。あなたの望みは、街の解放かな？」

スヴェンは、私の真意を図るようにしばらく黙りこんでいた。どうやら当たりらしい。

「――それで、ルイ様の望みは？」

「ほとんどあなたと一緒だよ。森の民《たみ》と人間のハーフであるカーラの術を解くこと」

私がいきなり砕けた言葉をかけたと同時に、陽がかげり、スヴェンのむすっとした表情が読み取れた。

「ハーフ……あの、森の魔女のことですか？　術とは……？」

「ああ、おそらくあなたはもうすでに騙《だま》されている。なんせヘリテナ伯爵には、今も昔も娘なんていないのだから」

そしてリルカとは、乙女ゲームに出てきたミハイルのかつての婚約者の名前だ。

＊　✣　＊

――リルカ・スタンレー。

彼女は若くして亡くなった、ミハイルの婚約者。

スタンレー家はミハイルの実家であるノッド家の遠縁で、その縁談は彼らが幼少の頃に取り決められたものだった。

とはいえ、それは彼らの両親の横暴では、まったくなかった。なぜなら、ミハイルとリルカは姉弟《きょうだい》のように仲がよく、当人達に同意のもとに結ばれた婚約だったからだ。

上の兄弟達と年の離れているミハイルは、同い年のリルカによく懐いていた。兄しかいないリルカも、それは楽しそうにミハイルと遊んだ。幼いながらに仲睦《なかむつ》まじい二人の婚約を、周囲の大人達も微笑《ほほえ》ましく受け入れていた。

リルカは活発な女の子だった。ミハイルは、隙あらば書斎にこもって兵法書を読み漁《あさ》ろうとする。そんな彼を外に連れ出しては、木登りだの魚釣りだの、とても令嬢のするようなことではない趣味に巻きこんだものだった。

ミハイルにとってリルカは、はじめて一緒に遠乗りに出かけた相手で、一緒に海を見た女性だ。

彼女の持つ艶《つや》やかな黒髪と、好奇心に満ちた漆黒《しっこく》の瞳は、貴族界では忌《い》まれることも多かったが、リルカはそれでくじけるような少女ではなかった。何を言われようとも、いつでも笑っている。まるで太陽のような少女だった。

二人が十五になった年、王城で大規模な舞踏会《ぶとうかい》が行われることになった。

それは前年まで前王の喪《も》に服していた国王が、改めて所信表明をする、とても重要な夜会だ。

十三で成人の儀式をして以来、未《いま》だにリルカをエスコートしたことのなかったミハイルは、緊張していた。その舞踏会をつつがなく終えれば、次はいよいよ結婚式だと両親に言われていたせいだ。

ミハイルにとって、リルカは初恋の相手。だから何があっても失敗するわけにはいかないと、家にこもってダンスの練習に打ちこんでいた。

なのに、運命は残酷《ざんこく》だ。

その頃、成長してリルカの背丈もとっくに追い越していたミハイルは、社交界の若い令嬢達の間で騒がれる存在になっていた。

強い魔力を表す赤い髪と、末子とはいえ名門の家柄。濡《ぬ》れたような金の目に、整った目鼻立ち。

彼がすでに婚約していることは社交界にも知れ渡っていたが、相手は黒髪のリルカだ。

いくらでも割りこむ余地はあると、令嬢たちは考えていた。次の舞踏会で一度でもミハイルと踊ることができれば、そのチャンスはあるだろうと。

そんな彼女たちにとって、リルカの存在は邪魔だった。

ミハイルがリルカをエスコートして現れれば、彼に近づく機会が減ってしまう。

そこで彼女達は、ある計画を立てたのだ。

肌寒い日、リルカはミハイルから手紙で、子供の頃よく釣りをした湖に呼び出されていた。そこは王都からほど近い森を、少しだけ分け入った場所にある。手紙には、絶対に一人で来てほしいと書かれていた。

二人きりで会いたいなんて、なんだろうと、照れくさい気持ちで待つリリカ。

しかし、約束の時間に現れたのはミハイルではなく、顔を怒りで赤くした三人の少女だった。

彼女たちは口々にリルカを責め立て、彼女に婚約の解消を迫った。

ああ、またかと、リルカはあきれた。

令嬢たちに難癖をつけられるのは、最近では珍しくない。リルカはすっかり、こういうことに慣れてしまっていたのだ。面倒なことになったとリルカはため息をついた。

「言いたいことはそれだけ？　ならば帰らせてもらうわ」

普段はもう少し落ち着いて対応するリルカも、この日はミハイルとの思い出を汚《けが》されたような気がして、平静ではいられなかった。早くこの場所から離れたくて、湖に背を向ける。

しかし、ちっとも萎縮《いしゅく》しないリルカの態度に、令嬢たちの怒りは増した。

彼女たちはリルカに駆け寄り、その肩を掴んだ。

乱暴な六本の手は、もがくリルカのドレスを破り、強引に湖へ追いやろうとする。

そしてもみ合ううちに、リルカは湖のへりに群生する苔《こけ》に足を取られた。あたりに大きな水音が響く。身を切るほど冷たい水が、布の多いドレスに染みこんだ。

水の中から、リルカは逃げる三人の背中を見た。その湖は縁《へり》からすぐに深くなっていて、リルカの体はどんどん深く沈んでいく。いくら泳ぎの得意な彼女でも、水を吸ったドレスにへばりつかれては、水面に顔を出すことすらすぐにできなくなった。

その二メニラ――一時間ほど前。リルカの家を偶然訪れたミハイルは、自分の誘いで外出したという彼女を追って、森へ向かった。

彼の胸に、嫌な予感が渦巻く。出した覚えのない、自分名義の手紙。ミハイルは乗馬にまだそれほど慣れていなかったが、馬に鞭《むち》打ち、待ち合わせ場所だという湖まで急いだ。

そして彼が見たのは、水中に咲く花のようにドレスを広げた、リルカの姿だった。青く透き通る湖にたゆたいながら、彼女は息を引き取っていた。

＊
✣
＊

――ゲームの中では、ミハイルとの好感度を上げると、彼の友人がその話をしてくれる。今思えば、名前の出なかったその友人はゲイルだった気もする。

それはともかく、ミハイルはゲームのストーリー中、主人公の手を借りて、リルカを呼び出した三人の令嬢を突き止める。しかし彼は復讐《ふくしゅう》はせず、彼女達に反省を促《うなが》すのだ。復讐して彼女達と同じ場所まで堕《お》ちないでほしいと縋《すが》りつく、主人公の言葉のままに。

突っこみどころの多いストーリーではあるが、普段は俺様で人を食った態度のミハイルに隠された過去に、多くのプレイヤーが熱狂《ねっきょう》した。影のある男性に弱い女性は多いのだ。自分にだけその弱さを見せてくれるのならば、なおのこと。

というわけで、ミハイルは攻略対象の中でもかなりの人気を誇っていた。初回限定抱き枕付きのキャラCDが、売り上げチャートで上位を獲得したくらいに。

私はミハイルの過去を知っていたが、今までその話について追及しようとは思わなかった。誰にでも、触れられたくない過去はあるものだから。

なのに、カーラはそのリルカの名前を騙《かた》って、ミハイルを利用しているらしい。しかも、存在しないはずのヘリテナ伯爵令嬢に扮《ふん》して。

許せるはずがない。私は怒りに燃えた。

私に「ヘリテナ伯爵に令嬢はいない」と告げられたスヴェンは、訝《いぶか》しげに呟《つぶや》く。

「娘がいない……だって？」

最初、スヴェンの顔には私の言葉に対する疑心が満ちていた。「何を言っているんだ、この子供は」という表情だ。

しかし、次の瞬間。スヴェンの表情が驚愕《きょうがく》にすりかわる。

「そうだ……なぜ今まで忘れていたんだ。ヘリテナ伯爵に令嬢などいない！」

その反応から、わかったことがある。

一つは、何者か――おそらくはカーラ――が『トステオに住む人間にヘリテナ伯爵にはリルカという令嬢がいる』と、魔法か何かを使って思いこませていたのだろうということ。

たぶん、街への出入りを禁じたのもこのためだ。なんせ術は、真実を指摘すれば安易に解ける程度のものらしい。それも当然か。街全体の人に術をかけるなんて、大がかりなことをしているのだから。一人一人にそこまで強い暗示をかけるのは、困難なのだろう。

スヴェンはしばらく、鬼気迫《ききせま》る顔で黙りこんでいた。

「……私を含めた街に住むすべての人間が、騙《だま》されていると？　そのカーラという人物に」

「おそらくは」

「――街への出入りを禁じたのはこのためか」

彼は即座に私と同じ結論にまで至ったらしい。深刻そうに、何かを考えこむ顔になる。

「少し、お待ちいただけますか？　試したいことがあります」

そう言うや否《いな》や、スヴェンは急いで部屋の外に出ていった。

私は彼がどこへ行ったのだろうかと思いながら、改めて見事な部屋の調度を眺《なが》めていた。

そういえば、ヴィサ君がずいぶん大人しい。

彼を見てみると、ヴィサ君はつまらなそうな顔で自分の可愛らしい前足の肉球を見下ろしていた。

「怪我《けが》でもしたの？」

尋ねると、ヴィサ君がこちらを向いた。

同時に彼の前足から、ごく小さなものが私の手元に飛んでくる。

思わず手を差し出したら、そこに何かがのった。のったと言っても、手のひらから数ミリの距離を取って、浮いている状態だが。

「これは――種？」

私の手元に飛んできたのは、タンポポの綿毛のような形をした植物の種みたいなものだった。

どうしてヴィサ君がこんなものを持っていたのだろうかと、私は彼を見る。

『これは〝宿《やどり》〟だ、さっきの男についてた』

わかりにくいが、ヴィサ君は眉間《みけん》にしわを寄せて難しい顔をした。

ギャグ要員の彼がこんな顔をするのは珍しい。

「やどり？」

種が、スヴェンについていたのか。冬真っ盛りの、この時期に？

ヴィサ君の言わんとすることがわからず、私は彼の説明を待った。

『〝宿《やどり》〟は木属性の精霊が使う、特殊《とくしゅ》な魔法だ。対象に種を植えつけ、その相手を操ったりする。対象にできる相手は、実体のある人間や動物に限られているが』

「操る？」

私はもう一度、手元の種に視線を落とした。こんなちっぽけな種にそんな厄介な能力があるとは、到底思えない。

『この大きさから見て、一つ一つに大した力はないはずだ。でも街の人間全員に植えつけてあるとしたら、よっぽど強い力を持った精霊じゃないと無理だぞ』

おそらく、カーラはこの種を街全体の人々に植えつけて、「ヘリテナ伯爵にはリルカという令嬢がいる」と思いこませているのだろう。しかし、ヴィサ君の言うように、大勢の相手に作用する魔法を使うとなると、膨大な魔力を消費するはずだ。精霊と人間とのハーフであるというカーラが、自らの魔力のみでそれを行ったとは考えづらい。

「じゃあ、他の木の精霊が協力してるってこと？」

ヴィサ君は私の顔をちらりと見て、言いよどむ。

『まざりもの……精霊と人間を親に持つ子供ってのは、精霊にも嫌われることが多い。他の精霊が協力してるとは、考えづらい』

「でも、ハーフってことは親がいるんでしょ？　精霊でも自分の娘なら、協力しようとか思うかもしれないよ？」

私の質問に、ヴィサ君はきょとんとした。

『親？　人間と契《ちぎ》ったカーラの本体ってことか？』

「本体？」

噛《か》み合わない会話に、お互い首を傾げる。

『人間と違って、精霊は子供を産まない。だから親もいない。精霊は、魔法粒子《まほうりゅうし》が長い時間をかけて意思を持つようになった存在だからだ。俺達の元は自然界そのものであって、人間みたいに親はいないいんだよ』

「でも、マーサとカーラは、精霊と人との間の子供——ハーフなんでしょう？」

『子供ではないが、精霊は力を持て余《あま》すと、それを自分から切り離して分身を作ることがある。そうやって自分の眷属《けんぞく》である精霊を増やしていくんだ。その分身の中で、純粋に精霊の性質だけを持つわけじゃない者を、ハーフって呼んでる。他の属性のことだから、はっきりとはわからないけどな。さっきあいつが、自分は北の山に住む森の民《たみ》と村の人間のハーフだって言ってただろ。たぶん森の民が、気まぐれに村人の願いでも聞き入れて、力を使ったんだろうな。あいつらは、その時に使われたことで、人間としての性質を持った力のあまりさ。俺達は自分から生まれた眷属を、自分の子供だと思って可愛がったりはしない。人間とは違うんだ』

ヴィサ君らしくない冷たい物言いに、私は黙りこんだ。

はっきり違うと言われれば悲しくなる。『精霊使い』と呼ばれる人々がかつて精霊を酷使《こくし》していたから、ヴィサ君はたぶんもともと人間にあまり好意的ではないのだろう。

仲よくはしていても、所詮私達は違う種族同士なのだと、見えない線を引かれた気がした。

すると、ヴィサ君が慌ててそばへ飛んでくる。

『誤解するなよ！　精霊は人間とは違うけど、俺はリルが好きだし……。とにかく大好きだから！　そんな顔するなよ』

私はどんな顔をしていたのだろう？

あわあわと、ヴィサ君が私の周りを飛び回る。頬を舐《な》められ、ザラザラとしたその感触がくすぐったくて私は笑った。

わかっているんだ。ヴィサ君が、私を想ってくれていることは。

ただ実の父親と離れたばかりの私は、やっぱりどこか情緒不安定でいるらしかった。

実の親である精霊に子供だと思われてはいないというマーサとカーラは、どれだけつらかっただろうか。カーラがしたことは決して許されないが、その存在をひどく悲しく感じる。

私が物思いに耽《ふけ》っていると、コンコンというノックの音と共に、スヴェンが戻ってきた。

そして、彼に続く人物に驚く。

スヴェンが連れてきたのは、なんとゲイルだったのだ。

ゲイルは、見慣た騎士団の制服ではなく、少し裕福な商人のように派手めな格好だった。一応貴族子息であるゲイルだが、いつもは絶対に身に着けない、けばけばしいデザインだ。やはり、今回も彼は身元を隠してこの街に潜入しているのだろう。

私を見て、部屋に入ってきたゲイルの目の色が変わった。

一瞬驚きで見開かれた彼の目が、すぐに冷静な色を帯びる。

「スヴェン。少し席を外してもらってもいいだろうか？」

「え？　しかし……」

スヴェンはしばらく困惑して私とゲイルの顔を見比べていたが、結局、部屋を出ていった。

もしかしたら、彼はゲイルの本当の立場を知っているのかもしれない。

そんなことを考えている間に、ゲイルは私との距離をゼロまで詰めていた。身のこなしが素早く、逃げる隙《すき》もない。迫られてはじめて、私はゲイルの目が怒りに燃えていることに気がついた。

――――パシンッ！

振り上げられたゲイルの手をなんとはなしに見ていたら、次の瞬間、左頬が熱くなる。一瞬あってから、自分が頬を張られたのだと気づく。普段ゲイルが制服と一緒につけている籠手《こて》を今日は外していて、本当によかった。つけていたら、血を見ることになっていただろう。

『こいつ！　何しやがる‼』

『やめて！』

ヴィサ君が怒って身を乗り出すが、私は心の中で叫んで彼を押し止める。その時にはゲイルはすでに、私の両方の肩に手をのせて顔を覗きこんでいた。

「こんなところまで一人で来て……無茶をするなと、言っただろう」

真剣なまなざしで、彼は感情を押し殺すように言う。

打たれたのは私なのに、ゲイルの方が痛みを感じているみたいな表情だった。

一拍置いて、強く抱きしめられる。

「あんなことがあったばかりなんだ！　頼むから大人しくしていてくれ」

ゲイルの声からは、私を心の底から心配していることがうかがい知れた。

「ごめんなさい……」

消えかけの声で、私はゲイルに謝る。彼の背に手を回そうとするが、腕の長さが足りない。触れたゲイルの体は、少しだけ震えていた。

しばらくしてゲイルは私から体を離すと、部屋の外で待っているであろうスヴェンを呼んだ。

部屋に入ってきたスヴェンは、一瞬、私の熱を持った頬を見て驚く。しかしすぐにきびすを返し、濡《ぬ》れたふきんを持ってきてくれた。それで冷やせということらしい。

「ずいぶんと曲者《くせもの》の坊主だな。これが噂《うわさ》の愛息子《まなむすこ》ってやつか？」

スヴェンの喋《しゃべ》り方がいきなり砕けて、驚く。

ゲイルはそれを当然のように受け入れ、私の肩に手を置いた。

「そうだ。正しくは愛娘《まなむすめ》、だが。可愛いだろう、名前はリルだ。手は出すなよ」

その愛娘の顔を腫《は》らしておいて、何言っているんだ、この人は。

それにしても、私の正体を明かすなんて、相当に気安い仲らしい。ゲイルの手のおかげで立ち上がれないので、私は座ったまま目線で彼に礼をした。

傍《かたわ》らには歯をぎりぎりさせているヴィサ君が。こら、やめなさい。

「それで、おもしろい話ってのはなんなんだ？　リル」

スヴェンにそう言われてこの部屋に来たのだろう。ゲイルが私に尋ねてくる。

「ああ……それはヘリテナ伯爵に、娘なんていないいって話を……」

「何を言っているんだ、そんなことがあるわけ――」

私の言葉を遮《さえぎ》ったゲイルは、しかしすぐにその表情を鋭《するど》くさせた。この反応はさっきのスヴェンにも通じるところがある。やはり、指摘すれば、カーラの暗示はたやすく解けるらしい。

私の肩を握っていたゲイルの手に、力がこもった。

「痛っ」

私が思わず声を上げると、ゲイルは慌てて手を離す。

場所の空《あ》いた肩にはヴィサ君が降りてきて、苛立《いらだ》たしげにその場所を占有してしまった。

「じゃあ、あのリルカ・ケイム・ヘリテナは、別人だと？　いいや、そんな人間ははじめから存在しない」

一人でぶつぶつと、ゲイルは自分の記憶を辿《たど》りはじめた。まるで夢から覚めたというように。

「スヴェンさん。あなたは騎士団員なんですか？」

その間に、私は先ほどからの疑問を、向かいのソファに座ったスヴェンに投げかけた。彼は私と目線を合わせるように机に肘をつくと、笑いながら答える。先ほどよりもかなり砕けた態度だ。

「いいや。俺は騎士団がメイユーズ国内外で雇っている、協力者ってやつさ。だから謝礼は受け取るが、別に国の首輪をつけてるわけじゃない。正真正銘《しょうしんしょうめい》、俺はただの商人さ。それで、今後の方針はどうするんだ？　えらい騎士サマよ」

スヴェンがゲイルを茶化《ちゃか》す。協力者にしては、やはり親しげすぎるような気がするけど。

考えこんでいたゲイルは、一瞬私に視線を送ったあと、言いづらそうに口を開いた。

「まずは街の住民の暗示を解くのが先決だろう。さっきの俺のように、その事実を指摘するだけで解けるのか？」

「いいや。お前に会う前に俺も別の人間で試したが、どうもダメなようだ。今のところ暗示を解けるのは、この嬢ちゃんだけか」

そう指摘されて、私は驚いた。私が街の外から来た人間だからだろうか。

スヴェンの言葉に誘導されるように私の顔を見て、ゲイルは重いため息をついた。

「ならば、リルも城へ連れていこう。お前はどうにか、俺達が二人で伯爵と面会できるよう手引きしてくれ。それから――」

「ミハイルはどうするんだ？」

言葉の途中で口を挟んだスヴェンに、ゲイルは顔を歪《ゆが》めた。

「この嬢ちゃんに、ミハイルの暗示も解いてもらわなきゃならんだろう。いつまでも、あいつを遊ばせておくわけにはいかないんだ」

「それは……」

ゲイルは言葉に詰まり、俯《うつむ》く。

やはりミハイルは現在、カーラに取りこまれてしまっているのだろう。でなければ、任務で街に赴《おもむ》いたはずの彼が、ゲイルと離れてリルカ――カーラと一緒のところを頻繁に目撃されているはずがない。そしてゲイルは、きっと、悩んでいる。ミハイルからもう一度リルカを取り上げることが、正しいのだろうかと。

「この嬢ちゃんも、ミハイルとは顔見知りなんだろう？　赤い髪の男を探していたくらいだ」

そうか、それでスヴェンはゲイルを連れてきたのか。

「ゲイル、城に行こう。あのリルカは本物じゃない。ミハイルの愛したリルカは、もうこの世界のどこにもいないんだよ。ミハイルは騙《だま》されている」

私の言葉に頬を打たれたように、ゲイルは目を見開く。

「リル、お前、何か知って……？」

ゲイルの疑問には答えず、私は椅子から立ち上がった。

「行こう。誰かの悲しい記憶を利用するなんて、絶対に許されちゃいけないんだ」

スヴェンはやはり優秀な男のようで、翌日の昼すぎには伯爵と面会できることになった。

まあ、領地にいる貴族は大概が退屈し、刺激に飢《う》えているのだろう。特に、城にこもっているしかない今の季節は。

ゲイルは、王都からやってきた貴族相手の品物を扱う商人という設定だ。私は父親の仕事にはじめてついてきた娘役で、不自由なドレスを着ることになった。

「なんでわざわざドレスで？　別に奉公人とかの役でいいのに」

スヴェンが商品として扱っている女児用のドレスの前で、私は不満をこぼす。

先日ドレスを着た兄の成人祝いは、本当にろくなことがなかったのだ。その上、ドレスは重いし動きづらかったので、私はもうドレスそのものが嫌いになりはじめていた。

見ている分にはもちろん楽しいのだけれど。

「商人が商談の場に子供を連れていくのに、身分の低い奉公人では少し厳しい」

「なら子息でもいいじゃない。父の仕事を見て勉強してるって言えば、不自然じゃないでしょ」

「そう言うなよ、リル。俺はお前のドレス姿をちっとも見れなかったんだぞ。少しは見せてくれたっていいじゃないか」

ゲイルが同情を誘うような口ぶりで言う。

「……そんなの、王都に帰ったらいくらでも見せてあげるのに」

『絶対に嘘だ……』

ん？　何か言ったかね、ヴィサ君。

視線を送った私の八つ当たりを恐れて、ヴィサ君は部屋のすみに飛んでいってしまった。

「まあまあ、ドレスにだって利点はあるぞ。たとえば――その膨らんだドレスの中に、なんでも隠せること」

そう言ってスヴェンが持ち出したのは、細身のナイフだった。どうやらこの男、武器の類《たぐい》も扱う商人らしい。

「やめろ。リルに変なもの持たせようとするな！」

それを見つけたゲイルが、スヴェンを取り押さえにかかる。

あ、刃物を持っている人間に飛びかかるなんて、危ないよ。

「やめろ、ゲイル！　これには毒が塗ってあるんだ！」

スヴェンが叫ぶ。本当に、なんて危ないモノを持ってるの。

ため息をつきながら、私は翌日に着るドレスを適当に決める。

それからは、スヴェンに案内されるままトステオ内の様々な有力者と面会した。一人でも多くの人の暗示を解くために。

スヴェンはまず、私を使って相手の暗示を解くと、事情を説明してヘリテナ伯爵の暗示を解くまでは決して騒がないでほしいと彼らに念を押した。

下手《へた》に騒ぎを起こして、カーラに警戒心を抱かせないようにだ。自分のかけた暗示が解けていると知ったら、カーラは次にどんな手を使うかわからない。

そして、スヴェンはどさくさに紛れて、街の有力者達と次々にとある商談を成立させていった。

さすがは商人。傍《かたわ》らにいた私は、少しあきれた。

――そして、翌日。私は慣れないドレスを身に纏《まと》い、ゲイル、スヴェンと一緒に、城へ赴《おもむ》いた。

その日は朝からよく晴れていた。

おかげで街に降りつもっていた雪が溶けはじめ、馬車の行く道は泥でびちゃびちゃだ。

幸先《さいさき》がいいのか悪いのかは、微妙なところだった。

ちなみにヴィサ君は、私お得意の『お願い』で席を外している。

「なあ、リル。そういえばお前、どうしてトステオに来たんだ？」

カポカポとのんきな音を立てて城へ向かう馬車の中で、ゲイルが今さらなことを聞いてきた。

昨日は昨日でいろいろと立てこんでいたから、仕方ないのかもしれないが。

「あー……ちょっと、ゲイルに直接会って相談したいことがあって……」

でも正直、ここに来た用件については、ちょっと忘れかけていた。アラン。ごめんね。あんなに真剣に申しこんでくれたのに。

「そうか。俺はてっきり――……」

「てっきり？」

言いにくそうにゲイルが言葉を切ったので、私は続きを求める。

言いかけたのなら、ちゃんと話してよ。

「いや、ミハイルが変だと、本部にすでに伝わってしまったのかと思ったんだ。こんなことが知られれば、あいつは処分を免《まぬか》れないからな」

ゲイルは気まずげに頭を掻《か》き、髪をぼさぼさにしながら言った。

いやいや、今は裕福な商人役なんですから、身だしなみはきっちりと！

でも、ゲイルはやっぱり、ただの上官としてじゃなくて、ミハイルを大切に思っているんだね。

だって、緊急事態をすぐ本部に報告をしないのは、騎士団員としては問題だもの。私はそんなゲイルが好きだけどね。

「今からでも遅くない。本部に報告すれば、お前がミハイルを押しのけて隊長になれるんじゃないのか？」

スヴェンがにやりと笑いながら言う。

なんだよ、いいところだったのに。水を差すんじゃないやい。

その時、馬車が止まった。扉が御者《ぎょしゃ》によって開かれる。城に着いたことを知り、私達は話を切り上げた。

案内されたのは、商人用の応接室。それほど広くはないが、一目で高価とわかる調度品が揃っている。

執事に案内され、私達はソファに腰かけて伯爵を待った。

平民である商人は、貴族にどれほど待たされても文句は言えない。しかし、執事にソファをすすめられたことから鑑《かんが》みれば、ヘリテナ伯爵はそれほど身分制度に厳格ではないらしい。執事も貴族ならば、平民である商人のことを見下していて、立ったまま待たせるのが普通だろう。

メイドがお茶を運んできたので、私は思わず彼女に尋ねた。

「ねえ、ヘリテナ伯爵にお嬢様はいらっしゃる？」

王城とは違い、ここの城の使用人達が領民達なら、礼儀にもそれほど厳しくないだろう。私はことさら自分の幼さを強調し、綺麗なお嬢様に会えるかしらとお目めをパチパチさせてみた。

くすりと笑い、メイドが答える。

「いらっしゃるわよ。今日は婚約者様とご一緒にね」

「素敵！」

歓声を上げながら、心は冷えていた。婚約者とはミハイルのことだろう。

ミハイルのかさぶたになった古傷を、ぺろりとめくって楽しいか。カーラ。

メイドが去り、私がイライラしていると、スヴェンが少し深刻な顔で口を開いた。

「今……お嬢様はいるか、って言ったか？」

「え？　う、うん」

スヴェンの表情の意味がわからず、私は自分のセリフを思い出しながら、うなずく。

「まさか……」

何かに思い当たったのか、ゲイルも顔色を変えた。

私の質問が、なんだというのか。首をひねって、はっとする。

「お嬢様はいるのかどうか聞いただけじゃ、暗示が解けなかった……？」

お嬢様はいないって、断言しなかったから？

城下で、そう質問した人の暗示は、解けたのに。

「まずいな。考えてみれば、自分の身近に暮らしてる人間達には、より強い暗示をかけていても不思議じゃない」

「リルが尋ねるだけでは、解けないと？」

「はっきりと『いない』って断言したわけじゃないから、解けなかっただけかも――」

作戦決行直前まで来て、指摘すれば暗示が解けるという一番大事な条件が揺らぎ、私達は焦る。

ところが、タイミング悪く扉が開いてしまった。

私達は息を呑む。

入ってきたのは、壮年の男性と一人の美しい令嬢、それに赤い髪の見慣れた人物だ。

ヘリテナ伯爵は口ひげを蓄えた紳士だった。その身のこなしは優雅《ゆうが》で、体型はすらりとしている。

ロマンスグレーの髪色と色素の薄い目。きりっとした顔つきからは、若い頃はさぞやモテただろうと思われた。

ソファで彼の隣に腰かけたのは、黒くて緩《ゆる》く波打つ髪と、白くて小さな顔の美女だ。

彼女が、リルカ――つまり、カーラ。

彼女は後ろ暗さなど微塵《みじん》も感じさせない優雅さで、私達に微笑《ほほえ》みかける。

ミハイルは不愛想に、私達に一瞥《いちべつ》をくれてすぐに目を逸《そ》らした。少しやつれたようだ。彼は私達を見ても、なんの反応も示さない。おそらくはカーラの暗示で、私達すら忘れているのだろう。

「これなんかどうだろうか」

伯爵親子は、ゲイルの広げた宝飾品《ほうしょく》を楽しげに物色しはじめた。一夜漬けのはずだが、ゲイルの商売人のフリは堂に入っている。

一方ミハイルはと言えば、一応婚約者のことだろうに、まったくの無関心だ。話しかけられれば反応するが、宝飾品には興味がないようだった。私はミハイルの隣で無邪気に微笑むリルカにイライラする。ミハイルをこれほど無気力にさせているのは、彼女だ。

紹介者として同席するスヴェンは、黙って成り行きを見守っていた。

口元には笑みを湛《たた》えているが、その目は落ち着かなく動いている。伯爵の暗示が解けないのではと、案じているのかもしれない。

私は、伯爵とミハイルに暗示を指摘するタイミングをうかがっていた。「あなたに娘なんていない」と伯爵に言って暗示が解ければいいが、もし解けなかったら、私はこの世界特有の貴族に対する不敬罪にあたる。

ゲイルは口上を続けていた。スヴェンの用意した宝飾品はそれぞれ素晴らしいものだが、数はそれほど多くない。いつまでも機会があるわけではないのだ。

今この瞬間に、どうすべきか決めなければ。

「どれも素敵ね。迷ってしまうわ」

美しい宝石や、細工の施《ほどこ》された魔石に陶酔《とうすい》したように、リルカがため息をついた。

なんと美しい容姿だろう。私と同じ黒髪でも、こんなに印象が違うとは。

「あなたも、こういう宝石が好き？　えーっと……」

彼女を見ていると、リルカが私に話しかけてきた。

「リル、と申します。リルカ様」

「あら、私達、名前がとても似ているのね」

そう言って笑うリルカの表情は、純粋そうだ。事前にマーサからカーラの話を聞いていなかったら、私は彼女を疑ったりはしなかっただろう。

「これなんて、素敵じゃない？」

リルカが私に示したのは、細工の施《ほどこ》された黒い魔石だった。表面に彫り物があるだけで、魔導の使える魔導石ではない。それでも、かなり値が張るには違いないが。

「とっても素敵です！　お嬢様の髪の色と同じ色ですもの。贈り物にいかがですか？」

私はそれとなくミハイルに水を向けたが、彼の反応は薄い。

「ああ……リルカ、欲しいか？」

「あなたがくれるものなら、なんだって嬉しいわ」

そう言うと彼らは見つめ合い、リルカはミハイルの膝の上に手を置いた。ミハイルが見たこともない穏やかな表情で微笑《ほほえ》む。

ズキリと、胸が痛んだ。

「ならばその魔石を。魔導石はないのか？」

「それでしたら、私の店の方に在庫がございますよ。ご覧になりますか？」

ゲイルへの質問に答えたのは、スヴェンだった。

さらに魔導石を店から持ってこさせるとなれば、制限時間を延ばせるはずだ。延びたところで、何ができるかは微妙なところだが。

しかし残念なことに、ヘリテナ伯爵は首を横に振った。

「ならば、それは後日お願いしようか。今日は人と会う約束があるのでね」

何か商談を長引かせる方法はないかと、私は必死に頭を働かせる。

私達の窮地《きゅうち》を救ったのは、まさかのリルカの一声だった。

「お父様。私、彼のお店に行ってみたいわ。ね、いいでしょ？」

ミハイルの腕をしっかりと引き寄せて、リルカが無邪気に言う。

「ぜひ、お越しくださいませ。この商品に勝《まさ》るとも劣《おと》らない品を用意してございますよ」

スヴェンが有能な商人としての職務をまっとうする。

私とゲイルは、固まった笑顔のままで顔を見合わせた。

結局、伯爵の暗示を解くことができないまま、私達は泥だらけの道を馬車で戻ることになった。

後ろからは、リルカとミハイルを乗せた伯爵家の馬車がついてくる。向こうはラブラブかもしれないが、こちらの馬車には陰鬱《いんうつ》な空気が流れていた。

「何を考えてる。あの嬢ちゃん」

スヴェンが盛大に舌打ちをする。ゲイルは項垂《うなだ》れていた。

「ミハイルは、今の状態のままが幸せだろうか？」

ミハイルの過去を知るゲイルは、亡くしたはずの婚約者と仲睦《なかむつ》まじくしていたミハイルに、私とは違う感想を抱いているようだ。

「幸せだろうがそうじゃなかろうが、二人を引き離さないとミハイルの身が危ないよ。だって、魔力を吸われて、やつれてた……」

もしかしたら、亡くした婚約者を再び得て、ミハイルはこのままの方が幸せかもしれない。私にも、そういう思いはある。ミハイルの柔らかい微笑《ほほえ》みが脳裏に浮かんだ。

しかし、このまま魔力を吸い取られ続ければ、ミハイルは無事ではいられない。だから、たとえ彼の本意ではなくても、私達はミハイルを取り戻さなければならないのだ。

私はぎゅっと胸元を押さえた。

たとえミハイルに恨《うら》まれることになっても、私達は彼を取り返す。

「じゃあ、計画通りに」

馬車が止まって、御者《ぎょしゃ》が扉を開き、到着を告げる。

私達は慌てて帰り道で練った計画を了解し合い、馬車を下りた。


「こちらが、王都でも最新のデザインとなっております」

ベルベット地の上に陳列《ちんれつ》された装飾《そうしょく》品を、スヴェンが一つ一つ解説していく。

リルカは楽しげだが、腕を組むミハイルは退屈そうだ。

きっと彼は、他国から流れてきた未翻訳《みほんやく》の戦術指南《しなん》書を与えた方が喜ぶに違いない。

私はトレイの上にお茶を入れたカップを四つのせ、店の奥にある応接スペースへと向かった。スヴェンが私をちらりと一瞥《いちべつ》し、二人を応接スペースまで誘導する。

「あっ」

それは一瞬だった。つまずいた私は、カップに入っていたお茶を全部、今まさにソファに座ろうとしていたミハイルに浴びせてしまう。リルカが小さな悲鳴を上げた。

「も、申し訳ございません！　着替えを用意いたします、すぐにこちらへ！」

風邪を引いては困るので、早く着替えさせなければ。

私は慌ててミハイルを裏に引っ張りこんだ。

リルカは驚きのあまりその場に立ち竦《すく》んでいる。視界の端に、スヴェンとゲイルが謝りつつも、決してリルカをこちらに来させないようにガードしているのが見えた。

振り返ったスヴェンと、一瞬だけ目が合う。その目は語っていた、〝グッジョブ〟と。

「こちらでお召しかえを！」

ミハイルをさらに奥にある応接室に連れこむと、店の人に着替えを持ってくるように頼む。

そう、これが私達の計画だ。ミハイルをリルカから引き離し暗示を解くための。

ちなみに、お茶はぬるめに淹《い》れたので、火傷《やけど》の心配はないだろう。

馬車の中で立てた即席の計画だが、ここまでは予定通りに進行している。

ただ、暗示を解くチャレンジをする前に、私にはもう一つやらねばいけないことがあった。

「……手伝いはいらないから、出ていってくれないか？」

服を脱ぎかけたミハイルが、不機嫌そうに私を見る。

しかし、私は大人しく追い出されるわけにはいかない。

ミハイルの体に木のペンタクルが刻まれていないか、確認しなければいけないのだ。木の精霊に取り憑《つ》かれた者には、体に木の属性を示す痣《あざ》が浮かぶらしい。ヴィサ君が教えてくれた。

「いいえ、もし火傷をしていたら早急な対処が必要です。お気になさらず」

私がそう言うと、押し問答になると面倒だと思ったのか、ミハイルは黙って服を脱ぎはじめた。

傍《かたわ》らでその手伝いをしながら、痣《あざ》を探す。

それにしても、濡《ぬ》れた服を一枚ずつ脱いでいくミハイルの色っぽさよ。私は赤面しそうだ。

ミハイルが鬱陶《うっとう》しそうに濡れたシャツを脱ぎ捨てる。私は慌てて、それが床に落ちる前にキャッチした。騎士団に属すミハイルの体は、ゲイルに比べて華奢《きゃしゃ》だが、しなやかに鍛えられている。六つに割れた腹筋。きゅっとくびれたウエスト。――ヤバイ、鼻血を噴きそうだ。

しかしここで動揺すれば、九歳の痴女《ちじょ》の誕生である。私はできるだけ平静を装いつつも、ミハイルの裸体をガン見した。

その白い肌は傷痕《きずあと》こそいくらかあるものの綺麗で、魔法を感じさせる痣は見当たらない。

ミハイルはブライズという下着一枚になったが、それにもお茶のシミができていた。ミハイルの全身に万遍《まんべん》なくお茶をかけるため、無理して四客も一気に運んだ成果が出ている。当然、これも脱いでもらわねばならない。ところがミハイルの手が止まる。

「あまりじろじろ見るな」

注意されてしまった。しかし、これしきでめげる私ではない。

第一、騎士団で一年近く従者をやったのだ。男の裸だろうが下着だろうが、どんと来いである。

気まずかったのか、ミハイルは私からそっぽを向いてブライズを脱いだ。うーん、引き締まったおしり……違った、見るべきはその点ではない。そして、そこにもやはり痣はない。

その時、着替えと一緒に頼んでおいたお湯と厚手の布が届いた。私は布をお湯に浸《ひた》し、ぎゅっとよく絞る。

「お拭きいたします」

遠目で見つからないならば、近くで探すのみだ。

内心ドキドキしつつ、私は素知らぬ顔でミハイルに近づく。

「先に着替えをくれ」

「しかし……」

「大丈夫だ。体までは濡《ぬ》れていない」

ここまで言われては、私も無理強《むりじ》いできない。

私は彼に着替えの一式を渡した。着替えながら、はあ、とミハイルがため息をつく。

「いちいち面倒ください。お前は俺の知り合いに似ているな」

知り合い？　ミハイルには、痴女みたいな知り合いがいるのだろうか？

「知り合い、でございますか？」

「ああ、いつも騒動を巻き起こす、しょうがない奴だ。おかげで目が離せない。離すと何をするかわからない」

心底あきれたように言いながら、ミハイルは微笑《ほほえ》んでいる。

「余程仲のいいお相手なのですね」

気づいたら、私は低い声で感想を口にしていた。

私の知らないところで、ミハイルにそんなに親しい人がいるのかと思うと、少し寂しい。

ゲイルのことではないだろう。ミハイルとゲイルでは、騒動を巻き起こすのはミハイルの方だ。

「リルカ様のことですか？」

気持ちを切りかえて、私は探《さぐ》りを入れてみる。ミハイルの記憶はどの程度まで変えられているのだろうか。

私の質問に、ミハイルははっとした顔になる。そしてしばらく手を止めて考えこんだ。

「リルカ……ではない。おかしいな。一体誰だ……？」

ミハイルは、その目の離せない相手が思い出せないらしい。おそらく、カーラの術が原因だろう。

しかし術が万全ではないから、その〝しょうがない奴〟の存在自体は覚えているようだ。

それにしても、暗示をかけられてまで〝しょうがない奴〟で覚えられてる人って、相当だな。

そうこうしている間に、ミハイルの着替えが終わった。彼に頼みこんでソファに座ってもらい、
私はお茶の飛沫《しぶき》で少し濡れた髪を、絞った布で拭いはじめる。大して濡れていないが、時間稼ぎのためだ。このままミハイルをリルカのもとに帰すわけにはいかない。

温かい布で頭を拭かれるのが気持ちいいのか、ミハイルの体はソファの上で弛緩《しかん》した。

そして私は赤い髪に隠れた首筋に、痣《あざ》を見つけた。思わず指が震える。

「ミハイル様、一つお聞きしてよろしいですか？」

何気なさを装って、私は口を開く。

「なんだ？」

先ほどより角《かど》の取れた声で、ミハイルは言った。

思い切って私は尋ねる。

「ヘリテナ伯爵に、令嬢はいらっしゃいません。当然リルカという娘も。ご存じでしたか？」

これで暗示が解けなければ、私は不敬罪だ。しかし、いつまでもミハイルをここに留め置いてはおけない。今は、一か八かに賭《か》けてみるより他になかった。

一瞬にして、部屋の空気が凍ったのがわかる。

なぜだろう。ミハイルは私に背を向けているのに。

そしてパシンと、彼の髪を拭っていた私の手を振り払われた。

ミハイルはゆっくり立ち上がると、振り向いて言う。

「どういう意図があってかは知らないが、リルカを侮辱《ぶじょく》することは許さない」

琥珀色《こはくいろ》の綺麗な目が、剣呑《けんのん》にひそめられる。

途端、体に震えが走った。まったく信じてもらえない可能性もあることは、わかっていたはずだ。

暗示は、そばにいるミハイルに最も強くかけられていると。

私は震える体を叱咤《しった》し、できるだけゆっくりと濡《ぬ》れた布を畳んだ。

親しい人間に敵意を向けられることが、これほど恐ろしいなんて。

「ミハイル様、リルカ様はすでに亡くなられております。もう五年も前に、湖で溺《おぼ》れて。今いるあの女は、リルカ様を模しただけの偽者《にせもの》。それを許容し続けることこそ、リルカ様への侮辱です！」

私はミハイルの目を睨《にら》みつけて言った。

私はリルカに会ったことはない。それでも、今の状況を彼女が喜ぶとは、とても思えなかった。

「馬鹿な妄想だ。リルカは現にそこにいる！」

声を荒立てたミハイルと、分厚いソファの背を挟んで睨み合う。

大の大人相手に、ヴィサ君もいない孤立無援《こりつむえん》状態でも戦う決意をした。

ミハイルの正気を取り戻すのならば、きっと今しかない。

「あの方が偽者《にせもの》だと、どうしてお気づきにならないのです。生前のリルカ様は、あのような方でしたか？　香水を纏《まと》わせ、男を魅惑するあの方でしたか？」

「黙れ！　侮辱《ぶじょく》することは許さないと言っただろう！」

先ほどまでの無気力な様子とは打って変わって、ミハイルはいきり立った。

「あなたに許してもらわずともかまわない。リルカ様を汚《けが》さないで！　自分の愛した人を、これ以上苦しめないで！」

「何も知らないくせにッ」

言うや否《いな》や、ミハイルは俊敏《しゅんびん》な動きでソファにのりかかると、手を伸ばして私の胸ぐらを掴んだ。

そのまま、軽く体を持ち上げられる。苦しくて、私は咄嗟《とっさ》にミハイルの手首を握った。

「っ……リルカ様を知らなくても、あなたのこと……なら知ってる……！　ミハイル、早く正気に戻って！」

「何を馬鹿な……」

苦しさに耐えかね、私は右手に魔力をこめた。三年前に盗賊団のアジトでカシルにやったのと同じだ。勢いをつけて、純粋な魔力をミハイルの手に叩きこむ。即席スタンガンだ。

するとミハイルは驚いてすぐに手を振り払い、私は床に落ちた。

むせた。

剣呑《けんのん》な表情のまま、ミハイルは私を掴んでいた右手を庇《かば》うように撫《な》でる。私は衝撃《しょうげき》でごほごほと

「何をした……」

カーラ。私はあなたを絶対許さない。死者を侮辱《ぶじょく》し、ミハイルから記憶を奪い去ったあなたを。

「……俺の小姓《こしょう》になれって、王都に連れていってくれたでしょう？　最初は本日当てだったけど、ミハイルはちゃんと勉強を教えてくれた。私の料理をおいしいって食べてくれた。騎士団に入れるって決まったときは、よくやったって抱き上げてくれた。私が失敗したら、一緒に頭を下げてくれた。学習室の講師になったのは、王子の学友の中でいじめられてる私を助けるためだよね。無茶をしたらいつも、私を叱《しか》ってくれた！」

「何を言っている！　そんな事実はない！」

ミハイルが強く言い切る。

記憶を否定されて、私の胸は切りつけられたような痛みを感じた。

あの村で拾われてから、彼がずっと与えてくれたぬくもりを、否定されたくない。

「ならば、どうして怒るの!?　子供の妄想だと切り捨てて、出ていけばいいでしょう！」

「ッ……！」

床に手をついたまま彼を見上げて、私は叫んだ。

ミハイルの目には、怒りと同時に恐れが浮かんでいる。

自分の記憶に確信がないと、その目が語っていた。だから、私を切り捨てられないのだ。ミハイ

ルは自分自身に疑いを抱いている。

私はこぶしを握りしめた。ここで心折れてる場合じゃない。

しかし、私達の緊迫を破るように、慌てた様子で扉をノックされた。そして答える前に、激しく開け放たれる。

入ってきたのは、まったく予想外の人物だった。

「リルちゃん……」

黄緑色の肌に、フードをかぶった姿。マーサだった。

私は、驚きで言葉を失《な》くす。

彼女は私とミハイルの間で視線をさまよわせたあと、哀《あわ》れみの目で私を見た。

「リルちゃん。やっぱり、カーラに関わるのは危険だ。早くこの街から出て！」

後ろ手でドアを閉めると、彼女はミハイルを警戒しながら私に言った。私を心配して来てくれたらしい。

ヴィサ君が彼女に現状を伝えたのだろうか？　でも、どうしてここまで？　彼女は街に来るのを嫌がっていたはずなのに。

「ありがとう。だけど、まだ帰らない。ミハイルを連れ戻すまではっ」

マーサではなくミハイルを見据《みす》えながら、私は言った。気圧《けお》されたようにミハイルが一歩下がる。

すると小さな舌打ちが聞こえ、視界の端に何かが伸びてくるのが見えた。

え？

そちらへ顔を向ける前に、私の目の前に何か白いものが飛びこんでくる。

すべてが一瞬の出来事で、私はろくに反応できなかった。

「ギャァ！」

マーサの化《ば》け物じみた悲鳴が響く。

白い物体は大型化したヴィサ君のおしりで、私の視界はそれによってふさがれていた。

事態を把握すべく立ち上がり、ヴィサ君の横に回る。ミハイルは驚いて立ち尽くしていた。

彼の視線の先では、マーサの黄緑色の腕が、細く長く伸びている。そしてその先は、ヴィサ君の口の中へつながっていた。伸ばした手を噛《か》まれ、マーサは痛みに顔を歪《ゆが》ませている。

「ヴィサ君？　マーサ？　これは一体どういうことなの……？」

呆然と口にすれば、ヴィサ君は咥《くわ》えていた手を吐き捨て、私を背中に隠した。

「あの小屋に行ったら、マーサはいなかった。だから俺はマーサを探して、森の民《たみ》の集落まで行ったんだ。そこで言われたよ。あの小屋に住むまざりものに、姉妹などいない。いるのは、マーサという、力の弱い半端者一人きりだと！」

「ダマレ！」

その瞬間、空気を切る音がする。

マーサが何かをしたらしいが、私の視界はヴィサ君でいっぱいで何も見ることができなかった。

ヴィサ君とマーサは戦っているようだ。

ばくばくと心臓が脈打つ。

カーラが……いない？

あの小屋に住んでいるのは、マーサ？

だって、マーサは私を介抱して、シチューを食べさせてくれた。お母さんに食べさせたいって言ったら、作り方を教えてくれるって、約束したでしょう？

なのに、さっきからヴィサ君と戦っているのはマーサだ。顔も、声も、確かに。

「なんで……なんで！」

言葉が見つからず、私の口から出たのは、たったそれだけだった。なら、どうして私に双子の妹がいるなんて嘘をついて、ミハイルの危機を教えた？　一度は助けてくれたのに、なぜ今になって牙《きば》を剥《む》くのか。混乱して言葉が出てこない。

その間に一本の腕が伸びて、一瞬のうちにミハイルの体に絡《から》みつく。

「離せ！」

ミハイルがもがきながら叫んだ。

私は慌てて、彼に絡みついた黄緑色の手に掴みかかろうとする。しかし、それをあざ笑うように、
マーサはミハイルを引き寄せた。

「せめて、せめてこの人間だけはいただいていくヨ！」

そう言って、マーサは壁を蹴破《けやぶ》って出ていった。まるで獣《けもの》のごとく、俊敏《しゅんびん》な動きで。

「どうして……こんなことに……」

気づけば涙がこぼれていた。

すぐに彼らを追わなければならないのに、打ちのめされて立ち上がる気力が起きない。

「リル……」

ヴィサ君が私を慰《なぐさ》めるように頬を舐《な》めた。

「ミハイルを、連れ戻さなきゃ」

混乱した思考の中で、必死に冷静になろうとする。

ミハイルを連れ去ったマーサが、これからどうするつもりなのか。それはわからない。そして彼女――リルカの相手をしていたはずのゲイルとスヴェンは無事なのか。

確かめに行こうと思うものの、足が震えて動かない。

それを見かねたように、ヴィサ君が私の腕の下に大きな頭を摺《す》り寄せてきた。そして、言う。

「いい加減、出てきたらどうだ」

私に向けるのとは違う、硬質な声だ。誰への言葉だろうかと、私は周囲を見渡した。

すると私の背後、窓を背にして、見知らぬ男が立っている。

いつからそこにいたのだろう。まったく気づかなかった。

物音も気配もなく、彼はそこに立っていた。

黙りこむ、不本意そうな唇。きりりと吊り上った神経質そうな眉。硬質な肌。緩《ゆる》やかにうねる長い緑色の髪と、深い森に生した苔《こけ》を編み上げたような不思議なローブ。

そして彼の姿は、向こう側が少しだけ透けていた。

『アレが我が一族の一端であるとは。嘆《なげ》かわしい』

男は尊大な口調で言った。いや、彼の言葉なのは確かだが、音ではない。それはヴィサ君が実体化していない時に私との会話で使うような、直接脳に響く声だった。

おずおずと、私は彼を見上げる。理解不能な事態が連続して起きたせいで、目の前の出来事が処理できない。そんな私を見下ろして、彼は言った。

『ヴィサーク様がこの程度の人間と契約するとは。我には理解しかねる』

「リルを侮辱《ぶじょく》するな！」

男の言葉に、ヴィサ君が唸《うな》る。どうやら私は侮辱されたらしい。男の言葉にあまりに感情がないので、一瞬そうと気づけなかった。

「あ……ミハイルを、マーサを追わなくちゃ」

突然の見知らぬ人物の登場で呆気にとられていたが、今一番やらねばならないことを思い出して焦る。

こんなことをしている場合ではない。あの状態のマーサが今から何をするかも、わからないのに。

すると、またしても頭に響く声があった。

『娘よ。大事ない』

その声に、私は男を見上げる。

『我が眷属《けんぞく》が使いし術は、打ち破った。人々も泡沫《うたかた》の夢から目覚めよう』

ゆっくりと尊大に、そして無感情で、彼は言い放つ。迂遠《うえん》な物言いに少しイライラした。

「じゃあ、この街の人々にかけられた暗示は解けていると？」

『そう言ったはずだ。頭の可哀想《かわいそう》な娘よ』

カチン。なぜ、初対面の相手にこうもけなされなければならないのだろう。

ヴィサ君はさらに低い唸り声を上げる。

「我が主への侮辱は許さんぞ。ラーフラ」

彼はラーフラと言うらしい。

言葉と姿から推測するに、彼は森の民《たみ》なのだろう。ならばマーサを排斥した一族か。

マーサがしたことは許せないが、だからといって彼女を孤独な境遇に捨て置いた森の民に、私はいい感情が抱けなかった。

「森の民は、人に対して不可侵であるはず。マーサを放置した責任は、あなた方にあるのでは？」

波立った感情のまま、私は言い放つ。彼の態度が今回の出来事の元凶に思えて、言わずにはいられなかった。

『不可侵とは違う。ただ関わる価値もないだけ。人は地を這《は》い暮らす者。森の声も聞えぬ野蛮《やばん》な獣《けもの》』

その一言だけでラーフラがどれほど人間を嫌っているかがわかり、不快な気持ちになった。言い返すだけ無駄だ。そう思うのに、悔しさが湧く。

しかし今は、これ以上彼の相手をしていられない。

「ヴィサ君、マーサを追って。ミハイルを取り戻す」

私はそう言うと、体を伏せてくれたヴィサ君に乗った。

再び、ドレスが邪魔である。やっぱり男装で息子として伯爵に会うべきだったと思いつつ、私はクリノリンを外した。

その時だ。

『娘。その行為は無為。アレは力を使い果たした手負いの獣《けもの》。捨て置け』

頭に響く言葉に、神経が怒りで焼き切れそうになる。

アレじゃない、彼女はマーサだ。自分の眷属《けんぞく》なのに、どうしてそんな風にひどく言える？　彼女にだって意思があるのに。孤独を悲しむ心があるのに。

誰がマーサをここまで追いつめたの？　私に料理を食べさせてくれた彼女は、優しかった。それが本当の彼女だ。カーラの話をする彼女はつらそうだった。当然だ、自分自身のことだもの。

「私はあなたとは違う。マーサを見捨てたりなんてしない。彼女の悲鳴が聞こえないの？　なら、あなただって、野蛮《やばん》な獣と変わらないじゃない！」

私はそう吐き捨てるように言うと、合図がわりにヴィサ君の毛を引っ張った。ヴィサ君はそれを待ちかまえていたように部屋を飛び出し、冷たい空気の中を急加速した。

「ヴィサ君、マーサを追える？」

風になびくスカートのすそを縛り、髪を押さえながら、私は聞く。

今度は落ちてしまわないように、しっかりとヴィサ君にしがみついた。

冷たい風の中を、ヴィサ君はどんどん加速する。まるでマーサの行方《ゆくえ》を知っているみたいに。

「匂いを追う。任せろ！」

ヴィサ君は風の中で雄叫《おたけ》びをあげた。咆哮《ほうこう》は突風になり、雲さえも吹き飛ばす。

あまりの寒さに、私は体を縮こまらせた。ヴィサ君の毛皮はふかふかと柔らかいので、そこにもぐってさえいれば、寒さに耐えられる。ただ、くすぐったいのが玉に瑕《きず》だけど。

首筋に触るもさもさに耐えかねて、私は思わず首を掻《か》いた。

『ギャッ』

うん？　なんだ、今の。

「ヴィサ君、今何か言った？」

「は？　俺は何も言ってないぞ」

奇妙な音の正体は、どうやらヴィサ君ではないらしい。

気のせいかと思いつつ、首についていたヴィサ君の毛玉をぽいと捨てようとすると――

『やめろ、人間！』

あ、今、明らかに声が……

私はおそるおそる、掴んでいたこぶし大ほどの大きさの毛玉を見た。

ヴィサ君の純白の毛並みとは異なる、深い緑の毛玉。いいや、毛玉と言うより、まりもに近い。

まりも？　なぜこんなところにまりもが？　奇妙に思い、じっと観察していると、突如まりもに二つの小さな目が現れた。

「ヒッ!!」

衝撃《しょうげき》のあまり、私は反射的にまりもを放り投げようとする。

なんだ、この気持ち悪い物体は。しかもまりもは静電気でまとわりつく毛玉のように、なかなか手から離れない。

私はさっきまでの深刻な空気を忘れて、涙目だ。

「何これ、何これ!?　取れない！　取れないよぉ、ヴィサ君！」

半狂乱で、私は手を振り回した。しかし、一向にまりもは離れようとしない。

『危ないだろう、人間！』

そんな中、まりもに一喝《いっかつ》される。

というか、この声、聞き覚えがあるぞ。

「ちょ、お前ラーフラか!?　いつのまにくっついてきやがった！」

状況を悟《さと》ったのか、ヴィサ君が素《す》っ頓狂《とんきょう》な声を上げた。

私は手を止め、間近でまりもを観察してみる。

それは、見れば見るほどまりもだ。そこに小さくてつぶらな目が二つ。さらに、尻尾《しっぽ》的なミニまりもが一つくっついている。

「ラーフラって、さっきの……」

私は脳裏に、先ほどのいけ好かない森の民《たみ》を思い描いてみるが、このまりもとの共通点が見つからずに困惑する。いや共通点はあるか、とりあえず緑色なところは。

「なんでついてきた？　お前、人間は嫌いだろう？」

言葉を失っている私にかわり、ヴィサ君がラーフラに問いかける。

するとまりも……ラーフラは、パチパチと目を瞬《またた》かせた。

『我が獣《けもの》ではないと人間に証明するため、来た』

声の調子は不服そうだ。まりも姿からは、まったく感情が読み取れないが。

どうやらラーフラは、私の発言が気に入らず、こんな格好になってまでついてきたらしい。

「いや、ついてくるのはお前の自由だが、来るなら普通に来い」

ヴィサ君があきれたように言う。その意見には、私も全面的に同意だ。

首にこぶし大のまりもがついていたら、誰だって驚く。せめて、くっつく前に一言断りを入れてほしい。

『風の王であるあなたに速度で追いつけと？　労力の無駄。その努力は無意味』

うん。なんというか、いちいち癇《かん》に障《さわ》る喋《しゃべ》り方をする精霊だな。しかも、もっともらしいことを言っているが、つまりは力を使うのが面倒だから、のってきちゃったってことなのね？

「ならば私達についてくることも、労力の無駄では？　今回の件に興味なんてないんでしょう？」

『その議論については再考の余地あり。現時点での議論は無意味。頭の可哀想《かわいそう》な娘』

カチン。

いかんいかん。脳裏でまた、古典的な怒りの擬音が聞こえた。

「じゃあ、勝手にして。私達も勝手にするから」

『当たり前。貴様の指図《さしず》は受けない』

「ラーフラ!!」

この精霊とは、一生仲よくできそうにない。そう思い、私はラーフラを完全無視することにした。

「――そろそろだ、リル」

それから間《ま》もなくだ。ヴィサ君はどんどん高度を下げはじめた。

いよいよだと、私は気持ちを引きしめる。

ヴィサ君が降り立ったのは、森の中の開《ひら》けたところ。青く透《す》き通った、それほど大きくない湖がある。私は、その湖に見覚えがあった。

来たことはない。でも知っている。ここはスチルで見た、リルカが亡くなった湖だ。

そう悟《さと》った時、少し離れた場所で、ザブンと重い物が水に落ちたような音がした。私は慌てて音のした方に駆け寄る。

そして、私が目にしたのは驚くべき光景だった。

「ミハイル！　マーサ‼」

湖畔《こはん》から少し離れた場所で水飛沫《みずしぶき》を上げているのは、意識を失ったミハイルと、姿を変えて蔦《つた》のように彼に絡《から》みつくマーサの姿だった。

「マーサッ、マーサ、やめて！　ミハイルを連れていかないで！　お願いだから‼」

私は声の限り、必死で叫んだ。頭が真っ白になって、それ以外にどうしていいのかわからない。

「アタシからすべてを奪おうとしたクセに、何言ってるの？　そんなの虫がよすぎるンだよ！」

ぎょろりとした目で私を見つめ、歯を剥《む》き出しにして叫ぶマーサに、以前の面影《おもかげ》はない。

私が彼女を追い詰めてしまったのか。私がトステオに入ったりしなければ、こんなことにはならなかった？　どうすればよかったのだろう。ミハイルとあの街を放っておくことなんて、できなかった。私はただ、ミハイルを、街の人を助けたかっただけだ。

「ガルゥ！」

ヴィサ君が威嚇《いかく》するように、水面に向けて咆哮《ほうこう》した。飛沫《しぶき》が上がり、水が一瞬抉《えぐ》れる。しかしミハイルに絡みつくマーサを攻撃することはできず、ヴィサ君は悔しそうな顔をした。

『この程度か、人間』

ラーフラがつまらなそうに言う。――その言葉で、私の中の何かが切れた。

「マーサ、ミハイルを連れていかないで。かわりに、私が一緒にいってあげるから！」

そう言って、私は冬の湖に飛びこんだ。

必死に水を掻《か》いてミハイルのもとまで泳ぐと、触れた場所から直接魔力を流しこむ。少しのショックで、彼は目覚めるかもしれない。

そして思惑《おもわく》通り、ミハイルが突然手足をバタつかせはじめた。どうやら意識を取り戻したらしい。

私はマーサの蔦《つた》と化した手足からミハイルを逃《のが》すべく、水にもぐって蔦に魔力を流しこんだ。

『結局、アタシの邪魔をするのか！』

マーサが忌々《いまいま》しげな顔で私を睨《にら》みつけた。

水が冷たい。そして水を吸ったドレスが、私の体を深い場所へと誘おうとする。

こんなに冷たい場所に、マーサは自分から飛びこんだのだ。その事実に、心が痛む。

「リル、やめろォ！」

ヴィサ君が叫ぶ。

私はヴィサ君が身動きできないよう念じた。契約精霊は、主の意に逆《さか》らうことはできない。

ヴィサ君は湖のほとりで歯を食いしばり、グルグルと唸《うな》りながら歯を剥《む》き出しにしている。

こんな主人で、ごめんね。

ミハイルが水面に顔を出したのを確認して、私はマーサの体に抱きつく。

黄緑色で、普通の人間よりも硬い肌。けれど確かに生きている。ここに辿《たど》りつくまでに、彼女はどれほど苦しんだのだろうか。ミハイルが無事ならば、私は彼女を憎み続けることはできない。

その心まで冷えてしまうような悲しみを、私も知っているから。

『マーサ。私が一緒に死んであげる。だからミハイルは助けてあげて！』

水中なので心に念じる。魔力と体温を失いすぎて、私の意識は朦朧《もうろう》としはじめていた。

でもミハイルだけは、どうか見逃《みのが》してほしい。彼はこの国にとって、必要な人なのだ。

『何を言う！　どうしてアタシなんかと……哀《あわ》れんでいるのか？　アタシをッ！　人にも精霊にもなりきれぬ、惨《みじ》めなこの身を!!』

マーサは完全に我を忘れていた。

蔦《つた》のような手が暴れ、鞭《むち》みたいにしなって私の肌を打つ。

いくら水中で勢いが削《そ》がれていても、蔦は重く私の肌を痛めつけた。

私は、口の中で悲鳴を噛《か》み殺す。あと少し……あと少しだけ、時間を稼げれば。

『哀れんでなんて……いない。私は、そんなにえらい立場じゃないよ……』

語尾が掠《かす》れた。もう限界が近いのかもしれない。指先の感覚がもうない。

私の脳裏に、かつての出来事が走馬灯《そうまとう》のように浮かぶ。

母親と死に別れて連れてこられたメリス侯爵家で、いないもののように扱われ、逃げたかった。苦しかった。いっそ、死んでしまいたかった。

マーサはきっと、あの頃の私に似ている。当時の私は、ずっと助けを求めていた。そして、光を。

『馬鹿にするな！　馬鹿に……ッ』

『馬鹿になんてしてない!!』

渾身《こんしん》の力をこめて、彼女の体を抱きしめた。彼女の孤独が、ほんの少しでも癒《い》やせたらいいのに。

『本当は、死なないでほしいよ。でも、あなたの苦しみも知らないで、死なないでなんて言えない！　だからせめて、私で我慢して。ミハイルは連れていかないで……』

私があなたにしてあげられる譲歩《じょうほ》は、これが限度だ。

そう思ったら、ふっと気が抜けた。ああ、もうダメ。限界だ。

ゆっくりと、私の指先がマーサの体から離れる。体はどんどん水に沈み、暗い世界に落ちていく。

水中から見る水面は美しい。リルカも、もしかしてこの光景を見たのかな。

マーサの体も、私につられるようにゆっくりと傾《かし》いでいく。

せめて、ゆっくりと眠って。あなたの眠りは、私が守ってあげるから。

他に考えなければいけないことがあるはずなのに、もう何も考えられなかった。ただ眠りたい。それだけが私の頭を支配してしまう。

そして、私の意識はプツリと途切れた。

＊　✣　＊

――夢の中で、私は泣いていた。

おばあちゃん。おばあちゃん。なんで死んじゃったの。

祖母が亡くなった時は、悲しくて悲しくて泣き続け、私は両親を困らせた。

祖母の家に預けられることが多くおばあちゃん子だった私を、両親も持て余《あま》していたようだった。

祖母がくれた、犬の青星。彼だけが、家の中で唯一《ゆいいつ》心を許せる相手だった。

運動会も、卒業式も、授業参観も、私は一人。

でも、父と母が私にかまっている場合じゃないことぐらい、私にもわかっていた。

悲しくなると、私は青星と遠くまで散歩に出かけて、泣いた。

誰もいない公園で、青星と二人きりで、えんえんと。

――しょうがない。しょうがない。そう自分に言い聞かせて。

＊　✣　＊

懐かしい夢を見た気がする。

あれは祖母のお葬式だ。あまり顔を思い出せない両親が、もう泣くなと私に言った。

日本での暮らしが、今は遠い。なんで思い出せないんだろう。前世のお父さんとお母さんの顔が。

私が目を覚ました場所は、まるで天国のようなところだった。

両腕を広げた大木の下で、私は横になっていた。きらきらと光る木漏《こも》れ日から、時折ぽたぽたと水滴が落ちてくる。でも不思議と冷たくはない。私の上には、羽のように軽いのに温かい、苔生《こけむ》したような掛布団がかけられていた。空は晴れ渡っていて、その光は眩《まぶ》しい朝のものだ。

「天使、さま？」

そして私の目の前にいるのは、空中に浮かぶ緑色の天使だった。

深緑色の髪で、葉脈が走る不思議な模様が刻まれたエメラルドの鎧《よろい》をつけている。

私を見下ろす彼の表情は、逆光になってよく見えない。

『リル！　気づいたのか‼』

声と共に私の顔にすり寄ってきたのは、小さな姿のヴィサ君だった。

あれ、天国にまでついてきちゃったの？

私は反射的に、ヴィサ君の背中を撫《な》でた。

『ばかリル！　勝手に死のうとするなよっ。なんで俺を動けなくさせたんだよ。ひどいだろぉ！』

ヴィサ君の顔は涙でぐしゃぐしゃだ。

ごめんね。ひどいことをしたね。ごめんね。

私は彼の背中を撫でる手に力を入れた。ふさふさとした毛皮に覆《おお》われた体は、温かい。

『目が覚めたか、人間』

聞き覚えのある冷たい声が降ってくる。あれ、この微妙にイラッとする声音は……

『見捨てぬと言って、一緒に死のうとするなど、生命を生み出す森への侮辱《ぶじょく》だ』

緑色の天使――ラーフラは平坦な口調で言う。服装が違うので気づかなかった。じゃあ、今私にかけられているのは、もしかして彼のローブか。起き上がろうとすると、ラーフラに鋭《するど》く睨《にら》まれた。

『そのローブは、体を癒《い》やす森の生命を編み上げたものだ。もうしばらく寝ていろ』

口調は冷たいが、どうやらそんな大層なローブを私に貸し与えてくださったらしい。

人間嫌いなのにどうしてと思いつつ、私は再び横になった。

私はどうも、太い一本の木の根に横になっているようだ。まるでマングローブのように根っこを地上に露出させた木は、水の上でいきいきと葉を茂らせている。

下を見ると水面が光っている。先ほどの湖だろうか？　だとしたら、この大木は？

ひとまず状況から見て、私は死に損ねたようだ。

「ミハイルと……マーサは？」

私は周囲に彼らの姿を探したが、それらしいものはなかった。

『マーサなら、そこにいる』

ラーフラの言葉の意味がわからず、私は声の主を見上げた。

『マーサには裁きを下した。この湖を守る主《ぬし》になれと』

裁きという不穏な響きに私は身を起こしかけたが、すぐに力が抜けてしまった。

だめだ。どうやら相当体力を消耗《しょうもう》しているらしい。

「裁き……？　不可侵ではなかったの？」

私の質問には答えず、ラーフラは言った。

『数百年もこの地を守れば、くだらない人間界のことなど忘れよう。ここは緑豊かな湖だ』

彼の言葉にかぶせるように、ピチピチと小鳥のさえずりが聞こえる。二羽の小鳥は、私が体を預ける大木に止まり、楽しげに歌った。

その光景を見て、すとんと、私はなぜか理解した。

ラーフラは、マーサをこの大木に変えたのだ。

私は寝返りを打ち、寝そべっていた木の根を撫《な》でた。

人にも精霊にもなれず、出口のない孤独に苦しめられたマーサ。

今、木はいきいきと空へ枝を伸ばしている。茂った葉は、美しい木漏《こも》れ日を作る。

その姿は、裁きという言葉に似つかわしくない。

あなたは、ここでなら寂しくないだろうか？　もう苦しまずに過ごせるだろうか？

物言わぬ木を撫でながら、私は少し泣いた。

結局、私は彼女に何もしてあげられなかった。あんなに優しくしてもらったのに。

『リル。ここで木として百年も過ごせば、マーサは力を蓄えて精霊として生き直せる。これはつらいことじゃないんだ』

伏せて泣く私を慰《なぐさ》めるように、ヴィサ君が言った。

そうなのか。精霊になれるのか。

私がそれを目にすることはなくても、彼女がもう仲間外れにされないと思えば、私にとって救いになる。

充分に泣いて踏ん切りがついた頃、私はゆっくりと体を起こした。

このローブは本当に温かく、体に活力を与えてくれるようだ。もう寒気もだるさも感じない。

「ヴィサ君。ミハイルはどこにいるの？　無事なの？」

怖くて、聞けずにいたことを聞いたら、ヴィサ君は視線を湖岸へ向けた。それにつられて私も目を凝《こ》らすと、誰かが倒れているのが見えた。

「ミハイル！」

驚き、咄嗟《とっさ》に立ち上がる。しかし、立ち上がった私はさらに驚いた。

「ギャッ！」

思わず変な悲鳴を漏《も》らし、慌ててしゃがみこむ。ちょっと、私、何も着てないじゃない。

『リル。ドレスは濡《ぬ》れてて体温を奪うから、その、脱がせたんだ』

ヴィサ君が言いづらそうに言った。

いや、着替えの時でも一緒にいるヴィサ君は、別にいいんだ。

問題は、無言で空中に浮いている顔面硬直男の方だ。しかしラーフラは少しも表情を変えない。

まあ、いいか。

ため息をついて気持ちを切りかえると、私はローブを体に巻きつけて立ち上がった。

「ヴィサ君、ミハイルのところに連れてって」

私が頼むと、彼は一瞬で巨大化した。

表面積を増したふさふさを手で撫《な》でながら、その体にゆっくりと跨《また》がる。

「ラーフラ。本当は嫌だけど、一応言っておく。ローブを貸してくれてありがとう」

気まずく思いながらそう言うと、名残惜《なごりお》しくマーサを見つめ、湖岸へ飛んだ。

どう思っているのか、ラーフラはついてはこなかった。


「ミハイル！」

ヴィサ君から飛び降り、私は湖岸で倒れているミハイルに駆け寄る。

すると驚いたことに、そこにはミハイルともう一人、長い黒髪の女性がいた。

いや、女性と言うには幼い。その美少女は倒れたミハイルの頭を膝にのせ、彼の赤い髪を愛おしそうに撫でていた。

驚きで、私は動けなかった。彼女の顔に、私は見覚えがあったのだ。

ゲームの中で、ミハイルが持ち歩いていたミニチュアール。

絵なので顔は面影《おもかげ》程度だったが、その長く豊かな黒髪と睫毛《まつげ》は間違いない。

私が来ると安心したように、彼女はミハイルの頭を膝から下ろす。

そしてミハイルに、まるで母親がするような優しいキスをした。

そのあと、少しずつ、彼女の体が薄くなっていく。

「リルカさん！」

思わず、私は叫んだ。でも彼女はそのまま、悲しい笑みを浮かべて消えてしまった。

見間違いだったのだろうか。私はしばらく、金縛《かなしば》りにあったみたいに動くことができなかった。

「う……うん？」

眠っていたミハイルが、身動《みじろ》ぎする。

「ミハイル！　しっかり！」

先ほどの出来事を整理できないまま、私はミハイルに声をかけた。すると青ざめた肌にゆっくりと赤みが差し、ミハイルはゆっくりと目を開ける。

「リル……ア……」

それは途中まで私の名前だったけれど、最後の一音で、彼がリルカを呼ぼうとしたことがわかった。

眠るかつての恋人に、リルカは何を伝えたかったのだろう？

一瞬気にはなったが、私はかまわずにミハイルの手を握った。

大きな手だ。冷たいそれを、両手で必死でさする。

不思議なことに、彼の服はちっとも濡《ぬ》れておらず、乾いていた。

「あ……リ、ル……？」

私の顔を見て、ミハイルは一瞬戸惑った顔をした。そしてゆっくり体を起こす。

それでも目を覚ましたことが、ちゃんと私の名前を呼んだことが嬉しくて、私は彼に抱きついた。

「ミハイルのばか！　何やってんのー‼」

おんおんと、私はしばらく泣き続けた。

ぼんやりしていたミハイルが覚醒《かくせい》し、私がローブ一枚だと気づいて引き剥《は》がすまで、ずっとそうしていた。

＊　❖　＊

夢を見ていた。

どうして夢だとわかったのか。それは、リルカがいたからだ。

そこはリルカが死んだ森だった。

深い霧《きり》が立ちこめる森の中に、青く澄《す》んだ湖が横たわっている。

俺はあの日ほど、己《おのれ》の無力さを感じた日はなかった。

強い後悔は、今でも俺の胸の奥に、重石のように暗く凝《こご》っている。

リルカはあの日、水から引き揚げた時と同じドレスを纏《まと》い、悲しそうに笑っていた。

彼女を目の前にした俺は立ち竦《すく》んだまま、彼女に駆け寄ることも抱きしめることもできなかった。

「……リルカ、怒っているか？」

それは、ずっと彼女に聞きたいと思っていたことだ。

彼女は俺のせいで死んだ。くだらない女の嫉妬《しっと》なんかで殺された。

あの日、俺がもっと早く君の家に行っていたら。他の人間の感情や動向を、気にかけていたら。――きっと君は、死なずに済んだ。

あれから俺はずっと、心を殺して生きてきた。

なのに、ここ三年ほど、彼女を思い出す機会が減っていた。

それまでの俺は人との交わりを嫌って、任務以外では引きこもってばかりいたのに。

ひどくのどが渇いた。暑くもないのに、こめかみを汗が伝《つた》っていく。

リルカは何も言わなかった。彼女はただ、静かに首を横に振る。

「リルカ、怒っているんだろう？　本当のことを言ってくれ！　俺が……笑ったりしたから。リルカ以外の人間の心配ばかりしていたから」

俺は必死になって彼女に尋ねた。

あいつ……リルと出会ってから、俺は振り回されっぱなしで、怒ったり笑ったりと忙しかった。

でも時折、罪悪感が胸を刺した。

もうリルカは、笑えないのに。

俺が怒ったり、あきれたり笑い合ったりする女は、世界で君だけだったのに。

「俺を、迎えにきたのか？　死者の国へ」

何度、リルカのあとを追おうとしただろう。

でも俺は死にきれなかった。彼女を殺した犯人を捜し出すまでは、と。

その犯人探しだって、リルが来てからは棚上げにしたままだ。

リルカは何も言わず、ただ悲しそうな顔で何度も首を横に振った。

そしてゆっくりと歩きだす。さくさくと下草を踏んで、彼女は俺との距離を縮めた。

俺の体は、硬直したように動けなかった。指先が震える。

リルカにもう一度会えるなら、なんでもしようと思っていたはずなのに。今の俺は、彼女の冷たい手を恐れていた。

俺の目の前で立ち止まったリルカは、記憶にあるより小さかった。旋毛《つむじ》を完全に見下ろせる。

そこにいたのは、小さな黒髪の少女だった。

「リルカ……」

動けずにいる俺を、リルカはゆっくりと抱きしめた。

でも、感触はない。俺とリルカの体は別な場所にあって、見えているのに実際は触れたりできないようだった。それなのにリルカは、痛みをこらえるように俺を抱きしめ続けた。

ゆっくりと、俺も彼女の背に手を回す。華奢《きゃしゃ》な肩。細すぎる腰。

俺は驚いた。彼女がこんなに小さかったなんて。

どれほどそうしていただろうか。

一瞬のようにも、永遠のようにも感じた。

リルカはその冷たくも温かくもない体を俺から離すと、泣きそうな笑みを浮かべて俺を見上げた。

そして、口を動かす。でも音としては伝わらない。

俺とリルカのいる世界の隔《へだ》たりは、音すらも遮《さえぎ》ってしまうみたいだ。

それでもリルカは、何度も根気強く口を動かす。

俺は、その唇の動きが紡《つむ》ぎだす言葉に気づきながら、なかなか信じられずにいた。

何度も何度も、リルカはその言葉を繰り返す。

「そんな……リルカ、だめだ。そんなの」

俺の声は子供みたいに震えていた。彼女の言葉を、心が拒絶していた。

だってそんなの、許されるはずがない。

しかし、リルカはそんな俺を置いて、すうっと足音もなく離れていく。

「待ってくれ……」

踏み出した足が、地面に縫《ぬ》いつけられたように動かない。

それどころか、ぬかるんだ土の中に、どんどんめりこんでいくじゃないか！

もっと、君に言いたいことがある。聞きたいことがある。どうか俺を置いていかないでくれ。

そう思うのに、足はどんどん呑みこまれ、ついに俺は腰まで泥に埋まってしまった。もがくほどに体は沈んでいき、その底知れなさにぞっとする。

なあ、リルカ。

君はあの日、俺を恨《うら》んだだろうか。

そんなたった一つの問いかけもできないまま、リルカは霧《きり》の中へゆっくりと消えていった。

最後に彼女が浮かべたとびきりの笑みが、胸に焼きつく。

俺は泥の中で、呆然とした。気づけばもう、顔と右腕以外、泥の中に呑みこまれている。

そして動かなくなった俺の体を、その泥は綺麗に呑みこんでしまった。

「ミハイル！　ミハイル！」

――誰だ、俺の名前を呼ぶのは。

手に小さなぬくもりを感じた。

その声は必死に、俺に呼びかけ続けている。

うるさいな。もう少しだけ、眠らせてくれ。俺は無性に、疲れていた。

「ミハイル！　目を覚まして!!」

泣きそうな声が言う。どうして放っておいてくれないんだ。俺は少しイラッとした。

でも、お前はいつもそうだな。弱っている誰かを見捨てられない。そのくせ、自分から誰かに頼ったりはできない。不器用なやつだ。だからついつい、手を貸してしまう。

そう思ったら、なんだか少しおかしくなる。

俺は重たい瞼《まぶた》を、ゆっくりと開けた。

「リル……ア……」

リルカの名前が出たのは、にじむ視界に最初に飛びこんできたのが、黒髪の少女だったからだ。

けれど、その髪は緩《ゆる》やかに波打っていたリルカのものとは違い、ザンバラに切られてあちらこちらに飛び跳ねていた。

――ああ、やっぱりお前だったのか。

馬鹿だな。俺の心配をしてる場合か？　顔色が真っ青だぞ。

手を伸ばしてやろうと思うのに、深い疲労感で体が重い。

俺はその疲労感を振り切るように、ゆっくりと体を起こした。俺の覚醒《かくせい》に気づいた少女が、飛びついてきて、おんおんと泣く。

その体は、リルカと違って温かかった。胸元ににじむ涙は、吐息とまじり合って火傷《やけど》しそうに熱い。

「ミハイルのばか！　何やってんのー!!」

バカはお前だ。服にシミがつくだろ。

そう思って見下ろせば、少女は白い小さな肩を剥《む》き出しにして、ローブ一枚の格好でいることに気がついた。

「バカか！」

嗄《か》れたのどから、思わず罵倒《ばとう》が飛び出す。俺は自分にしがみついてくる体を引き剥《は》がした。布一枚で男にしがみつくなんて、何を考えているんだ。

いや、こいつは何も考えていない。間違いなく。

俺から引き剥がされて驚きで目を丸くしたリルだったが、涙と鼻水でべとべとな顔で、頬を緩《ゆる》めて、ふにゃあと笑った。

バカ。笑ってる場合か。お前は本当にバカだ。

しかし俺は、それに釣られるように、口元を歪《ゆが》めた。

リルカ。もし君に会えたら俺は泣いてしまうと思っていたけれど、そんなことはなかったよ。

俺は手のひらを、その小さな頭の上にのせた。

「お前は本当にバカだな」

それはリルに向けて言った言葉であり、自らに投げかけた言葉でもあった。

リルカ。君にあのつらそうな笑顔をさせていたのは、俺だったのか。

守るべきものを見つけて、俺にもわかったことがあるよ。

自分が大切な人間に、心配かけたり悲しませたりすることは、こんなにも胸が痛むことなんだな。

『しあわせに、なって』

霧《きり》の中で、リルカは俺にずっと、そう言ってくれていたのに。

＊ ✣ ＊

ヴィサ君が乾かしておいてくれたドレスに袖を通した私は、湖岸から湖の真ん中に立つ木を見上げた。緑色の葉が豊かに茂った、若い木だ。水を飲みにきた小鳥がピチピチとさえずり、枝で羽を休めている。

どこに消えたのか、ラーフラの姿はなかった。

「ここなら、寂しくないかな」

せめてそうあってくれればいいと、祈るように私は呟《つぶや》いた。

もう言葉を交わすこともできないが、ここで百年時を待てば、彼女は精霊になれるという。

時間はかかるけれど、彼女には幸せになってほしいと思った。

彼女が私にいもしない妹の名前を使ってミハイルの危機を知らせたのは、彼女にも少しの罪悪感があったからじゃないかと今は思う。だって彼女は本当は、行き倒れの人間を介抱してしまうような優しい人だから。

「こんなところに、木が……」

私の隣に立つミハイルは、驚いている。

ミハイルは目覚めてから、どこか心ここにあらずな状態だった。

私の目の前で消えたリルカ。ミハイルと彼女との間に、何かあったのだろうか。

もちろん聞くことはできないけど、私は彼の虚《うつ》ろな様子が心配だった。

勝手かもしれないが、ミハイルには過去にとらわれないで、自分の幸せを見つけてほしいと思う。

もちろん、リルカのことは不憫《ふびん》だと思う。でも、私には、今生きているミハイルの方が大事なのだ。

誰でもいいから、ミハイルの傷を癒《い》やしてあげてほしい。

――でも、それがゲームの主人公によってなされたら、私はきっとつらいんだろう。

マーサを見上げながら、心の中で湖に眠る彼女とリルカにさよならを言った。

それに応《こた》えるように、しなやかな枝が風に揺れて、さわさわと音を立てる。

悲しいけれど、美しい湖だ。マーサはここでずっと、リルカの眠りを守り続けてくれることだろう。

「そろそろ、行こう」

私はミハイルの手を引いて、ヴィサ君の背に乗った。

ミハイルは何度も振り返っていたが、湖が見えなくなる頃には何も言わずに前へ向き直った。

彼を無事に連れ戻せてよかったと、私は心の底から安堵《あんど》した。

トステオに戻れたのは、その日の夕刻だった。

つまり、私とミハイルは丸一日と少しほど、この街を空《あ》けていたことになる。

しかしたった一日の間に、状況はめまぐるしく変化していて、私達を驚かせた。

まず、街の閉鎖が解かれていた。門自体は私達がくぐってすぐに閉じられてしまったが、あの日、私が出会った商人達は無事、街の中に入れたようだ。

私達はスヴェンの店に向かった。

古い石造りの街並みを夕焼けが赤く染める。遠くには、雪をかぶるトラモンターナ山脈を望むことができた。市場の店はほとんどが店じまいをはじめていて、通りは閑散《かんさん》としている。

「綺麗な街だね」

思わず、そう呟《つぶや》く。迷子にならないように、私はずっとミハイルと手をつないでいた。

「……この街は、メイユーズ国の中でも特に歴史が古いんだ。建国でメイユーズに取りこまれる以前からずっと、ヘリテナ伯爵が守ってきた土地だから」

街に入って、ミハイルもようやく調子を取り戻してきたみたいだ。私はそれが嬉しかった。

「ヘリテナの人達はメイユーズと戦うのではなく、この地を守ることを選んだんだね」

その景色を見れば、理由もわかる。

一度も戦乱になぶられたことのない、古い建築様式の建物の数々。それらは大切に手入れされ、今も古い街並みを残している。ここに住む人達は、きっと心からこの土地を愛しているのだろう。

そんな話をしている間に、私達はスヴェンの店の前に辿りついた。

その壁にはマーサが空けた大穴が残っていて、あの出来事が夢ではなかったのだと再認識する。

昨日あったことなのに、なんだかずっと昔のことみたいだ。

そして穴を見ていたら、後ろから大声で呼び止められて、心臓が縮み上がった。

「リル！！！！」

振り返る前に足が浮く。驚きのあまり声も出ない。

「心配したんだぞ！　無事かッ、怪我《けが》は!?」

ゲイルの力強い腕に抱き上げられ、内臓が絞り出されそうなほど苦しかった。

「ゲイル、やめてやれ」

見かねたミハイルが止めてくれる。

うん。ゲイルはとてもいい養い親なのだが、力の加減ができないのが玉に瑕《きず》だ。

「気づけば壁に大穴が空いてるし、部屋は荒らされてるし、お前らはいないし！　俺は……お前達がどうなったのかと……」

この寒いのに、ゲイルは汗と埃《ほこり》まみれだった。どうやら今までずっと、私達を探し回っていてくれたらしい。

私は彼に申し訳なくなった。

「心配かけてごめんね。大丈夫だから」

「すまなかったな、ゲイル」

しおらしい私達に、ゲイルはなんとも言えない顔をする。

「お前らが素直だと……なんか怖いな」

どうやら、ゲイルは私達の無茶にすっかり慣らされているらしい。不憫《ふびん》だ。

7周目　温泉は日本人の心です

その日はよく晴れていたが、山道には雪が残っていた。

目的地は、トステオから近いという話だったのに。こんなに歩くなんて、聞いていない。

「もう少しだからがんばれ」

「大丈夫か？　おぶってやろうか？」

前者がミハイル、後者はゲイルのセリフだ。私はミハイルにうなずき、ゲイルには首を振った。

毛皮を使った防寒着は、ずっしりと重い。ゲイルの申し出は非常に魅力《みりょく》的だったものの、そんなに甘えちゃダメだと、うちなる自分が諭《さと》してくる。

『やっぱり俺に乗っかれよ、リル』

小型ヴィサ君が、汗をかきながら山道を登る私に言った。

うん。それが楽なのも、わかってるんだけどね。

『やっぱり温泉に入るなら、ちょっと疲れているぐらいが気持ちいいんだよ』

心の声でそう返すと、ヴィサ君は納得がいかないという顔で高度を上げた。

今、私達が向かっているのは、先日スヴェンがどさくさに紛れて街の名士から巻き上げた土地だ。

私を使ってマーサがかけた暗示を解いて回った、あの時である。名士達は、独特な匂いがして水の煮立つ土地だと気味悪がっていたが、その特徴を聞いて、私はピンときた。

何それ、温泉じゃないですか！　と。

メイユーズ国は水は豊富だが、平野が多く火山がほとんどないためか、温泉がない。

だからだろうか、〝温泉〟という単語すらないのだ。

温泉。ああ、温泉。日本人の心のふるさと。

というわけで、視察に行くスヴェンに、私は飛びついた。すると私が行くならば保護者が必要だと、ゲイルとミハイルもついてきて、今に至る。

「見えたぞ！」

そんなことを思い出していたら、先頭にいたスヴェンの声が聞こえた。

くんくん。確かに、周りに漂《ただよ》う硫黄《いおう》臭が、強くなってきた気がする。遠くに、湯煙《ゆけむり》も上がっていた。これは期待大だ。周囲の風景も普通の山道から、確実に変わりつつある。

溶岩が固まったのであろう黒い奇妙な形の岩と、立ち上る湯気。そして、鼻につく臭い。

何も知らなければ恐ろしい光景に見えるだろうけど、温泉大好きな私にはパラダイスだ。

「本当にここなのか？」

ゲイルは訝《いぶか》しげな顔になる。スヴェンとミハイルも、難しい顔をしている。

「東大陸にはこういった湯に身を浸す風習があるそうだが、実際に目で見るとぞっとしないな」

すっかりいつもの調子に戻って博識《はくしき》を披露《ひろう》するミハイルも、自分の知識に疑いを持ったらしい。

「ともかく、このあたり一帯を、俺は買い取った。この湯を使えば病《やまい》が癒《い》えるという噂《うわさ》だ。どうにかトステオの産業にできないか……」

「産業？」

難しい顔で顎《あご》をこするスヴェンを、私は見上げた。

「ああ。せっかく手に入れても、使わないんじゃおもしろくないだろう？　だから、いっそのこと街の名物にして、集客を見込めないかと思ってな」

スヴェンは商人の顔でそう言った。トステオは歴史があって素敵な街だ。しかし、国の北端でその先の山脈を越えられないことから、国境に接している他の地方に比べて、人口が少ない。

ゲイルとミハイルは、こんな場所を？　と首を傾げるが、私はその意見に大賛成だった。

「じゃあ、温泉街を作って、観光地にしよう！」

「だから、その〝温泉〟ってのは、なんなんだ？」

ノリノリで提案する私を、スヴェンは胡散臭《うさんくさ》そうに見下ろす。失礼な。

「温泉は、火山の地熱で温められた地下水のことだよ。そのお湯には、地下の鉄分なんかが溶け出しているの。浸かると体の疲れが取れたり、肌が綺麗になったりするんだよ！」

そして重たい荷物を下ろし、私は用意しておいた厚手の布をがさがさと取り出す。

「じゃ、私この辺の温泉に入ってるから、三人ともゆっくり視察してきてね」

漂《ただよ》う硫黄《いおう》臭と、お湯に浮かぶ湯の花。もう限界だ。入らせてくれ。

しかし、そう簡単にはいかなかった。

「入るだと!?　体に有害かもしれないんだぞ、何を考えているんだ！」

ミハイルにお叱《しか》りを受けるが、私はある方向を指差す。

「大丈夫だよ。動物だって入ってるんだから、このお湯に害はないんだよ」

私の指差した先には、小型のカピパラみたいな動物が四匹、お湯に浸かっていた。彼らは人間が近づいても逃げずに、気持ちよさそうに目を細めている。か、可愛すぎる。

しかしその動物達を見て、三人は唖然《あぜん》としていた。

「ピーパが、風呂に……？」

へえ、あの動物はピーパというのか。はじめて見た。

「だ、だからといって、いくらなんでも無防備だろう。もし動物が襲ってきたらどうするんだ？」

ゲイルが焦った顔で問いかける。

「大丈夫。私にはヴィサ君がいるから」

私の言葉と同時に、ヴィサ君が巨大化して三人の前に姿を現した。

ミハイルとゲイルは見慣れているが、スヴェンは目を丸くする。

と、いうわけで私は三人を遠ざけ、ピーパの浸かる大きめのお湯だまりに向かった。

なんでもピーパは、人前にはあまり現れない、警戒心が強くて大人しい動物だという。親子連れなのか、大きいのと小さいのがいる。ああ、可愛いなぁ。

私はちゃっちゃと服を脱ぐと、ざぶんとお湯の中に身を浸した。

「あー……、生き返るぅぅぅ」

肩までお湯につかると、心がほぐれる。

お湯は少し熱めだが、私には適温だ。もうかれこれ温泉は十年ぶりになるだろうか。あとはここに熱燗《あつかん》でもあれば最高なのだけど。

私は遥《はる》か下にあるトステオの街を望みながら、目を閉じた。

傍《かたわ》らにはヴィサ君が寝そべって周囲に気を配っているので、危険もないだろう。

いつかここに、ミーシャも連れてきてあげたいなぁ。温泉療法《りょうほう》とかもあるし、もしかしたらミーシャの体が弱いのもよくなるかも。まあ、それ以前にこの寒い地方に連れてくるのが大変だけど。

その時、ヴィサ君が何かに気づいたように顔を上げた。

何事かと周囲を見回すと、ミハイルがこちらに近づいてきている。げ。

「リル」

私は慌てて、温泉の中にある大きな岩の影に隠れた。なんせ、全裸ですからね！

「きゅ、急にどうしたの？」

できるだけ冷静に尋ねようとしたが、声が裏返ってしまった。

ヴィサ君ってば、ミハイルが近づいてきているなら、そう言ってよ。

「驚かせて、悪かった。実は、お前に礼が言いたくて」

「礼？」

「ああ、ゲイルに聞いた。俺がリルカの偽者《にせもの》に心を奪われているのを、助けてくれたんだろ？」

ミハイルは岩の向こうにいるから、私は今、彼がどんな顔をしているのかわからなかった。

結局、例の騒動のことを、ミハイルは覚えていなかった。ミハイルどころか、街の人々も。

偽者のリルカについて覚えているのは、私が暗示を解いた、ごく一部の人達だけだった。

「噂《うわさ》で聞いたのかもしれないが、俺には子供の頃から婚約者がいた。それがリルカだ。俺のせいで、彼女は死んでしまったが……」

「そんなこと……」

私の否定を遮《さえぎ》り、彼は言葉を続ける。

「誰もが、俺のせいじゃないと言ってくれた。リルカの両親ですら、な。でも俺は、それがずっと苦しかった。正面切って、お前のせいだと言われたかったんだ。誰かに断罪してほしかった」

ミハイルの口調は静かだった。私はそれに、息をひそめて耳を傾けた。

「自分に罰を与えたくて、特に厳しいといわれている第三部隊に入った」

第三部隊は、確かミハイルが隊長をしている隊のはずだ。

そういえば、出会った時も盗賊として村に行っていたっけ。やっぱり、危険な部署なのか。

「でも、そんなのリルカは望んでなかったよ、きっと」

陳腐《ちんぷ》な慰《なぐさ》めだと思ったが、私にはそれしか言えなかった。

親しい人を亡くした悲しみは、誰かの言葉や行動で癒《い》やされるんじゃない。血の流れた傷が固まっていつか元に戻るように、時を待つしかないのだ。私はそう思う。

そばにいる人間は、寄り添うことしかできない。たとえ、それがどんなに歯がゆくとも。

「ああ……きっと、そうだったんだろうな」

ミハイルは、なぜか過去形でそう言った。

「考えたんだ。もし死んだのが俺の方だったら、俺はリルカを恨《うら》んだだろうか、って」

「そんなわけ……」

「ああ、そんなわけない。俺はリルカに、幸せになってほしいと願うだろう。死んでしまった俺の分まで。俺はやっと、そのことに気づけたんだ」

なんでよりにもよって、温泉に入っている時にこんな大事な話をするんだ、この男は。

それでも、私は嬉しかった。きっとリルカだって嬉しいはずだ。

愛する人に苦しみ続けてほしい人なんていないだろう。

「どうして、その話を私に？」

思わず私がこぼした質問に、ミハイルは黙りこんだ。しばらくして、返事がある。

「なぜだろうな。いいや、今は知らなくてもいいさ」

それは、答えにならない答えだった。いつかはその答えを教えてもらえるだろうか？

私は少しだけ浮かれた。ミハイルが私に、秘密の話をしてくれたから。

なんだかとても気分がいい。そうだ、忘れてた。あのことを伝えておかなくちゃ。

「そういえばね、ミハイル。私、婚約することになったよ」

「はぁ!?」

まったりと言うと、ミハイルは大声を上げた。

今なら何を言っても大丈夫な気がしたが、やはり突然すぎたらしい。

「あ、相手は!?」

「アランだよ。アラン・メリス」

「メリス家に戻ってどうする！　というか、お前ら、兄妹《きょうだい》だろ！」

「それがね、実は兄妹じゃなかったみたいで……」

「何言って……あ、おい寝るな！　リル！　溺《おぼ》れるぞ!!」

「ミハイル……本当に、よかったねぇ……ぶくぶく」

「おい！　マジで溺れるから！　ゲイル、ちょっと来い！　手を貸せ！　リル、寝るな！」

――そうして私は、温泉で眠って溺れかけたところを、ミハイルとゲイルに救出されたのでした。まだ嫁入り前なのに、裸見られた。ぐすん。

私の手は小さく、何もかもを掴むことはできない。いつも力が足りなくて、つらい思いをする。そんな自分が嫌だから、懸命に歯を食いしばっている。

それでも今回、ミハイルの手を掴むことができて、嬉しかった。ミハイルにはリルカだけではなく、今ここで生きている私達を見てほしかったから。

これからもいろいろあるだろうけど、私にはみんながいてくれる。

そのおかげで、また歯を食いしばってがんばることができるだろう。この厳しい世界で、私は本当の意味で前を向いて歩きはじめていた。

新＊感＊覚 ファンタジー！

レジーナブックス Regina

イラスト／miogrobin

★トリップ・転生

風呂場女神

小声奏《こごえそう》

玉野泉は、三度の飯より風呂を愛する平凡なOL。そんな彼女がある日、バスタイムを楽しんでいたら……浴室の窓が異世界に繋がってしまった!? 混乱する泉をよそに、次々と窓の向こうに現れる摩訶不思議な人々。彼らと交流しているうちに、いつしか泉は、その世界と深く関わることとなり――？

イラスト／麻谷知世

★恋愛ファンタジー

おとぎ話は終わらない 1～2

灯乃《とうの》

天涯孤独の少女ヴィクトリア。彼女は職探し中に、学費＆食費タダ＋おこづかい付の魔術学校『楽園』の噂を聞きつけた！ 魔術師になれば、食に困るまい。そう考えて『楽園』に通おうとするのだけど、そこは男の子ばかりの学校らしくて……!? 貧乏少女、男装で学園ライフはじめます！ ドキドキ魔術学校ファンタジー。

詳しくは公式サイトにてご確認ください。

http://www.regina-books.com/

携帯サイトはこちらから！

RC
Regina COMICS
アルファポリスWebサイトにて好評連載中!
好評発売中!
天井裏からどうぞよろしく
1
Hinata Kuru
原作 くるひなた
Eriko Kato
漫画 加藤絵理子

Hinata Kuru
原作 くるひなた
Eriko Kato
漫画 加藤絵理子
RC Regina COMICS
天井裏からどうぞよろしく 1
天井裏に潜入していた密偵少女が皇帝陛下の花嫁に!?
シリーズ累計5万部突破!
ちょっとおかしな溺愛ラブストーリー 待望のコミカライズ!
アルファポリス

大好評発売中!!
RC
Regina COMICS
レジーナCOMICS創刊第2弾!!
異世界でカフェを開店しました。
1
原作
甘沢林檎
Ringo Amasawa
漫画
野口芽衣
Mei Noguchi
アルファポリスWebサイトにて
好評連載中!
トリップ先でLet'sクッキング!
地球のお料理召し上がれ。
レジーナCOMICS 創刊 第2弾!
待望のコミカライズ!
突然、ごはんのマズ～い異世界にトリップしてしまった理沙。もう耐えられない! と食文化を発展させるべく、カフェを開店。噂はたちまち広まり、カフェは大評判に。精霊のバジルちゃんや素敵な人達に囲まれて異世界ライフを満喫します!
B6判・定価680円+税・ISBN978-4-434-20842-3
シリーズ累計16万部突破!
アルファポリス 漫画
検索

柏てん（かしわてん）
茨城県在住。2014年4月よりWeb上での小説公開を開始。『乙女ゲームの悪役なんてどこかで聞いた話ですが』にて出版デビューに至る。

イラスト：まろ

本書は、「小説家になろう」（http://syosetu.com/）に掲載されていたものを、改稿・加筆のうえ書籍化したものです。

乙女《おとめ》ゲームの悪役《あくやく》なんてどこかで聞《き》いた話《はなし》ですが3

柏てん（かしわてん）

2015年11月5日初版発行

編集－見原汐音・宮田可南子
編集長－塙綾子
発行者－梶本雄介
発行所－株式会社アルファポリス
〒150-6005 東京都渋谷区恵比寿4-20-3 恵比寿ガーデンプレイスタワー5F
TEL 03-6277-1601（営業） 03-6277-1602（編集）
URL http://www.alphapolis.co.jp/
発売元－株式会社星雲社
〒112-0012東京都文京区大塚3-21-10
TEL 03-3947-1021
装丁・本文イラスト－まろ
装丁デザイン－ansyyqdesign
印刷－中央精版印刷株式会社

価格はカバーに表示されてあります。
落丁乱丁の場合はアルファポリスまでご連絡ください。
送料は小社負担でお取り替えします。

ISBN978-4-434-21216-1 C0093